公文庫

デス・パレード

警視庁組対特捜K

鈴峯紅也

中央公論新社

目次

登場人物紹介

東堂絆《とうどうきずな》……警視庁組織犯罪対策部特別捜査隊（警視庁第二池袋《いけぶくろ》分庁舎）遊班所属、警部補。典明《てんめい》に正伝《しょうでん》一刀流を叩《たた》き込《こ》まれた。

大河原正平《おおがわらしょうへい》…警視庁組織犯罪対策部部長、警視長。絆を組対に引っ張った張本人。

浜田健《はまだけん》……警視庁組織犯罪対策部特別捜査隊隊長。警視。

奥村金弥《おくむらきんや》……中野《なかの》のネットカフェ「自堕落屋《じだらくや》」の社長。

東堂典明《てんめい》……絆の祖父。正伝一刀流の達人。

綿貫蘇鉄《わたぬきそてつ》……千葉県成田市《なりたし》の任俠《にんきょう》団体・大利根《おおとね》組の親分。昔気質《むかしかたぎ》のヤクザで、典明の高弟。

渡邊千佳《わたなべちか》……絆の幼馴染《おさななじ》みで元カノ。

久保寺美和《くぼでらみわ》……元警察官。白石幸男《しらいしゆきお》の後を継ぎ、有限会社バグズハートの実質運営者となる。

小田垣観月《おだがきみつき》……手代木《てしろぎ》監察官の部下。〝アイス・クイーン〟の異名。

猿丸俊彦《さるまるとしひこ》……警部補。公安分室。

ゴルダ・アルテルマン…中東I国出身の元空挺部隊隊員。典明の弟子でハルコビル住人。

矢崎啓介《やざきけいすけ》……防衛大臣政策参与。ハルコビルの住人。

関口貫太郎《せきぐちかんたろう》……小田垣の紹介でハルコビルに入居した謎の老人。武道の達人と思われる。

真部利通《まなべとしみち》……捜査一課第二強行犯捜査第一係係長。警部。

斉藤誠《さいとうまこと》……真部直属の主任。警部補。

加賀美晴子《かがみはるこ》……赤坂警察署署長。

五条宗忠《ごじょうむねただ》……大阪を本拠地とする広域暴力団竜神会《りゅうじんかい》会長。本名は劉仔空《りゅうしあ》。

五条国光《くにみつ》……東京竜神会会長。宗忠の弟。

木下久志《きのしたひさし》……竜神会本部長。私大卒のインテリヤクザ。

真壁清一《まかべせいいち》……竜神会傘下匠栄会《しょうえいかい》会長。絆に一目置いている。

高橋郁郎《たかはしいくお》……匠栄会若頭。

島木吾郎《しまきごろう》……竜神会傘下不動組若頭。

魏老五《ぎろうご》……ノガミのチャイニーズ・マフィアの首魁《しゅかい》。

パーティー……チャイニーズドラグーンが飼う死兵。

本文イラスト　永井秀樹

デス・パレード

警視庁組対特捜K

序

さぁて、顔見世興行もここまでで、いよいよ私のサーカス団の本興行や。国光《くにみつ》、よう見ときや。こう、目を見開いて、目を皿のようにしてな。

え、何をやて？

ふふっ。色々や。目も眩《くら》む極彩色の打ち上げ花火、疑心暗鬼の空中ブランコ、傾いた綱渡り、動物嫌いの猛獣使い。私の本興行は見物やでぇ。

華やかに見せて派手に見せて、驚かせて怖がらせて。

ふふっ。息つく暇もないで。眩暈《めまい》がするほどに、狂おしいほどに色々や。

そうして大げさな興行の仕舞いには、ロシアンエグゼのパーティー、あるいはエグゼチヨイスのテーブルマジック。けどな、これは祭りの後のおまけやないで。食後の甘ぁいデザートでもないわ。

地味で他愛《たわい》もなくて、けどな、ここからが実は本番や。陰惨で凄惨で、スリルとサスペンス満載で。

前にな、私は腕のいいマジシャンや言うたやろ。しかも一流のマジシャンやて。易如反掌《いじょはんしょう》、融通無碍《ゆうずうむげ》。

トラップアンドフェイク、トラップアンドディープフェイク。

生と見せ掛けて死。死と見せ掛けて、やっぱり死。

最後にお帰りはこちらってな、案内するんは笑えないピエロ。出来上がりは死人のパレード。

くくっ。たまらんわなあ。ええ、どや、国光。

そうなったらほんま、我が世の春や。私の時代や。私の作る新世界や。

おっと、新世界いうても、だからて今どきの通天閣《つうてんかく》の根元と違うで。あんなゲイバーと串カツと――。

くくっ。これもあれや。前に言うたよなあ、国光。

え、兄ちゃん、機嫌がええて。

そらそうや。ようやく整うたんやから。誰にも負けん私の武器や、勝手に動く私の死兵がな。

長かったで。現実に考えたんは大人になってからやけどな。夢想したんはそれこそ物心ついたときからや。

私は、オカンの腹から出た瞬間からのこと、ぜぇんぶ覚えてる言うたやろ。それな、覚えてるて自覚したんが物心ついたときや。そんときな、意味知らずの記憶が一気に、ぜぇんぶ意味を持ったんや。

出来ん子なら道頓堀《どうとんぼり》に捨ててもよしってなんや。

東南アジアに臓器で叩《たた》き売るもよしって、なんなんや。

物心は、狂いの始まりや。新世界の夢想の始まりや。せやからもう、夢想からは五十年は経《た》っとるわ。五十年以上、私はお父ちゃんと戦っとったんだわ。

ここからや。これからや。

国光。せやから、よう見とき。こう、目を見開いて、兄ちゃんの後ろで、目を皿のようにしてな。

始めるでぇ。始まるでぇ。いや、もう始まっとるでぇ。

そう。もう最初のパーティーは終わったがな。第二幕は上がったばっかりや。

高崎《たかさき》の小者は、小者の親分くらいには育つ思うたが、なぁに、小者や下種《げす》など幾らでもいる。どこにでもいる。これもマジックの仕掛けのひとつや。医者の卵だけが卵やないし、大学も高崎ばかりやないわ。

ひとつ動かせばふたつ動き、ふたつ動かせば四つ動き、四つ動いたら全部が動く。

ふふっ。細工は流々や。なんせ五十年を掛けたんやから。

国光、エグゼは動くで。ひとつ動かせばふたつ動き、ふたつ動かせば――。

くくっ。ひとつ動かせば警察が動き、ふたつ動かせば死兵が動き――。
案内するんは笑えないピエロ。出来上がりは死人のパレード。
たまらんわなあ。
国光。エグゼはええで。使えるで。
けどな、兄ちゃん、少ぅしだけ心残りがあるんや。
私が勝手につけたんやが、えらい気になってな。
なあ、国光。エグゼってのはあれ、ネーミングが少しダサくないか。
え、ダサくない。それどころか、クールやて。
クールて、国光、お前。
えらい、ナウいやないか。

第一章

一

十二月六日は、都内に南からの強い風が吹く、冬の走りに似つかわしくない一日となった。

この日、東堂絆《とうどうきずな》は十時半を過ぎた頃、池袋《いけぶくろ》にある警視庁第二池袋分庁舎に到着した。

ここの二階に、絆が所属する組織犯罪対策部特別捜査隊、通称組対特捜隊の本部があった。

「お早うございます。戻りました」

と、声は掛けてみても、いつも通り大部屋にいる職員は少ない。

組対特捜隊は案件で動く執行隊だ。迅速さをもって事件や事故に当たる刑事部の機捜や交通部の交機などと違い、数ではなく深さで関わる案件が多い。だから全員が揃《そろ》うなどと言うことは、特にこの池袋の組対特捜に限っては有り得なかった。

この日も、時間的にもう出掛けたのか端《はな》から出てきていないのか、大部屋に隊員の姿は一人もない。

「やあ。早くはないけどお早う。それとご苦労様」

そんな返事をしてくれた特捜隊隊長の浜田健《はまだけん》警視以外、女性職員が三人ばかり、笑顔で会釈を返してくれるのみだ。

現に絆にしてからが、通常の出勤ではなく、高崎署に設置されている捜査本部からの帰りだった。

朝の捜査会議に出席してから帰隊した。それでこの時間になった。

前週十二月一日に群馬に行ったきりの、実に五日振りの帰隊だった。

高崎署に設置されている捜査本部の戒名《かいみょう》は、〈N医科歯科大学研究棟爆破殺人事件〉という。

事件そのものは先週火曜、十一月二十八日にJR上野駅構内で犯人と思《おぼ》しき〈パーティー〉を名乗る男が絆との死闘に敗れ、宇都宮《うつのみや》線の電車に飛び込んで死んだ。

それで大筋では幕を閉じる、はずだった。パーティーが別に関わっていた事件からの押収物でもあった致死の麻薬〈エグゼ〉が、どうやらダミーだったという肩透かしも食らった。

結果として、後は芋蔓《いもづる》を辿《たど》るだけで、ほぼ事後処理になると誰もが思った。

ところがそこに、新たな事件が発生した。

いや、新たなというのには語弊がある。

芋蔓を辿る作業中に、この捜査本部の目的に溶け込むように、新たな殺人事件が加わったのだ。

先週土曜、十二月二日早朝、太田《おおた》署管内で久城仲之《ひさしろのぶゆき》という男が、絆を含む捜査本部に集う刑事たちの目の前で殺された。逮捕寸前の出来事だった。

久城は〈N医科歯科大学研究棟爆破殺人事件〉については、この時点では被害者の立場のままだった。逮捕の事由は、大麻取締法違反の現行犯だ。

ただし、〈N医科歯科大学研究棟爆破殺人事件〉の犯人であるパーティーを通じておそらく、久城は竜神《りゅうじん》会に繋《つな》がる男だった。

――田村准《たむらじゅん》教授《きょうじゅ》が邪魔だったんですか。それは何故《なぜ》？

――大学のアメフト部とあなた、繋がりは？――パーティーが来たってことは、竜神会ですか？

逮捕寸前、絆もそんなことを口にして久城を詰めた。

だが実際、大麻の現行犯での逮捕など言い方は悪いが、些末事《さまつじ》だった。押さえた久城をそこから追い込んで追い込んで、もしかしたら殺人教唆まで問い、違法薬物の売買ルートからエグゼと竜神会へと、そんな日本を蝕《むしば》む本流へと事件を繋いでゆくつもりも、小さな希望、可能性として持たなかったと言えば嘘《うそ》になる。

それが――。

久城の死は、それらがすべて泡沫《ほうまつ》になる出来事だった。

一瞬に過ぎて、いきなりに過ぎて、絆をして未然に防ぐことは出来なかった。捜査本部の面々に加え太田署の刑事たちも加わり、大勢で取り囲んでいた油断も、たしかにあったように思う。

久城を殺した犯人は、パーティーを名乗るやけに大柄な男だった。偏光のゴーグルにノーヘルでライダースーツを着て、ヤマハのバイクに乗っていた。

――俺はパーティー。

いや正確には、

――俺もパーティー。

男はそう名乗った。

乗ってきたバイクを器用に操って後輪を跳ね上げ、一人の刑事を弾《はじ》き飛ばし、久城の胸にノーモーションでナイフを突き立て、去った。

恐るべきは、その、無色透明な気配だった。背まで突き抜ける必殺の刃《やいば》だったにもかかわらず、気配にはわずかな揺れさえ皆無で、絆が放った巨大な気魂の一声も、その身体《からだ》を射竦《いすく》ませるどころかそのまま素通りした。

まさしく上野駅構内で死んだパーティーと同じで、ナイフを振るいながら、あるいは殺人を犯しながら、そこには指向の感じられない雑駁《ざっぱく》な気の広がりがあるだけだった。

これを以《もっ》て同類と見なし、以降、便宜的《べんぎてき》に男はパーティーの二号ということで、パーティー・ツーと呼ばれることになった。

——パーティーはチャイニーズドラグーンの拳《こぶし》ね。

パーティーについては、絆は捜査を進める段階でノガミのチャイニーズ・マフィア、魏《ぎ》老五《ろうご》にそう聞いていた。

チャイニーズドラグーンはチャイニーズドラゴンと対を成し、二〇一三年に準暴力団指定された半グレ集団の呼称で、警視庁が通達を出した。

パーティーがチャイニーズドラグーンの拳なら、パーティー・ツーは追記されたその二文字が表す通りだ。

ひとつ目の拳は絆が砕いた。ツーはその後に放たれた、チャイニーズドラグーンふたつ目の拳ということになる。

このパーティー・ツーに因る犯行現場は、群馬県太田市の、東武鉄道太田駅前に広がる南一番街の一角だった。

原理原則から言えば、新たな別人格に因る殺人事件の発生ということで、管轄の太田署に捜査本部が立ってもおかしくはなかったが、取り敢えず今回は見送られた。

関連する捜査本部が県警本部から捜査一課の出向もあって、すでに高崎署に立っていたことがまずは第一の理由だったろう。

しかも、久城の殺害の瞬間は太田署の刑事も目撃していたが、この段階では前述の捜査本部が久城を高崎署に引っ張るための手伝いであり、直接には関与していない。このことが第二の理由だ。

表向きにはだが。

真意は、すでに手垢《てあか》のついた事件のために捜査本部を許可し、年度内の残り少ない署の予算を食い潰すことに太田署の署長が猛烈に反対したからだ。

――パーティーが死んでパーティーが第二の犯行を犯して逃げた。事件の根本はそこでしょうが。ワンが死んでツーが犯行を犯して逃げたでもいい。ワンがなければツーもない。これこそが道理でしょう。

ということらしい。

「あの太田署の署長は、なんていう人でしたかね。とにかく、剛腕ですね」

現状を説明した最後に、絆はそう付け加えた。

「そうだね。あいつはね」

「あ、隊長はあの署長のこと、ご存じなんですか」

「知ってる。目加田《めかた》でしょ。Ⅱ種合格の」

浜田はツラッとした顔で言った。

「詳しいですね。もしかして同期とか」

「違うよ。三こ下。でね。ええっと。さすがに覚えてないな」

言いながら浜田は、デスクの上のキーボードを叩いた。

やがて、これこれ、と言ってモニターを覗《のぞ》き込《こ》む。

「前職は県警本部の方でさ。刑事部管理官兼刑事企画課次席兼犯罪捜査支援室長兼警務部管理官兼法人調整官、だって」

「うわ。長っ」

絆は思わず身を仰《の》け反《ぞ》らせた。

「それって、どういうことなんです？　遣《や》り手《て》ってことですか」

「ううん。人手不足ってことでしょ。どこも同じ」

「ああ。なるほど」

「だから余計なことに関わりたくない。これは地方で警察署長やってる人間の本音だろうね。まあ、だからってそのまま本音を口にするかどうかは別だけど。そこら辺が人間性っていうか人格の出るところでね。目加田は余計なことに関わりたくないって言っちゃう人間で、僕なんかは、そんな目加田に関わりたくないって言いたいけど言わない人間。——

あ、今の説明、わかりやすかったよね」

浜田は納得顔で腕を組んだ。

小太りで茫洋《ぼうよう》とした顔つきだが、浜田も準キャリアの警視だ。

組対に限ったことではないが、特捜隊の隊長は階級や処世術だけでは勤まらない。みな、抜群に切れる。

ただし、切れて処世術に長《た》けて、その上で狸《たぬき》なのは、組対特捜隊の浜田だけかもしれないが。

絆が返答に困っていると、さて、と手を叩いて真顔に戻る。

この辺が浜田の処世術か。

いや、ただ狸な部分の露出か。

「で、東堂。パーティー・ツーの消息は？」

絆は首を横に振った。

「ワンのときと同じです。今のところ雲を摑《つか》むようで」

忸怩《じくじ》たる思いではあるが、これぱかりは絆一人でどうなるものでもない。ましてや、群馬県警に不備や不足があるものでもない。

ワンのときも共犯、あるいは手助けする仲間がいた。N医科歯科大学の正面にナンバープレートのないバイクで乗りつけ、パーティー・ワンをタンデムシートに乗せて去った。

後にバイクは一キロメートルほど離れた場所に乗り捨てられているのが発見されたが、盗難車で事件との関連は見出《みいだ》せなかった。

チャイニーズドラグーン、それも〈同窓会〉という分派の連中が関わっているということは今までの経緯から易《やす》く推察出来たが、それ以上のことは不明だ。

半グレ集団の多くが集散を繰り返す個人、あるいはより小さなグループの集まりで、特定できないという恨みがこの〈同窓会〉にも同様だった。

チャイニーズドラグーンはこの他にも〈同級生〉、〈謝恩会〉を始めとする分派が多数存在し、外部からその全体を把握することは現状ではほぼ、雲を摑むようなもの、と言ってよかった。

ちなみに、パーティー・ツーが乗ってきたバイクがヤマハXSR900だということだけは判明していた。

が、当然ナンバープレートは確認出来ず、自前のバイクなのか、盗難届の照会にも、ヒットする車体は今のところなかった。

二

「なかなか難しいね。敵もさるもの、と言ってしまっては、死んだ人間が浮かばれないかな」

浜田は椅子の背凭《せもた》れに身体を凭せ掛け、大いに軋《きし》ませた。

体重が少し増えたかもしれない。

絆の耳には、そう聞こえた。

「パーティー・ツーについては分かった。チャイニーズドラグーン、竜騎兵だっけ。あっちはどう？」

「いえ」

絆はまた、首を横に振った。

大いにもどかしいが、こういう悔しさにも甘んじる。それが、今後に対する動機付けとなり、事件解決に向けての覚悟を強く促すと知る。

「これからです。無暗に手を伸ばしても雲は摑めませんし。下手《へた》をすると、穴熊《あなぐま》の巣に素手を突っ込むことにもなりかねませんから」

「そう」

浜田は、特に突っ込んでは来なかった。

それにしても、と右の肩を不自然に回しながら浜田は話を続けた。

四十肩ですか、と聞いたが余談は無視された。

「〈同窓会〉に〈同級生〉、〈謝恩会〉か。巫山戯《ふざけ》てるって思わない？」

はい、と答えた。

「けど、巫山戯てる方が怖い気はします」

「へえ。君でも怖いって？」

「俺がっていうか、手を出した者がいきなり襲い掛かられる。不意に嚙《か》み付《つ》かれる。その状況が怖いですね。それで、穴熊の巣。不用意なことは出来ないと」

「ああ。仲間思いの孤高の化け物君の台詞《セリフ》ね。だから一人で背負うと」

これには苦笑するしかなかった。

さて、どう答えたものやら。

どちらを答えても、どっちつかずの釘《くぎ》を刺すに違いない。

浜田はそういう、切れて処世術に長けて、その上で狸な上司だ。

「さすがにそんなつもりはありませんけど。一人の弱さ、一人の限界は、これでも感じてますから」

「うん。それならいいけど」

「だからってわけじゃないですけど、現に、大崎《おおさき》署の柴田《しばた》班は動いてます」

この柴田は、大崎署刑事組対課の柴田吾一《ごいち》係長のことだ。

パーティー・ワンの犯した別の殺人事件を追い、パーティー・ワンが死んだ今も、班で事件のさらに深くを探っていた。

この事件で殺されたのが、エグゼを盗んで逃げた沙羅《さら》というキャバクラ嬢と、絆の得難いスジでもあった鴨下玄太《かもしたげんた》だ。管轄が大崎署だった。

鴨下が死の直前までを残してくれたスマホの録音に、鴨下本人と沙羅とパーティー・ワンの肉声があった。

美加絵《みかえ》、沖田《おきた》の組長、東京竜神会、エグゼ、宗忠《むねただ》の指紋etc。

それを以て、お前の関わりだろう、と柴田は絆に連絡をくれた。それで、鴨下の遺体と対面し、語らう時間を持てたのだ。

——パーティーとはなんだ。お前の方から、こっちに落としていける情報はないのか。

そう聞かれ、感謝と共に、チャイニーズドラグーンと〈同窓会〉のことを告げた。

「柴田って。ああ。五反田《ごたんだ》の件でだね。金さんのスジの件」

当然、この件は浜田も把握している。

「はい。それと、栗橋《くりはし》沙羅の事件です」

「ああ。そうだね」

「事件そのものは被疑者死亡で、大崎署でも捜査本部はあっという間に解散になりましたけど、柴田係長の方は、そこからって感じですかね。こっからが組対の本番だって。それで、高崎の捜査本部の三枝《さえぐさ》係長とは連絡を取り合ってるようです」

「高崎と？」

「連携出来るはずですって伝えたら、すぐだったみたいです。高崎ではパーティー・ツーを追って、大崎署の組対では広くチャイニーズドラグーンを探してって感じですか。ある意味、包囲網ですね」

「ふうん。聞くとあれだね。それって、順調ってことでいいのかな」

「ある意味。ただ、呉々《くれぐれ》も油断はって言おうとしたら、柴田係長もさすがに分かってました。俺なんかの出る幕はないって感じです」

チャイニーズドラグーンのことを教えたときのことだ。

――ああいう半グレ集団は、逃げ水みてえなもんだ。追えば逃げて、消えてなくなる。そういうこったろ。

これだけで、柴田が叩き上げの、信頼するに足る刑事だということが分かった。

「言い得て妙。逃げ水。だからこそ、迂闊《うかつ》は絶対に避けなきゃなりませんよね」

「迂闊。そりゃあ、そうだ。特に大崎署の方は、栗橋沙羅の関係で例のエグゼが絡んでる。エグゼには上もピリピリしてる。あの水のせいで、今も判断は保留中だ」

「わかってます」

絆は強く頷《うなず》いた。

EXE、エグゼ。

ティアドロップ・エグゼは、絆の目の前で子安翔太《こやすしょうた》を食い殺し、その少し前に、劉博文《リウ・ボーエン》という凄腕《すごうで》の殺人鬼をも食い殺した。

一滴必殺の、致死の劇薬。

科捜研は成分分析結果を以て、そう断定した。

劇薬にして、強烈無比のドラッグ。

そんな物は果たして、ドラッグなのか。

上層部の初期の戸惑《とまど》いはそれだった。

いずれにしろ、栗橋沙羅の一件は、五条《ごじょう》国光の部屋からその現物を持ち出したことが発端だった。

現物はなんと、〈宗忠の指紋〉と書かれた付箋《ふせん》付きの、二重になったビニル袋に入った小さなE・X・Eのパッケージだ。

争奪戦の末、絆が手に入れた。

これで五条国光を、ひいては兄・宗忠も込みにして、竜神会を一網打尽《いちもうだじん》に出来ると誰もが考えた。

たしかに、パッケージに宗忠の指紋は付着していた。

だが成分分析の結果は、誰しもの期待を大きく裏切るものだった。

内容物は、ただの水だった。

いや、ある意味では劇薬にも等しいとは聞いた。

それは飲料にはまるで適さない、汚染されたどこぞのドブ川の水だった。

高級感のあるカットが施された小さな透明の容器。

クリスタルの涙。

子安や劉博文を食い殺した物と同じデザインのパッケージでありながら、まったくの別物。

これが、上層部の判断を大いに鈍らせた。

一滴必殺の、致死の劇薬。

劇薬にして、強烈無比のドラッグ。

そんな物は果たして、ドラッグなのか。

劇薬にしてドラッグ数本に、劇薬にも等しい汚水一本。

トラップめいた最初の数本だけで、本当にエグゼなど存在するのか。

劇薬と見せかけて、ただの水。

ただの水と見せかけてドラッグ。

有ると見せかけて、有るのか無いのか。

無いと見せかけて、無いのか有るのか。

とは何よりも、エグゼとはいったいなんなのか。

まるでマジックだ。

警視庁を手玉に取るマジック。

上下左右、自由自在。

右と見せ掛けて左。左と見せ掛けて右。

はたまた、上と見せ掛けて下。下と見せ掛けて上。

生と見せ掛けて死。死と見せ掛けて、やっぱり死。

近づいたと思えた一瞬があるが故に、感覚として五条宗忠が、絆をしてこれまでよりもさらに遠くに感じられる一事となったことは否めない。

ましてや、現場の肌感覚から遠い警視庁上層部は、なおさらだったろう。

「だから、大崎署もエグゼを捜査に大きくは組み込んでません。俺が預けられた格好です」

「了解。じゃあ、東堂、そのついでに聞くけど、あっちの方は？　君の言っていた例の、記念誌の方」

この記念誌とは、N医科歯科大学アメリカンフットボール部の三十年記念誌のことだ。

アメフト部は稀代《きたい》の犯罪医師・西崎次郎《にしざきじろう》も、パーティー・ワンによって殺された田村新《しん》太郎《たろう》も所属していた部活だった。

その今年度の同窓会で田村が見聞きしたOBらの会話が、エグゼに繋がるかもしれない可能性を秘めていた。記念誌は、そのための重要なリストだった。

自堕落屋《じだらくや》の奥村《おくむら》にチェック作業を頼んであるが、本人も多忙なようで、預けた当初からすぐには出来ないと釘を刺されていた。

「まだです。今のところ目立ったクロは発見出来ていないようですけど、世の中に完全なるシロなんていないそうです。そういう意味では全員グレーで、全数チェックの後にグレーの濃淡を分けると言ってました。トリモチにも掛けると」

「トリモチ？　ああ、例の」

ここでいうトリモチは、仮想現実における一孤の天才、奥村金弥《きんや》自慢の自作情報解析収集ソフトの名称だ。ネーミングセンスはさておき、汎用型検索エンジンとは比べ物にならない速度と精度と深度を誇る、らしい。

「まあ、三日前に仙台《せんだい》から帰ってきてはいるみたいです。そろそろ急《せ》っ突《つ》いてもいいかなとは思ってますけど。ただ、急がせて臍《へそ》が曲がったりすると費用が」

「そんなことか？　背に腹と捜査は代えられないだろう。いくらだい？」

「金田《かねだ》さんの頃から五万です」

「安心していいよ。東堂。それくらいなら僕が払おうじゃないか」

浜田は自分の胸を叩いた。

「えっと。掛ける学年数にされたら三十年なんで、最大百五十万になりますけど」

「群馬はあれだろ？　太田の殺人事件の捜査が始まったばかりだね。うん。そっちが先かな」

さも当然のように話が向きを変える。

この辺は世渡り上手な浜田の日常だ。組対特捜隊員ならまず、驚きも呆《あき》れもしない。

「隊長もなかなかキャッシュですね」

「キャッシュ？」

「ええ。湯島《ゆしま》の来福楼《らいふくろう》の、馬《ま》さんと同じ匂いがします」

「そうかい？　もっとも僕は、レスな方だけど。だってさ。正義と報酬が比例しないところがさ」

公務員はつらいよね、と浜田は続けた。

話が長くなってきた。

絆は話しながら自分のデスクに移動した。

「ああ。ただ、隊長。田村准教授の口から直接名前の出ていた、梶山《かじやま》って言う男とはアポが取れました」

これも、先に報告していた件ではある。

「梶山って言うと、あれかい？　総合病院の二代目」

「そうです。今日の夕方なら、って面倒臭そうに言われましたけど」

「収穫があるといいけどね。まあ、焦りは禁物だから、記念誌の全体が見えるまでは、や

な」

っぱり太田が先だね」

「隊長。てことは、向こうにまだ顔出してても」

そうね、と一瞬考えてから、浜田はデスクの上で手を組んだ。

「捜査本部は殺人捜査が主だろうけど、久城だっけ？　殺害されたその被害者は、こっちには被疑者で、そのヤクのルートに竜神会、それからパーティー・ツーだろ。拾える情報はなかなか多そうだ」

「じゃあ、いいんですね」

「君は〈異例特例〉だし。そう、〈異例特例〉っていうのは、許されるっていうことじゃなく、強引に押し通すってこととほぼ同意だからね」

「あ、やっぱりそうだったんですね。納得です」

「どうやっぱりかは知らないけど」

実は今朝《けさ》イチで、部長から管区に話は上げてもらってるんだ、と言って肩を竦め、浜田はへらりとした笑みを見せた。

さすがに狸で、大狸である大河原《おおがわら》組対部長の一の子分だ。

「もう向こうの捜査本部に話は降りてると思う。いつでも行けばいいさ。忘れずに、ちゃんと頼んどいてもらったから」

「頼むって、俺のことですか」

「署の仮眠室に、引き続きベッドをひとつね。通われたらたまらないから。公務員の正義と労力と経費は当然、比例しないんだよ」

「──ああ。了解です。明日から行きます」

絆は素直に、この偉大な上司に頭を下げた。

三

午後四時を回って、絆は約束を取り付けた梶山の病院を訪れた。

場所は、曳舟《ひきふね》川通りに面して、京成電鉄押上《おしあげ》線の八広《やひろ》駅と曳舟駅のちょうど中間辺りだった。都心から電車で向かう場合は、京成曳舟で降り、東に明治通りを渡った先という立地になる。

この日、絆が向かう八墨《やぼく》会梶山記念病院は、地域中核を担う総合病院だった。

「ふうん。思ったよりでかいな」

絆は病院の正門前に立ち、夕陽に浮かぶ九階建ての偉容を眺めた。

田村准教授の話に出てきた梶山征一《せいいち》は、この八墨会梶山記念病院理事長だった。専門は整形外科だという。

N医科歯科大学には一浪で一九九三年に入学しているらしい。だから年齢は、この年で四十四歳になるはずだ。西崎次郎や田村新太郎からは、年齢で七歳、学年で六期上の先輩ということになる。

この梶山が理事長を務める総合病院は、一九六六年、梶山の父・哲郎《てつろう》によって、当初は内科専門医院として開業された病院だった。

その後、哲郎は病院の事務員だった久子《ひさこ》と結婚するわけだが、ずいぶんと遣り手だったようだ。五年後には産婦人科医院を併設し、七年後には早くも医療法人を設立した。一人息子の征一が生まれたのがこの年だ。

哲郎は医療を事業とし、その後ほどなくして、十床から始まった医院を増築し、病床を百二十床にまで増床している。

開業から十年後には透析センター、腎臓病《じんぞうびょう》センターを次々に開設し、救急を始めとする標榜《ひょうぼう》科目も一気に十二科を加え、近年では日本医療機能評価機構認定を受けたようだ。

そうしてHCU病棟も併設し、病床も三百を超え、現在では地域に根差した中核病院として、墨田《すみだ》区内で広く認知されていた。

絆が調べる限りにも、八墨会梶山記念病院はまずもって、あからさまな悪評の少ない病院だった。

ただ、好事魔《こうじま》多しとでも言うべきか。そんな病院を一代で作り上げた哲郎に、ステージ4のすい臓がんが見つかったのは前年のことだった。すでに全身への転移も見られ、回復の見込みはなかったという。

父の跡を継いで梶山が理事長に就任したのは、絆が調べる限りにも、哲郎が身罷《みまか》る直前の日付だった。

幸不幸はあれど、理事長職の継承はスムーズで、梶山記念病院の運営に大きな乱れはなかったようだ。

そうして理事長に就任した梶山は独身で、七十二歳になる母・久子と二人暮らしだという。

梶山は十年前、二〇〇七年に一度結婚し、五年後に離婚していた。子供は作らなかったか出来なかったかは知らず、いなかった。

午後の診療もあって忙しげな総合受付で来院目的を告げる。話は通っているようで、事務の女性にそのままエレベータで上階に案内された。

向かったのは、三階の奥まった辺りだった。いくつも並んだ同じドアの、一番奥だ。移動には不便だろう。

ドアに他の部屋と同じ書体、同じ大きさのシート文字で、理事長室とだけ貼られていた。前理事長の飾らず驕《おご》らない人柄が思われる位置だった。

ただし、ノックで許可をもらい、入室した内部はわけが違った。

「お時間をいただきまして」

事務の女性の退室に合わせ、絆は室内に向けて腰を折った。

「そうね。ただ、この後に予定があるんで、出来るだけ手短に頼むよ」

梶山は真新しい応接セットの、本革張りのソファに座り、片手を挙げて絆に答えた。

その手がそのまま翻り、無言で絆に対面の着席を勧める。

名刺をテーブルに置きつつ、絆は梶山を観察した。

生地のいい上等なスーツと、それに見合った身体はストイックに鍛えているようだ。ゆるくウェーブが掛かった亜麻色《あまいろ》の髪は美容師の腕に違いないが、高い鼻の印象的な整った面貌は生来のものだろう。

女性には昔からよくもてでさ、と言われればなるほど納得だが、と同時に、よく泣かせてきたと言われても腑《ふ》に落ちる。

梶山征一は、そういう印象の男だった。

「早速だけど、西崎について聞きたいって？」

「ええ」

アポイントを取るとき、総合案内に電話を掛けてそう言った。本当の目的は告げない。周辺を撫《な》でる。

そうすると腹に一物を抱えるような連中は往々にして、迷惑そうにしながらもこちらの手に乗ってくる。

こちらから何某《なにがし》かの情報を引き出したいから、あるいは引き出せると思っているからだ。

この梶山のように。

先ほどとは別の事務職員が、緑茶を運んできた。

その退室を待って、梶山は茶には見向きもせずソファに足を組んだ。

「生憎《あいにく》だが、私は西崎なんて奴《やつ》のことは何も知らないよ。アメフト部の後輩だったっていうのも知らなかったくらいでね。特に在学年度が被《かぶ》っているわけでもなく、同窓会にそいつが出てきたこともないと思うが」

梶山は饒舌《じょうぜつ》に気のない言葉を並べた。

絆はゆっくり、緑茶を飲んだ。

「なるほど。なら、出て来なかったという記憶はあるということですか」

この辺は試しだ。

「それは揚げ足取りというものだ」

梶山は鷹揚《おうよう》に両手を広げた。なかなかに、そういうポーズが様になる男ではあった。

「出てきてたら覚えているだろうとね。私の話はその程度のものだ」

「梶山さんと入れ替わりに入学の後輩になりますが」

「らしいね」

「ご卒業当時、現役のアメフト部に顔を出したりとかは」

「ないね。卒業後は、泣きたいくらいに忙しい二年の臨床研修だし、その後はこの病院で休みもままならない外来の毎日だった。部に顔を出すなんてとてもとても」

「無理でしたか」

「そうね。卒業後のここと高崎は実際、思う以上に遠かった。だから、アメフト部の同窓会にだって、私が初めて出たのは五、六年後だったかな。あの頃は同窓会が学園祭と同日開催だったんで、一石二鳥《いっせきにちょう》？　一挙両得？　なんだろうね。とにかく、出る気になったんだな。そうでなかったら、卒業後の大学は縁遠かったかもしれないな」

のらりくらりとしたものだ。絆の来訪までの間で、色々考えたに違いない。

（さて）

絆は緑茶を飲み干した。

――稀代の犯罪医師か。西崎ってのは馬鹿だな。ショボいドラッグなんかに手を出して大魚を逃がす。もう少し待っていればよかったのにな。

――けど先輩。あいつは馬鹿のテストケースですから。だからこそ、今があるんじゃ。

――別にアメフト部だけに限らないが。N医科歯科大学、アメフト部の未来に乾杯。

――じゃあ、N医科歯科大学に乾杯。

田村准教授が同窓会で聞いたという話を唐突に口にする。

「梶山さん。これは田村准教授が、今年のアメフト部の同窓会で聞いたっていう、あなたを含む方々の会話です。特にこの、ショボいドラッグよりいい物って、なんのことです?」

「さて。——一体なんの話やら」

梶山は呆気《あっけ》にとられた顔をした後、感情を隠そうとでもするかのように目を細めた。

絆にはそう〈観《み》〉えた。

「聞き違いじゃないのか? その田村というのは、この間の事件で死んだ男のことだろう」

「ええ。よくご存じで」

「一応、母校でのことだ。ニュースで見た以上のことは知らなかったが。そうか。あの男もアメフト部だったのか。なら、ただの後輩よりなお一層、強く冥福を祈るばかりだ」

「知らない? 三十年記念誌、お持ちですよね。田村准教授も西崎次郎も、当時の住所や顔写真が載っているはずですが」

「あんな物」

梶山は鼻で笑った。

「自分が一緒に戦ったときのチームと、歴代の可愛いチア。そのくらいしか見るべきページはないね」

「では、田村准教授のことはひとまず置くとして。先ほどお聞きしたのは、こちらとしては梶山さんご自身のお言葉という認識ですが、それもやっぱり、言った覚えはないと」

「言った言わないは不毛の極みだ。これ以上に話を進めたいなら証拠をと言いたいが。東堂さん、だったね」

「はい」

「死人はしゃべらない。私は医者だから、よくわかってるよ」

「では質問を変えるとして、今年のアメフト部の同窓会で梶山さんがお話しになった方で、覚えていらっしゃる方、どなたかいらっしゃいませんか」

「さて。誰と話したかな」

梶山はそっぽを向き、足を組み替えた。

「全員、じゃ駄目かい。その田村とかいうのを除いた全員」

つまり、話す気はないということらしい。まあ、わかっていたことではある。

後は、会話の振り幅で様子を見る程度か。

「では、アメフト部以外でも結構ですが、梶山さんの在学当時でどなたか、仲のいい方をご紹介いただけませんか」

「とんとご無沙汰で。基本的に商売敵《がたき》だしな。疎遠でね」

「ならなおさら、教えて頂けませんか」

「あのねえ」

梶山は一度、腕時計に目を落としてから絆に向き直った。

イラつき始めたようだが、こちらを意識させるということは会話にとって大事なことだ。少なくとも答えの〈本気度〉が変わる。

「商売敵でも友人だよ」

溜息《ためいき》交じりに、梶山はそう言った。

「友人でも商売敵だから疎遠、なのではないですか」

「違う」

梶山は応接テーブルに身を乗り出した。

「医者なんて、毎年いくら儲《もう》かったか、どこのメーカーのどんな車や時計やクルーザーを買ったか。そんな話ばかりをするつまらない連中だからだよ。疎遠になったのは」

「へえ。じゃあ、梶山さんは、そんな話はなさらないんですか」

「するよ。医者だからね」

「えっと」

「聞いてなかったか。そんな話をする連中ばかりだと言っただろ。誰も聞かないんだよ。他の医者の話は」

「ああ。──あの」

「なんだい」

「友達、少ないですか」

「そう見えるかい」

「ええ」

「ほう。言うね」

梶山はソファに背を預け、ここで初めて、白い歯を見せて笑った。

「そういう図太い神経は嫌いじゃない」

揺さぶると本性に辿り着くケースも多い。

ただし、その本性が真《ま》っ直《す》ぐなものだとは限らない。

「友達は、そうだね。どこからどこまでをそう呼ぶか、によるだろう。男も女も、昔から放っておいても寄ってくるものでね。人は寂しいと衰弱する生き物だというが、そういった意味では、私は寂しいと感じたことがない。だから、自分からあまり友達を欲しいと思ったこともない」

「なるほど。牽強《けんきょう》付会《ふかい》な気もしますが。では失礼ついでにもうひとつ」

梶山は言葉にせず、手で先を促した。

「離婚の理由、聞いてもいいですか」

子供が出来なかった、と冷めた口調で梶山は言った。

「子供だけは欲しいんだ。三代目を親父《おやじ》に見せられなかった。それは大いに心残りだね」

そう言った後、実はさ、と梶山は前のめりになって声を潜めた。

「本当はでき婚だったんだ。いや、そう思って急いで結婚した。そしたら四か月半で流れてね。以降、一度も上手《うま》くいかなかったんだ」

「ああ。簡単な話さ」

次は生まれてから結婚するよ、と言って梶山は茶を飲み、また腕時計を確認した。

「そろそろ出掛ける時間だ。まだ何かあるなら、今のうちだが」

「いえ」

これ以上は、色々な意味でもういいだろう。

一礼を残し、絆は理事長室を後にした。

四

——墨田の病院の後は、今日は直帰でいいよ。いいかい。寄り道厳禁。直帰だよ。

池袋の隊を出掛けに、浜田にはそう言われていた。念を押されたと言ってもまあ、過言ではない。

湯島の駅から地上に出たのは、五時半を回った頃だった。そこから、すっかりと改装も成って、簡易なシャワーと〈ハルコビル〉というストレートな名称が新設された住まいを目指し、湯島坂下から一方通行の道に足を踏み入れる。

坂上の角で、薄明に立つ大小二つの影があった。どちらも姿勢よく立ち、背の高い方は西の空を見上げているようだった。

時間をさえ留めるようなその佇《たたず》まいはある意味、幽玄《ゆうげん》の構図だ。

その幽玄の一方、背の高い方が、この十月からハルコビルに住んでいる矢崎啓介《やざきけいすけ》で、もう一方のやや背の低い方が、約三週間前から仮寓《かぐう》の新参者、関口貫太郎《せきぐちかんたろう》だった。

矢崎は元中部方面隊第十師団師団長・陸将まで務めた叩き上げの自衛官で、その手腕と胆力を小日向和臣《こひなたかずおみ》総理大臣に高く評価され、退任後の現在は防衛大臣政策参与という、要するに暴走しやすい鎌形昭彦《かまがたあきひこ》防衛大臣の首で鳴る、鈴の役職に就いている。

そしてもう一人の関口に関しては、元鉄鋼マンとは聞いたが、それ以上の詳しい来歴を実は絆は知らない。知らない方がいい、という雰囲気もある。

ただはっきりしているのは、警視庁が誇る超巨大証拠品収蔵庫〈ブルー・ボックス〉に君臨するアイス・クイーン、小田垣観月《おだがきみつき》警視が連れてきた老爺《ろうや》で、一流を極めた達人クラスの男ということだ。

決して太くはない巌《いわお》の身体つきも、常に理に適《かな》った重心の位置も、どうしてどうして見事なものだ。

――凄いですね。うちの爺《じい》さんクラスですか。

そんな言葉を思わず、関口の保証人とも言える観月に漏らしたこともある。

この〈うちの爺さん〉とは当然、成田《なりた》に住む今剣聖、正伝《しょうでん》一刀流第十九代正統の東堂典明《てんめい》のことを差す。

そのとき、関口貫太郎が関口流古柔術を納めていると聞けば納得で、観月の師匠筋と聞けばなお納得だった。

――一度、お会いしてみたいと思ったもんだが。

関口がそんなことを言ってくれたのは初見のときのことだ。思えば典明の退院の日だった。

以降、関口がそのことを口にしないのは、あるいは一時は命さえ危ぶまれた典明の身体を慮《おもんばか》ってのことか。

(そのうち、こっちから聞いてみるかな)

そんなことを考えながら坂上に近づく。

関口は一張羅《いっちょうら》なのか、常に地味なジャケットに同色のスラックス姿で、矢崎と何かを語らい、時折目を細めていた。

よく陽に焼けて肌は夕闇に溶けるほど真っ黒で、ボルサリーノから覗く白髪と、ゆったりとした笑顔がやけに印象的だった。そのくせ、漏れ出るだけでも鍛えに鍛えたことを知らせる、気の総量は圧倒的だ。

（まったく）

今も坂上で、構えも取らずゆらりとしたその立ち姿だけでも、絆には、辺りの空気を巻き込むような圧力の高い気配が観えた。余人にはないものだ。絆の口からは知らず、微苦笑さえ漏れた。

職業柄、と言っては切ないが、絆は常に帰宅の時間どころか帰宅そのものすら不定期だった。そのせいで防衛省に出勤する矢崎とは日常的に顔を合わせることは多くはないが、関口とは、矢崎に比べれば顔を合わせる回数は多かった。

関口が現在無職で、主のごとく、このハルコビルにいるからだ。

そのせいかお陰か、最近では貫太郎さん、と絆も呼ぶようになった。そんな関係は構築されていた。

矢崎との関係はもう言わずもがなで、一緒に食事に出掛けるとき、〈ご馳走《ちそう》様でした〉という言葉は食べる前から絆の中で熟成されており、矢崎はカードを出すだけで特に何も言わない。そんな関係がいつの間にか構築されていた。

「二人とも、何をしているんですか？」

三メートルほどを空けて、絆は声を掛けた。

一瞬だが、こちらを向きながら矢崎が身構えるようだった。

驚かせようとする気はないが、何気なく他人に近寄ると、絆の場合そういう反応をされることは珍しくなかった。

特に、ある程度の〈心得〉や〈鍛え〉がある者には。

喩《たと》えるならツベルクリン反応のようなものだ。

ただし、貫太郎のようにある域を過ぎた達者だとそうはならない。

声を掛けて初めて絆の方に顔を向けるのは矢崎と変わらないが、その表情には驚いた様子は見られない。どちらかといえば、何も心得や鍛えのない普通の人たちと同じような反応だ。

だから、絆が声を掛けてからごく自然にこちらを向き、貫太郎はごくごく自然にボルサリーノを取って頭を下げた。

「こんばんわ」

ただし、おそらく十五メートルは離れた辺りに近付いた頃から、貫太郎は絆の存在に気づいてはいたようだ。貫太郎を巻く気の流れがひと筋、その辺りから絆に向かって流れてきたのは観えていた。

達するとひと回りして、反応は鈍くも見えるものだ。

そう考えると、これはこれでツベルクリン反応の一方か。

　どちらが陽性でどちらが陰性かは、この際置く。

「ああ。東堂君か。こんな時間になんだい」

　身構えを解き、鷹《たか》の目に街灯の光を映しながら、矢崎はよく伸びるバリトンでそう言った。

「なんだって言われても、こんな時間なら普通、帰宅だと思うんですけど」

「君が？　この時間に？　これは驚きだ」

　バリトンで〈真面目《まじめ》〉に驚かれると、何やら大層なことをしでかした気にもなるが、よく考えれば実は大したこともない。

「まあ、その件は見解の相違もあるようなのでさておきましょう。で、最初の話に戻りますが――」

　何をしてるんですか、と聞くと矢崎はまた、顔を上方に向けた。

　ただし、今度は薄明の西の空にではない。ハルコビルの壁の方にだ。

「ゴルダ君を、待っている」

　バリトンで言われるとこれも大層なことのようだが、大したことはない。いつものことだ。

「ああ。待ち合わせですか」

「そう。五時半なのだが」

矢崎は腕の時計を見た。

「一分三十秒が経過した」

矢崎とは徹頭徹尾《てっとうてつび》、こういう男だった。

貫太郎が隣に立って、また目を細めた。

その直後、改装の終わったエントランスの方に人の気配があった。

見なくともわかる。三人の他にハルコビルの中から出てくる住人は一人しかいない。

それが、ゴルダ・アルテルマンというI国人だった。I国では、アメリカさえ凌《しの》ぐという世界最高の技術・装備の空挺《くうてい》部隊に所属していたというから、軍人としては非常に優秀だ。

本人の言に因れば、訓練中の命に係わる事故で運よく生き延びたらしい。それからはたんまりもらった恩給を原資に、仲間とI国・日本間で自動車のパーツ屋を営んでいるという、本人に言わせれば実業家だ。

エントランスから出てきたのは果たして、大柄なI国人だった。

「やあ。皆さん、早いですねぇ」

つらっとした顔でそんなことを言う。

「そんなことはない。ゴルダ君。君が三分遅いだけだ」

「Oh。三分が早いか遅いかは、人それぞれの時計に拠《よ》りますねぇ」

「なるほど。至言だね」

矢崎が真顔で受ける。

「いや、参与。納得するところじゃないと思いますが」

絆が口を挟むと、ゴルダが冷ややかな目を向けた。

「Ｏｈ。誰かと思えば、若先生のワーカホリックさんじゃないですか。――あら」

周囲を見回すゴルダ。

「こんな時間になんですか」

まるで先ほどの矢崎と二重写しにデジャヴのようだが、ゴルダも不思議なことを言うものだ。

「こんな時間って。こんな時間なんだから帰りに決まってると思うけど」

「Ｏｈ。だとしたらビックリですねぇ。あの若先生が人並みの帰宅なんて。まるで、日本社会に由緒正しい、公務員さんのようですねぇ」

「まあ。公務員だけどね」

「警察官は、由緒は正しくはないですねぇ」

「問題発言のような気もするけど。ま、面倒だからいいや。で、最初の話に戻るけど」

何をしてるんですか、とまた聞いた。

「Ｏｈ。それはですねぇ」

この日は来福楼の店主、馬達夫《たつお》の誕生日だという。それで祝おうかという話になって、ゴルダが予約もしたらしい。

「あれ？　水臭いな。俺は聞いてないけど」

「聞いても若先生のワーカホリックさんは、行けないでしょ」

「なんだよ。そうとばかりは言えないだろ。現にこうして帰ってきたじゃない。これぞ神様の思し召しってね。俺も行くよ」

と、言ってては見たが返事は帰ってこなかった。

疑心に満ちた目が二対と、楽しげに見守るような眼差《まなざ》しが一対。

「じゃ、着替えてこようかな」

とにかく行動に移ろうとすると、携帯が振動した。高崎署の三枝係長からだった。

「うわ」

思わずそれが声になったが、三人に背を向けるようにして出る。

出るしかない。

――例のパーティー・ツーの乗ってたバイクな。今日の夕方になって同型の盗難届が出された。今日の捜査会議後に、持ち主に会うことになったが、来るか。というか、来て同行しろ。

絆が名乗るより先に、電話の向こうから三枝は早口でそう言った。

「え。今日、これからですか」

――持ち主の都合もある。今はコンビニでバイト中だってよ。それが終わればちょっとならいいってことだ。明日は明日で、朝から大学らしい。

「あ、学生ですか」

――そうだ。捜査会議後に桐生《きりゅう》に行く。早めに切り上げるから、八時までにこっちに来るか、高崎駅に来い。桐生待ち合わせでもいいが、そっちから桐生に行くにはどっちにしろ高崎経由だろう。

「まあ。そうなりますか」

――なんだ。不服そうだな。

「いえ。そんなことはないですけど」

――いいか。お前はパーティー担だ。今朝、お前が都内に戻った後にまた、そんな内々の話が上の方から降りてきた。署で寝泊まりする気なら、こっちの仕事も手伝ってもらう。働かざる者なんとやら。そういうことだ。

「わかりました」

通話を終える。

「えぇっとさ」

振り返る。

矢崎が今度は東の空に月の出を眺め、ゴルダが先ほどよりさらに冷ややかな目で、

「こうして神様の思し召しは、悪魔の囁《ささや》きに負けますねえ」

と、言いながら腕を組んだ。

返す言葉は、当然ながらあるわけもない。

フフッと笑って、貫太郎がボルサリーノの庇《ひさし》を押さえた。

五

押っ取り刀でJR上野駅に回り、快速アーバンで高崎に向かう。

到着は午後七時五十四分の予定だった。

新幹線も使わず、一番安い形で間に合うということに胸を撫で下ろす。

これは胆力の有無ではない。ひとえに、財力の有無、許された経費の多寡《たか》に強く関連する。

三枝とは高崎の駅前で待ち合わせた。

三枝は高崎署に勤務する、恰幅《かっぷく》のいい刑事係長だ。今年で四十五歳になり、階級は絆と同じ警部補になる。

「よう」

「どうも」

そんな挨拶で、午後八時ちょうどにやってきた高崎署の覆面ＰＣに乗り込んだ。

電車でも車でも、このくらいの時間ならあまり変わらないからな、と運転席から三枝が言った。

「それにな」

他人が聞いて楽しくはない、あるいは聞かせるべきでない話をするには車が便利だということで、ＰＣを選択したようだ。

「この時間、上越線に乗り入れてる両毛線《りょうもう》は学生やサラリーマンや、とにかく酔っ払いが多いしな」

ということで、移動の車中でこれまでの詳細を聞く。

「今日の夕方、四時十五分だったようだ。伊勢崎《いせさき》署に盗難届が提出された。被害を申し出たのは、伊勢崎市にあるＴ福祉大学の学生だ」

「え、またあの大学ですか」

田村準教授が殺害された折、直後に使用され乗り捨てられたバイクがたしか、同じ大学からの盗難車だったと記憶していた。

「そう。そんなこともあって、お前にも来てもらった。桐生に向かうのはな。そっちに本人のアルバイト先も住居もあるからなんだが」

名前は田沢良太《たざわりょうた》で、T福祉大学の四年生で、桐生市堤町《つつみちょう》のアパートに住むという。

「それって、桐生のどの辺ですか」

真西だな、と三枝は言った。

田沢という学生の最寄りの駅は、上毛《じょうもう》鉄道の富士山下《ふじやました》という駅になるらしい。住んでいるアパートは、富士山下の駅から徒歩圏内のようだ。

「大学への交通手段はバイクか電車なんだろうが、富士山下からは、ふた駅乗れば終点の西桐生に着く。そこから三百メートルくらいを徒歩で、JRの桐生に乗り換えられる」

「なるほど」

「本人のアルバイト先も、通学の都合を考えたんだろうな。その西桐生の駅前だ」

道すがら、三枝からはそんな説明を受けた。高崎から桐生は、関越自動車道を使って約四十キロメートルほどになる。夜間ということもあってか、慢性的な渋滞やアクシデントもなく、桐生には順調に到着した。二十時五十分過ぎだった。

それから西桐生の駅前に向かい、田沢が働くという大手コンビニの駐車場に覆面PCを入れたのが午後九時十分だ。

「今日は、九時半になったら交代だって聞いてる。中に入ってイートインスペースでなんか食うか」

エンジンを切り、そんなことを言いながら三枝が先に立って外に出る。

絆もすぐに助手席から外に出た。

一旦、周囲を確認した。

上毛鉄道の終点でＪＲへの乗り換え駅だと聞いたが、周囲は暗くこの時間の人通りは皆無だった。街並みには昔からおそらく変わらない、土地に根差した佇まいがあった。

ただ、交差点に面したコンビニの駐車場だけは広かった。

三枝に続いて店内に入る。

絆は真っ直ぐ弁当の陳列棚に向かい、三枝が一人で手前のレジ前に立った。立っていた店員はその手前のレジに一人だけだが、店の奥にもう一人いる気配があった。

田沢さんは、と問い掛ける三枝の声が背に聞こえた。

「あ、俺ですけど」

絆の近く、店の奥から声がした。

そちらから姿を現したのは、黒縁の眼鏡《めがね》を掛けた、ごくごく普通の若者だった。

背格好はだいたい絆と同じくらいだろう。短めに切った髪の長さも、絆とほとんど変わらないようだ。

その髪に少し寝癖《ねぐせ》があるように見えるのは、天然パーマが絆よりやや強いからか。

白のスニーカーにベージュのストレッチジーンズを身に付け、お仕着せの制服の襟元《えりもと》からは、首まできちんとボタンを留めたポロシャツも見えた。

本人の好みかコンビニのマニュアルかは分からないが、姿格好に清潔感は感じられた。資格試験や就職を控えた福祉系大学の四年生には、適しているだろう。

軽い挨拶だけでその場は済ませ、絆は肉まんと幕の内弁当、三枝がレンジ用の天ぷらうどんを買った。

イートインスペースに移動して遅い夕飯を済ませる。

絆達以降の入店者は十人に満たなかった。やはり夜は、静かな街なのだろう。

「お待たせしました」

午後九時半を過ぎて、私服になった田沢がやってきた。制服を脱ぎ、紺色のブルゾンを羽織っていた。それだけでは寒いだろうに、と思わなくもない。

パーティー担だ。お前が聞け、と三枝に言われた。

「じゃあ」

ということで、絆が会話を先導した。

まずは学校の話を聞く。

T福祉大学は、総合福祉学部を始めとして教育学部や健康科学部など六つの学部を持ち、一学年の総計で二千人を数える、割に大きな福祉大学だ。その分、各研究棟や校舎も分立し、敷地も広大だという。

特に敷地と外部を高さのある柵や壁で仕切っているわけではなく、均等に植えられた樹木がその代わりであるようで、基本的にキャンパスは常にオープンらしい。

地域社会との馴染《なじ》みがよく、出入りに便利な反面、どうしても防犯・侵入者対策はおざなりのようだ。

「刑事さんも、学校に言ってくれませんか。バイクも止められる駐輪場が、うちの学校は構内に八か所あるんですけど、どこも外の一般道からすぐ近くで丸見えなんですよ。そんな状態だっていうのに、防犯カメラの一台もないんです。学生課に言っても、個々人の責任でってプレートがあるだろうって。そりゃ、プレートの方が安いとは思いますけど。だから盗まれるんじゃないかなあって俺は思うんですけどね」

田沢はなかなか、人見知りも物怖《ものお》じもせず堂々とものを言う青年だった。

「バイクが盗難にあったのはいつだい？」

本題に入ると、うぅん、と田沢は唸《うな》って首を捻《ひね》った。

「正直言うと、よく分からないんですよ」

「ん？　それはどういうことかな」

「まあ、四年のこの時期なんで。あ、刑事さん、大学は」

「行ったよ」

「どこです？」

W大、と絆が答えると、田沢は目を丸くした。

「凄い。超難関じゃないですか」

「そうでもないよ。ああ、いや。そうでもあるかな。どうだろうね。最近、自分の周囲に私立のW大やK大だけじゃなく、東大や京大や防大卒なんかがゴロゴロしてるもんで」

「へえ。じゃあ、俺もですけど、他人の芝生はってやつですかね」

「かもね。で、四年のこの時期ってのは？」

話の先を促す。

「ああ。俺、先月からあんまり学校に行ってないんですよ。卒業したら、奨学金の返済もすぐに始まりますしね。ネット頼みの卒論も試験勉強も、別にアパートでも出来るし。だから最近は、このコンビニバイトとアパートの往復の毎日で」

「なるほど。じゃあ、バイクはずっと学校に」

聞けば田沢は、即座に頷いた。

「そうです。たまたまバイクで行ってた日にあっちで飲み会があって。下戸で車で来てる友達にアパートまで送ってもらってそのままです。放置ですね」

「そう。じゃあ、君のバイクがないって知ったのはいつかな」

「今日です。ゼミの卒論の提出期限が近かったんで。終わったから出しに行ったら、バイクがなくて」

「へえ。卒論。ずいぶん締め切りが早いね」

「そうですね。他の一般文系大学よりは、少し早めですか。年が明けたら、うちの学校で取れる資格の試験が軒並《のきな》み始まりますから」

話の内容はどれも納得の出来るところだ。

三枝が無言で、手帳に内容を書き留めている。

「それで、アパートってことは一人暮らし？　実家は？」

「柏崎《かしわざき》です。新潟の」

そこで両親はいわゆる、町中華の店をやっているらしい。

「ああ。それでブルゾン一枚？」

「えっ」

「寒くないのかと思ったもんでね。柏崎なら、寒さには強いのかなって」

田沢は肩を竦め、かすかに笑った。

「どうですかね。でも、向こうでも昔からこんな格好ですけど」

「そう。町中華って言ってたけど、継がないのかい」

「そんなことを考えようかって頃に、ちょうど中越《ちゅうえつ》地震が」

「ああ」

「柏崎の飲食は原発頼み、関連業者の来訪頼みですから。あの時期は閑古鳥《かんこどり》の鳴く日ばかりで」

やっぱり手に職ですよね、と田沢は続けた。

「年が明けたら、介護福祉士の試験があって。まあ、それは問題ないと思ってるんですよ。ただ、介護福祉士ってのは名称独占資格で、必置資格じゃなくて。で、その後、五年の実務経験で介護支援専門員や、ケアマネジャーの試験が受けられるんです。こっちは老人ホームとかに必置ですから、就職にも条件がいいんですよね」

などと熱く語る。

事件には関係なさそうだが、絆は聞いた。聞く話が、次へのヒントや鍵になることもある。

最後に、

「そういえばさ。この前、君の前にもバイク盗まれた子がいるって、知ってる？」

そんなことを聞いた。

三枝はもう手帳を仕舞っていた。

「ああ。まあ。バイク通学の奴なんて、別に何百人もいるわけじゃないんで。顔を見ればたいがいはわかりますけど」

「分かった。何か聞きたいことがあったらまた連絡するかもしれないけど。今日は時間取ってもらって、ありがとう」

「いえ」

駅に向かう田沢を先に送り出し、三枝と二人で外に出た。

「お前、W大か」

ＰＣに乗り込むと、三枝が聞いてきた。

「ええ」

「こういっちゃなんだがな」

「なんです？」

俺もだ、とぶっきらぼうに言って三枝はエンジンを掛けた。

絆は思わず噴き出した。

「――ああ。やっぱりゴロゴロしてますね」

と、絆の携帯が振動した。

知らない番号だったが、仕事柄そんなことも多い。疑問に思うこともなく出た。

「もしもし」

――向島《むこうじま》の強行犯、亀岡《かめおか》だ。

所轄だ。向島署の刑事からだった。強行犯という言葉から、血の匂いが感じられた。

「なんでしょう」

――梶山征一が殺された。

亀岡は淡々とした口調でそう言った。

——あんたの名刺を持っていたから掛けた。今日、病院の方に行ったそうだな。今から来れるか。

無理です、という選択肢は絆にはない。特に、殺人事件だ。

「ちょっと待ってください」

通話口を押さえ、腕のG‐SHOCKを見る。

午後九時四十五分だった。

「係長。上野方面の終電って」

三枝も、言葉のトーンで何かを感じてはくれたようだ。

「ギリだが、少し急げばあるよ」

絆は頷き、通話に戻った。

「了解しました。少し遅くなると思いますが、まだ間に合うって話ですので」

——ああ？

電話の向こうで亀岡は初めて感情を見せ、戸惑ったような声を出した。

六

三枝は、本当に〈少し〉急いでくれた。

高崎駅の東口で降ろしてもらった。

午後十時二十分を過ぎたところだった。

この時間ならまだ高崎線に、二十二時三十三分発の上野行があった。

「ふう」

駆け込みになったが、ひとまず間に合った。胸を撫で下ろす。

新幹線も考えはした。それなら終電もまだまだあったし、同時刻発なら所要時間は半分以下だった。それなら三枝がアクセルを強く踏むこともなかったし、絆が高崎駅構内を走る必要もなかった。

だが、利便性には金額というリスクがあった。在来線のなんと、倍以上だ。

新幹線という考えはスマホで確認した瞬間に吹き飛び、費用対効果における軍配は高々と在来線に差し上がった。

――正義と報酬が比例しないところがさ、公務員はつらいよね。

浜田の言葉が染みる一瞬だ。

ＪＲ上野駅に到着したのは零時十四分だった。

上野は東京の玄関口だが、さすがに構内は閑散としていた。

そのまま中央改札を抜け、浅草口に出た。

乗り継ぎの電車はもうないが、上野駅から向島署なら隅田川を渡って五、六キロメートル程度の距離だった。

歩けるというか、走っても行ける距離だ。

絆なら当然、

「じゃ、走るか」

ということになる。

約三十分、絆は夜道を走った。車道にトラックやタクシーの往来が途切れることはなかったが、歩道に人の姿はめっきりと少なかった。

師走の深夜はよく冷えて、さほど汗は掻《か》かなかった。額と背中に滲《にじ》む程度だ。呼吸にもさほどの乱れはない。

一度の深呼吸。

それで常態に戻る。

全体、そのくらいには鍛えていた。

警察署という場所は明かりが切れることのないところだが、それでも管内で殺人事件が起こった署は、中に入った瞬間から明らかに時ならぬ人数の、落ち着きのない気配に満ちていた。

絆にとっては、見慣れた気配だ。

帳場《ちょうば》が立つ。

署を上げて本庁捜一を迎える。

その準備だったろう。

制服警官らの慌ただしい流れに従って二階に上がり、吸い込まれるようにして会議室に入ると、部外者を目敏く見つけ、近寄ってくる男がいた。

「あんたが、組対の異例特例かい」

声からそれが、先ほど連絡をくれた亀岡良治《よしはる》巡査部長だということが知れた。

ワイシャツを袖捲《そでまく》りした、五十絡みの男だった。

短髪短軀《たんく》。だが雰囲気は十分で、実際よりも身体は大きく見えた。

零時を過ぎても目に光が冴《さ》えていた。

叩き上げの、優秀な刑事ということだ。

別の方向から、向島署では顔見知りの組対の刑事も寄ってきた。絆より少し歳下《としした》の、本《ほん》郷《ごう》という巡査だった。本部設置ということで、刑事係に借り出されたのだろう。

「東堂さん。聞きましたよ。高崎からですって」

「そう。バタバタしてるよ」

「向こうも殺人だってな」

亀岡が聞いてきた。

「ええ。ただ今日は盗難届の確認で」

「盗難だ？」

眉根《まゆね》を寄せる。

「盗難バイクです。事件で使用されました」

「ああ」

顎先《あご》を右手でざらりと撫で、亀岡は深く頷いた。

「それも、パーティーなんて名乗るふざけた奴の事件か」

「パーティー・ツーです」

「ツーだ？　ふん。そいつぁ、倍ふざけてるってか」

吐き捨てるような言葉に、怒りの波動が観えた。

絆を見上げる目が、強かった。

なかなかいい面構えだと絆は思った。

雰囲気と面構えで犯人を圧倒出来る刑事は作り話ではなく、存在するものだ。亀岡がまさにそうだった。

「こっちはな。バイクじゃねえ。おそらく車だ。それも複数のな」

「どういうことです？」

二人に挟まれる形で様子を聞かれつつ、こちらも聞く。

「現場は墨田三丁目の、水戸《みと》街道から墨堤《ぼくてい》通りに入った辺りで、自宅マンションの近くだ。

そこでガイ者はタクシーを降りたらしい。路地じゃねえ。大通りだってのが大胆不敵《だいたんふてき》にもほどがあるが、時間が時間だ。人通りのあるなしもそうだが、それよりな、だいぶ暗かったそうだ」

そこへ足元の怪しい梶山の前方からがっしりとした体格の人物がやってきて、

「擦れ違いざまに、サバイバルナイフで心臓をひと突き。躊躇《ちゅうちょ》がなかったたってよ。なんか、知り合いが寄ってきてひと声掛けて別れた。最初はそんなふうに見えたって、タクシーの運転手がな」

「タクシー運転手が目撃者ですか」

「ああ。最初から最後まで、一部始終を見ちまったってよ。ガイ者がえらく酔ってたらしくてな。ある程度まで見送るのは会社の方針だってよ。それにしたって——」

ひと突きだってよ、と言って亀岡は腕を組んだ。

「そうですね。それが、パーティーって存在の特徴です」

「らしいな。で、あんたの名刺がガイ者の所持品からよ——」

だが、亀岡の話はそこまでになった。

絆の顔が戸口に動いたというのもあるが、その直後に階段の方がやけに騒がしくなったからだ。

本庁捜一の到着だということは、ひと塊になった硬質な気配で絆には最前から理解されていた。

――まだ準備が整ってませんが。

――いい。

その濁声だけで誰だか、どの班だかは分かった。

すぐに、スーツの一団が会議室に入ってくる。

先頭は肩で風を切り、襟章の捜一バッジをこれ見よがしに揺らす固太りの角刈り。

それが警視庁捜査一課の第二強行犯捜査第一係を率いる係長の真部利通《まなべとしみち》警部だ。以下、十人からなる部下の刑事が続いた。

今回の捜査を実質で仕切ることになる管理官は、まだ階下にいるようだ。おそらく署長か副署長に、署に捜査本部を立てる挨拶をしているのだろう。まずは恒例のことだ。

――お疲れ様です。

会議室に響くそんな声には見向きもせず、真部は真っ直ぐ〈ひな壇〉に向かった。

絆の目から見ても傲岸に見えるが、不遜だとは思わない。第二強行犯の第一係は、現実にたしかな成果を積み上げている。

ただ、

――ああ。あの人ね。捜査に対するプロ中のプロと言えば聞こえはいいけど、叩き上げの中の叩き上げって、往々にして融通の利かないものだけど。

と、言い得て妙なことを聞いた覚えはあった。

言っていたのは、どこかの公安の分室の、堕天使《だてんし》のような分室長だ。

真部がその分室長を蛇蝎《だかつ》のごとく嫌っているというのは、本庁の中ではそれなりに聞こえた話だ。

ひな壇のパイプ椅子に座った真部は、絆の方に一瞥《いちべつ》をくれた。こちらの存在を理解しているのは、会議室に入ってきたときから意識の流れで分かってはいた。

礼を取って腰を折る敬礼をしたが、態度としては無視された。

真部に限らず、絆には昔から馴染んだ他人の態度だった。

異例特例は蛇蝎ほどではないが、好かれる対象でないことだけは、入庁直後から本庁所轄の別なく、配属されたいたる先で身に染みていた。

捜一の面々がそれぞれに、並べられた長テーブルに陣取る。中には機材の設置を手伝う殊勝なメンバーもいた。本庁捜一だからといって、全員が捜査に特化したマシーンではない。

「よう」

その中の一人、目つきの鋭い短髪の男が片手を小さく上げて寄ってきた。

真部直属の主任、斉藤誠《さいとうまこと》警部補だ。特に組対の絆とは捜査そのもので絡んだことはないが、とある堕天使のような分室長の〈頼まれごと〉で、互いを知る関係ではあった。

斉藤とその分室長は、警察学校時代の同期だという。

「いいんですか」

「いいんだよ」

それだけで、絆の言いたいことを理解したようだ。こういう聡《さと》さが、真部の信任を得る理由だろう。

「特別なものを嫌うのはあの人の個性だ。で、個性を部下にまで押し付ける人じゃない」

「なるほど」

納得は出来たが、疑問も湧いた。

「アイス・クイーンのことは、割に気に入っているような話は聞きますけど」

「そりゃ、お前さんや分室のあいつみたいに、回りから何かを与えられたわけじゃないからさ」

「いや、でもそれは」

「分かってるよ。好きで異例特例にされたわけじゃないってのは。だから係長が嫌うのは、特にあいつに関しては、その取り巻く環境全体だ。公安だとか、総理だとか、腫物扱いとかだってな。そこにいくと、アイス・クイーンってのは、もってるものは全部、個性だ。実力ってのかな」

「はあ」

一瞬考えた。

「でも、ブルー・ボックスを握ってますが」

「馬ぁ鹿。ありゃ、ただの職場だ」

ひな壇から真部の咳払《せきばら》いが聞こえた。

斉藤は苦笑いだ。

「それはそうと、お前さん。この捜査本部に入るのか」

「まさか」

絆も別の意味で苦笑いだ。

「そうかい？　群馬じゃ、いっちょ嚙みだって聞いてるが」

「向こうは人数が人数で、組織として組対が独立してませんから。こっちは逆に、組織の壁は厚いですから。餅は餅屋で。お任せします」

「そうか」

斉藤は大きく頷き、ひな壇の様子を窺《うかが》うようにしつつ顔を寄せてきた。

「便宜を図ってやってくれって言われてる。というか、情報は流す。要《い》らないって言われても流すからな」

「えっ」

よくわからなかった。斉藤の顔に浮かぶ悪戯《いたずら》気な気色が少し不気味だった。

「やってくれって、誰にですか」

「分室のあいつだ。まあ、俺にとっちゃ割のいい作業なんでな。悪く思うな。よく思え」

「いや、よく思えって言われても」

知らず、溜息が絆の口から洩《も》れた。

「最終的にはいつかのどこかの何かで、結局、俺が払わされる気がしますけど」

最後はただの独り言になった。

会議室に副署長と管理官が入るところで、斉藤が前の方に走って去った。

七

午前一時を過ぎて始まった捜査会議が終了したのは、午前三時半を回った頃だった。

向島署の署長も、本庁の刑事部長も捜査一課長も臨席のない深夜の会議だったが、そこまで掛かったのはただの殺人事件ではなく、〈パーティー〉という名を冠した者達による、連続殺人事件という扱いを取ったからだ。

オブザーバーでしかない絆だったが、今回の事件のあらましを聞く代わりに、これまでの詳細を開示させられた。

――組対、出し惜しむなよ。居なくなる前に置いてけ。

命令ともつかないそんな言葉を吐いたのは、今捜査本部を実質的に仕切ることになる捜一強行犯の、江田勝《まさる》管理官、通称エダカツだった。

エダカツは怒りの沸点がやけに低く、捜査員を道具としてこき使う管理官として、その名は所轄にも広く知られていた。それでも真部班やその他、捜一の部下となる者達の働きで、不満以上に成績が上回っているから誰も何も言わない。

本人も分かって、分かったうえで踏ん反り返っているふしもあり、要するにエダカツという男は警視庁本庁内に多い、食わせ者の中の一人だ。

N医科歯科大学の爆破殺人とパーティー、太田南一番街の殺人事件とパーティー・ツー。それに、西崎次郎とティアドロップ、子安翔太と劉博文とティアドロップ・エグゼ。さらには竜神会と、東京竜神会と、ノガミの魏老五とチャイニーズ・ドラグーン。

捜査本部は絆が一つを開示するたびにざわついた。

どちらかといえば、興味とを示す視線と気配が多かったように思う。

だが、

「ふん。組対の特捜が好きそうな、終わりの見えない捜査だな。ヤクとヤクザは、そっちで勝手にやってもらおうか」

このエダカツの言葉が、絆を瞬時に捜査本部から切り離した。

会議が終了すると、コンビを命じられた捜一と所轄の刑事らが思い思いの場所に固まった。

捜査会議の終了は、絆の出る幕の終了ということでもあった。

真部に後を任せ、エダカツも早々に引き上げた。

「どうする。ひと組くらいなら布団もあるが」

亀岡が言ってくれたが、丁寧に断る。

六日の朝、六時前に高崎署の仮眠室で起きてから、ずいぶん長い一日になった。寝たら昼過ぎまで起きない自信があった。始まったばかりの捜査本部での惰眠は、この場では組対を一人で背負っているに等しい絆にとっては、醜態《しゅうたい》にも等しい。大河原組対部長の顔もある。

ひな壇近くで斉藤が片手を挙げた。

答えるように頭を下げ、絆は向島署の外に出た。

夜空には玲月《れいげつ》が輝いていた。

上野から走ってきた。

湯島までとにかく、自力で帰るのも似たようなものだ。わけもない。

急ぐ必要は感じなかったので、これまでのことを整理しながら歩く。

絆と面会したとき、たしかに梶山は時間を気にしていた。どうやら予定があるというのは嘘ではなかったようだ。

――錦糸町《きんしちょう》のホテルで、医師会の懇談会があったようですわ。主催者の方にウラは取りました。間違いないですね。月イチの開催ってことです。

先ほどの捜査会議で、向島署の亀岡はそんな説明をした。

――だいぶ呑《の》んだようです。いつもはそんな呑み方をする男じゃないって話でしたが。ま、なんにせよ強《したた》かに酔って、それでホテルの車寄せからタクシーを使って。降りたのが犯行現場のすぐ近くってことです。

パーティー・ツーに遭遇したのは、その直後だったらしい。

タクシーの記録で、梶山を降車させたのが午後九時十四分。

前方からやってきたパーティー・ツーが犯行に及んだのが午後九時十七分。

この間、わずか三分の出来事だった。

(いつもより呑んだっていうのが)

絆には引っ掛かった。

普段と違う呑み方をしたのは、絆が来訪したからか。

そんなことを千々に思考しながら歩道の広い夜の浅草通りをゆけば、いつの間にか駒形《こまがた》橋を渡っていた。

「ん?」

どの辺かを確認する。片側二車線の車道に中央分離帯があるところを見れば、新堀《しんぼり》通りと交差する菊屋《きくや》橋の交差点はまだのようだった。寿《ことぶき》四丁目の交差点を過ぎた辺りか。

と――。

絆の脇の車道を、キャリア付きワゴン車が通り過ぎた。

それだけならどうということはない。

通り過ぎる瞬間、漏れるようにして絆に流れる気配があった。

剣呑《けんのん》なものではなかったが、ただの通行人に向けるものとしては異質だった。

嫌な予感がした。

頭上に何某《なにがし》かの羽音のような異音も捉えた。

その瞬間、絆の背筋を悪寒《おかん》が走った。

これは、観法による察知ではない。刑事としての経験則に因るものだ。

咄嗟《とっさ》に前方に飛び出し、大きく転がった。

考える前に身体は動いていた。

こちらは経験則ではなく、鍛え上げた剣士の稟質《りんしつ》に因るだろう。

一回転しながら身体を捻り、片膝立ちになって後方を睨《にら》む。

果たして、それまで絆がいた場所、現在地から約五メートル後方に、両手に大振りのサバイバルナイフを持った大柄な男が、うっそりと立っていた。

パーティー・ツーだった。

絆が飛んで後方を振り返るまでの間に、二台目、三台目の同型のワゴン車が絆の脇を通り過ぎた。

過ぎて菊屋橋の交差点を新堀通りに左折していったが、なるほど、亀岡が説明したタクシー運転手の証言に、ほぼ近い。

――梶山を降ろしてる最中にワゴン車が三台連なって過ぎて、タクシーの前方五十メートルくらいのところでハザードを出して止まったようです。パーティー・ツーはその中のどれかから降りてきて犯行に及び、どれかに乗って去ったようです。

今回の襲撃は絆の脇を通り過ぎざまにワゴン車から飛び出したか、いや、高さ的には予《あらかじ》めキャリアの車上にでも伏せ、そこからダイブしたか。

いずれにせよ梶山殺害時の、そのアレンジに違いない。

それにしてもワゴン車に乗っている、おそらく〈同窓会〉の連中は、普通の半グレのようだった。どの車からも絆に向けられる気配がありありとしていた。だから避け得た、とも言える。

絆がいた場所に立つパーティー・ツーからは、殺気だけでなく、あらゆる尖《とが》った気配が微塵《みじん》も感じられなかった。

感じられないまま――。

絆が立ち上がろうとするのと、パーティー・ツーがサバイバルナイフをこれ見よがしに羽のように広げ、絆に襲い掛かってくるのはほぼ同時だった。

(出るっ)

そう瞬時に決めて引かなかったのは、おそらく絆ならではだったろう。

引けば一撃が二撃を呼び、連撃となって引き続けなければならなくなる危険があった。

火中に栗を拾うのだ。

「応っ」

絆はサバイバルナイフの起こす刃風の下にその身を晒《さら》した。

右からの刃を鼻頭の直前五センチに避け、左からの一撃をさらに飛び込んで身を低くし、頭上三センチに避ける。

そこから伸び上がるように掌底《しょうてい》を突き上げれば、パーティー・ツーの鳩尾《みぞおち》を打ち抜くはずだった。

だが、左からの一撃を振る力を利し、パーティー・ツーはそのまま左踵《ひだりかかと》を軸に一回転して絆の右側から後方に廻り込んだ。

その刹那の交差を逃さず、絆は場所を入れ替えるように襲撃の初期の位置に立った。

この死撃の攻防は、わずか瞬き二つ三つの間だった。

パーティー・ツーは絆から、八メートルほど離れた場所に立っていた。

「やるやる。手強《てごわ》いねえ」

太い眉、太い鷲鼻《わしばな》の下で、口元から牙のような犬歯《けんし》が覗いた。大いに笑っているようだが、全体をまとめる四角い輪郭や乱髪と相まって、獣《けもの》のようだった。

実に楽しげな、一孤《いっこ》の獣だ。

パーティー・ワンもそうだったが、感情にブレはまったく感じられなかった。

獣はただ楽しんでいた。他人に刃を向け、殺そうとしてなお遊戯のようなもの、いや、獣ならただ、じゃれつきのようなものか。

「誰に頼まれた。五条か」

圧した気を言葉に載せて投げてみた。

未熟な者なら金縛りのような状態になってもおかしくはない。

二階堂平法《にかいどうへいほう》にいう、居竦みに近い絆の技にだ。

しかし――。

「何？　言うわけないじゃん」

太田のときと同じだった。パーティー・ツーは平然としたものだ。

気魂はあっさり、パーティー・ツーを素通りした。

心身の心に実のない者の芯は、気迫では砕けないのだろう。

「ならいい。後で聞く」

ここからは問答無用だ。

やおら、絆は背腰のホルスターから特殊警棒を振り出した。

金音が夜に、長く尾を引いた。

それで迎撃の態勢は整った、はずだった。

だが――。

パーティー・ツーは、それ以上、絆に寄ってはこなかった。

気配に悪意が観られない分、行動は酷《ひど》く分かりづらかった。

「なんだ」

「へへっ。あんたとまともに遣り合うってのは、俺の辞書にはないねえ」

言いながら、パーティー・ツーが後退を始めた。

それでも気配は楽しげだった。

「まあ、殺《や》れって言われてるのは間違いないし。さあ、次はどうしようかねえ。へへっ。ワクワクするねえ」

菊屋橋の交差点が近かった。

絆は重心を差し足に掛けた。

「おっと」

パーティー・ツーがそれを制した。

「新聞配達が来るねえ。いいのかい」

縫い留められた。言葉の意味するところは分かっていた。

絆の後方からの浅草通りに、たしかに軽いエンジン音が聞こえた。

待つ間もなく、スーパーカブがパーティー・ツーの立ち位置さえ過ぎ、交差点の停止線に止まった。

信号が赤だった。

いいのかい、とは絆が追えば、パーティー・ツーは新聞配達員を襲う、つまり、殺すという意思表示だったろう。

パーティー・ツーが素早く、交差点まで後退した。新聞配達員とは直近だったが、それでもう絆から二十メートルは離れていた。

「またな」

大きく犬歯を見せて笑い、パーティー・ツーの姿は新堀通りに消えた。

追うように絆は走った。

信号はまだ浅草通りが赤だった。

新堀通りの向こう側の路肩に、件《くだん》のワゴン車が三台、ハザードランプを点《つ》けて止まっていた。

絆がアクションを起こすより早くハザードランプが止まり、動き出した。

どれにも二人ずつが乗車している気配はあるが、どれも同じような気配だ。パーティー・ツーがどれか、あるいはどれでもないのかは、絆でもわからなかった。

進行方向の信号が黄色になった。

一台が直進し、一台が左折し、そして一台が右折信号を待って寿四丁目方面へと曲がっていった。

「必ず、捕まえる」

呟《つぶや》きが白い息とともに立ち上った。

信号が変わり、スーパーカブが音高く走り出した。

第二章

一

金曜日の夜だった。間もなく上野四丁目の交差点という辺りで、新型ベンツがハザードランプを点けて停車した。

自分でドアを開け、ベンツの後部座席から降りてきたのは細身で長身で、酷い猫背の男だった。

そのすぐ近くで、鈴本演芸場の幟《のぼり》が音を立ててはためいた。

「けっ。えろう寒いやないけ」

男はトレンチコートの襟を立てた。

東京竜神会に居候《いそうろう》中の、竜神会本部本部長の木下《きのした》だった。

自分で開けたドアの中にもう一度身体を屈《かが》め、車内に声を掛ける。

「ほな、適当に流しといてもらおか。用事がすんだら呼ぶわ」

「へえ」

運転席で頭を下げたのは竹田《たけだ》という、木下にとってはどうでもいい組の若い衆だった。どうでもいいから、組の名称も知らない。

（ん？　違うたかな）

どうでもいいではなく、組自体が無いと言っていたかもしれない。だったら余計分からないが、だったらなおさらどうでもいい。馬鹿にも出来なければ笑いも出ない。

とにかく、最初、品川に木下と国光を迎えに来た国光のベンツと運転手だ。鬼のいぬ間に借り続けている。

「けど本部本部長さん。いいんすか。そろそろ、東京代表が大阪から戻るって聞いてますけど。呼ばれたら俺、迎えに行かなきゃならないっすから」

竹田は運転席から首を捻じ曲げ、木下の方を向いてそう言った。

「ふん。言われんでも知っとるわ」

先月二十五日から、国光は宗忠に呼ばれて四条畷《しじょうなわて》の別荘だ。

なぜ呼ばれたか。

そのくらいは大体把握している。居ればいたで騒がしく軽がるしいから、会長に東京で迂闊なことをしないよう、遠方に離されたのだろう。

竜神会本部本部長の役職は、伊達《だて》や宗忠の酔狂ではない。

先読みや先回り、判断や決断、そして、非情と無情。

国光は本部本部長を総本部長だった自分と比べて格下に見るが、そうではない。

本部本部長は要するに、五条宗忠という男の一番近くに存在する侍従ということだ。物音一つ、咳払いの一回から気を付けなければ首が飛ぶ。

この場合の首は、解任解雇、の意味ではない。命の意味でだ。

――どや。ここの本部長、やってんかあ？

宗忠のこの要請に首を縦に振るには、能力と胆力と覚悟が必要なのだ。

（それにしても、あれやな）

一連の種蒔《たねま》きやら仕掛けはもう、手札の数だけ整った。そろそろ、帰ってくるのは道理だろう。

ただ、実際にいつだかは定かではない。

今日か明日か、一週間後か。

（せやけど）

どうでもいい。大した差はない。何も変わらない。

木下の目に、国光の姿は映らない。木下が見るべきは網膜に焼き付くほどの宗忠の残像と、聞くべきは常に更新される言葉の数々だけでいい。

というか、それだけで一杯だ。

「だから、本部本部長さん。そんときゃ、あれっすよ。本部本部長さんに何を言われても、俺、消えますから」

「煩《うるさ》いのう。諄《くど》いて。けど、あれや。上野毛《かみのげ》の事務所に、運転免許持っとる若い衆は、他にも仰山おるやろが。そいつらに任せりゃええやないか」

木下が口を尖らせると、竹田は助手席のヘッドレストを叩いた。

「人の代わりはいても、この新型の代わりはねえんで」

「ならもう一台、買うたらええやろが。クルマ返せなんてみっちいこと言うようやったら、私の方から言うたるわ。東京代表が高々ベンツ一台で、ギャアギャアギャアギャア歌うたらあきませんてな」

「言って、東京代表がうんって言うならいいっすけど。今んところはこのベンツも俺も、向こうがオーナーなんで」

「ふん。さよか。目端の利かんこっちゃ」

鼻を鳴らし、木下は後部座席のドアを強《した》かに閉めた。

ベンツが離れてゆくのを確認し、ゆっくりと歩き出す。

木下が向かったのは、上野仲町通りからひと角曲がった路地の、さらに奥だった。派手なスタンド看板が立ち並び、ゴチャゴチャとした路地だ。客引きが数人、手持無沙汰《ぶさた》に煙草《タバコ》を吸っていた。

そんな連中の無遠慮な視線を無視しつつ、木下は路地の向こう角のビルの前に立った。路地に面した中では、一番大きいビルだった。

「ほう。ここかいな」

わざとらしく額に手を当て、木下はビルを仰ぎ見た。

すると、一番近くにいた二人の客引きが寄ってきた。

「アンタ、ダレ」

明らかにたどたどしい日本語だった。中国人だ。

ビルはノガミのチャイニーズ・マフィアの首魁《しゅかい》、魏老五の持ち物で、その事務所が最上階に入っていた。

木下はおもむろに名刺入れを取り出した。

そのまま客引きに自分の名刺を一枚差し出すが、見せるのは表面ではない。裏面だ。事前にボールペンで、〈大苛 仔〉と書いておいた。それだけで分かるようにしておくと、大阪を出る前に宗忠に言われていた魔法の言葉だ。

大苛がどういう意味かは木下も知っている。調べればすぐにわかることだ。だが、仔についてはなんのことやら。こちらは調べようとも思わない。

宗忠が言わなかったということは、木下は知らなくてもいいことだ。

ただ、名刺裏を見せた瞬間、二人の客引きだけでなく、明かに路地全体の雰囲気が変わった。木下にとって悪いものではない。どちらかといえば上々等だ。

顔色を変えた客引きの一人が名刺を持ってビルに駆け込み、そのおよそ三分後、木下はビルの最上階、七階の魏老五の事務所にいた。

「先月から、こっちにいたよね」

パイプ椅子に座らされた木下より一段高い正面に、少し高めの声を発する男がいた。

切り揃えて貼り付けたような前髪に、一重の細い目。女性のような白い肌に、やけに赤い唇。

それが上野、ノガミに巣くうチャイニーズ・マフィアのボス、魏老五という男だった。

少し前までは木下と同じ、髪型はオールバックだったらしいが、今は坊ちゃんに近い切り髪だ。

どうしてそうなったのかは、組対の化け物との因縁ということらしい。

それをどうして木下が知っているかといえば、これくらいは木下が独自ルートから仕入れた情報で、企業秘密ということになる。

周囲のソファに思い思いに座る連中が全員、木下に注視していた。

「へえ。おるにはおりましたけど」

空気を掻き混ぜるように言ってみたが、誰の何も動かない。

どうにもチャイニーズ・マフィアも、東京者は〈乗り〉が悪い。

「それにしては、挨拶が遅いね」

魏老五一人が、やけに楽しげだった。

木下は肩を竦めて見せた。

「私が来たんと入れ替わるみたいに、十八日まで上海《シャンハイ》にお出掛けだったやないですか」

「帰ってからも、ずいぶん時間が経ったね。もう十二月だけど」

「拘《こだわ》りますな」

「私達は、面子《メンツ》の生き物ね」

「そういうことなら」

木下は頭を下げた。

「すんまへん。早めに東京に慣れよう思いましたが、うちの大将の、あ、これはこっちの、東京竜神会の大将の方ですが。その手にまんまと載せられた感じですわ。金もえらい使わされましたけど、六本木やら銀座やらで遊びが過ぎた、いうことです。せやけど、こないだ来ようとは思ったんでっせ。十一月も末ん頃ですわ」

「ふうん」

「嘘やないですよ。ただその日にちょうど、あの組対の東堂とパーティーのえげつないのに出会《でくわ》しまして。ただの見物人してたつもりやったんですけどな。直《じか》に声を掛けられましてん。仰山おった中からたった私一人を見て。ほんま、あの東堂っちゅう組対は、化け物ですな」

「ほう。あの日かい」

「へえ。その場には、所轄の人間もおりましてん。こっちの竜神会と所轄の関係がまだ私には手探りですしな。ま、痛くもない腹を探られるんも癪《しゃく》やし。ほんで少々、間を空けたっちゅうわけですわ」

「ほう。なかなか弁は立つね」

魏老五は自分の前の、袖板に龍虎が彫り込まれた偉そうな木机に肘を付いた。

「パーティーの仕掛け、お前かな」

「そんなそんな」

木下は大仰に掌《てのひら》を見せて左右に振った。

「死兵なんぞ、私には扱えんですわ。ただ、あっちこっちに見たものを見たまんま伝え、聞いたままを聞いたまんま伝え。魏大苛にも、同じですわ」

「おや？　お前、そんな小者かね」

「小者ですわ。小者やないと、早死にしますすし」

言いながら木下は辺りを見渡した。

「ちなみに、これからのこともありますし、王拍承《おうはくしょう》はんと蔡宇《さいう》はんはどのお方でっしゃろ。ああ、陽秀明《ようしゅうめい》はんがおられんのは知っとりますんで」

のそりと順番に上がる手があった。

弁《わきま》えた。理解した。

「へえ。面白いね。面白い」

魏老五が目を細めた。

「お前、何をどこまで知ってるね」

「色々ですわ。色々知って、ほとんど知らんで。ふふっ。ただ、間違えんといて欲しいのは――」

木下はパイプ椅子から立ち上がった。

「私は竜神会の、本部本部長。二次でも、分家みたいな東京竜神会でもなく、純粋に五条宗忠会長んとこの本部長や。会長が右言うたら、絶対に右を向かななららん男です。せやから、会長が大苛言うお人に、絶対に悪さはならん男ですわ」

「ふうん。本部本部長。小者の本部本部長」

「さいですわ」

大きく頷き、その反動のような動きで木下は前に出た。

「ただ、色々知って、ほとんど知らん男のちょっとした疑問ですが。ええでっしゃろか」

「へえ。ほな」

「なんだい」

上目遣いに、偉そうな木机の向こうを見る。

近付けば近付くほど、蛇に似た男がそこにいた。

「大哥て言うたら、私はあまり中国語は知らんのですけど。目上のってな感じですか。それとも」

ほんまもんの兄貴、と言い切るか切らないかのうちに、木下は大げさに右手を振った。

「いや。たわ言でっせ。けどけど、小叔子《シャオシューツ》、内弟《ネイディ》、まさか弟弟《ディーディ》なんて。いやいや、よう言いしませんわ」

劇場型に言葉を紡ぐ。

細かいことを教えず東京に送った宗忠の意に、これで適うだろうか。

多くは知らず対面した魏老五の眼鏡には、どうだろう。

「言うじゃない」

魏老五はそのやけに赤い唇を、やけに薄い舌で舐《な》めた。

ますますの蛇だ。

しかし――。

「そういう男、嫌いじゃないよ。頭は使いよう。馬鹿はすぐ死ぬ」

「へえ。じゃあ、利口者はどないです？」

「擦り切れて死ぬ。長生きかどうかは、立ち回り次第だね」

「肝《きも》に銘《めい》じますわ」

まずは第一関門突破、ということでいいだろう。

少し茶がかかったオールバックの頭をゆっくり、魏老五の前に木下は下げた。

二

十九日の火曜日は、朝から生憎の雨の一日になった。北からの風もやけに冷たい。

十二月だからといえばそれまでで、それまでだが――。

この日、五条国光は六本木の店で拾って囲った、優奈《ゆうな》という女のマンションを九時前に出た。

国光にしては早い時間だったが、優奈が近くにある高級エステを十時から予約していると言った。

エステに行くのに、出掛けるメイクやらの準備というのもおかしなものだと思うが、とにかく朝からバタバタとして、ゆっくりしていられなかった。

それで、事務所への足を早めに呼んだ。

誰と指定することはない。誰でもいい。上野毛の事務所に電話を掛けて、寝泊まりの若い衆を手配させるだけのことだ。

マンションの外に出れば、五十絡みで固太りの、威圧感十分の〈ヤクザ〉がそこにいた。

今日の迎えは、匠栄会《しょうえい》の高橋だった。

「東京代表。お早うございます」

野太い声でそう言い、高橋は両膝に手を添えて頭を下げた。

仁義を切るわけでもあるまいし、といつも思うが、匠栄会は会長の真壁清一《まかべせいいち》が古いタイプの任侠《にんきょう》らしい。そこで叩き込まれた挨拶を強引に変えて、変な猫撫で声を出されても朝から気持ち悪いだろうと、常に挨拶は捨て置きだった。見てみない振りだ。

その〈見ない目〉を動かすと、車道の路肩に一台のベンツが止まっている。

東京竜神会東京代表が乗るのだからベンツは当たり前として、だとしても、型がだいぶ古かった。

車は、高橋が若頭を張る匠栄会のものだった。

古い組はベンツも古い。それがお似合いだと笑いもしたが――。

「なんや。このボロベンツは」

と不機嫌を丸出しに聞けば、東京竜神会のベンツは、二日前に木下が乗って行ったという。というか、国光がいない間に運転手込みでずいぶん乗り回していたようだ。

「運転手て、お前か」

「いえ。竹田で。元大猿《おおざる》組の」

「ああ。あのガキンチョか」

竹田なら分かる。

国光の一声で潰れた組の若い衆だ。他に行く当てがないと分かっていたから重宝だった。雑用ばかりでぞんざいに扱っても、嫌な顔のひとつ、出来るわけもない。いつもヘラヘラと笑っていた。

国光は憮然《ぶぜん》とした顔で、とにかくベンツに乗り込んだ。マンション前を吹き抜ける風がたまらなく冷たかった。

ベンツの中は黴臭《かびくさ》い気がしないでもなかったが、取り敢えずは温《ぬく》かった。

「二日前からて、木下の阿呆《あほう》はどこ行ったんや」

動き出したベンツの後部座席から、国光は高橋に声を掛けた。

ゴルフのようです、と運転席で高橋は答えた。

旧沖田組の重鎮連中と泊まりでゴルフだという。正確には、泊まってゴルフして泊まりだ。今日帰ってくるらしい。

「ああ。ゴルフか」

「へえ。そろそろ東のコンペの案内状も出さなならん時期やし、とか言ってましたが」

「ああ？　あの居候、勝手にやる気かやっ」

　思わず国光は声を荒らげた。

「さあ。勝手かどうかは、俺はわからんすけど」

　東のコンペとは、東日本に展開する竜神会系組織が一堂に会するゴルフコンペのことだ。沖田組が設立当初から、沖田剛毅《ごうき》の名を以って案内状が発送され、開催もされていた。年二回、二月下旬と七月下旬が恒例で、これは竜神会本部が〈五条源太郎《げんたろう》メモリアル〉として今も年一回、九月下旬に開催する例会、つまり西のコンペを外して設定したもののようだ。

　で、この東の例会だが――。

　どうするか決め切れていなかった七月のコンペは開催したが、金も労力も大層掛かった。手出し一億の費用。

　ゴルフ自体があまり好きではない国光には馬鹿馬鹿しい出費以外のなにものでもない。

　実際、今後のコンペは止めようと思っていた矢先ではあった。西の、宗忠主催のコンペ一回で十分だ。

――喧嘩《けんか》しても疲れるだけでっせ。懐柔懐柔。馬鹿と鋏《はさみ》と重鎮言われて得意んなっとる老人は、使い様や。

　たしかに東京に来るなり、木下はもっともらしくそんなことを言っていたが――。

木下はどうにも、国光の神経を適当に逆撫でする男だった。それを楽しんでる風情もある。

イライラした。

「このベンツ、五月蠅《うるさ》いな」

当たるところは高橋しかなかった。これが竹田だったら、運転席のシートを蹴り飛ばしていたところだ。

「すんません」

対して、高橋の言葉は少なく、表情は常に硬い。

エグゼと沙羅の件で怒りに任せ、殴り付けてからはそれまで以上に距離が出来たかも知れない。

とは思うが、それならそれでもいい。

そもそも東京者は好かない。

今囲っている愛人の優奈も東京者だ。普段の会話は別に気にならないが、甘えるときの言葉が鼻につく。

長い付き合いにはならないだろう。まず間違いなく、キタに小料理屋を持たせてやったミナミの女には程遠い。

(あの男)

（なんや。向こうから戻ってきたばっかりやのにな。恋しいか。向こうが）

車窓に東京の街並みを眺める。

国光は前日に、四条畷の宗忠の別荘から帰ってきたばかりだった。

あれほど必死になって国光が取り戻そうとした宗忠の指紋が付いたエグゼ、高級感のある透明容器の、クリスタルの涙は偽物で、ただの長江の水だという。

代わりに見せられた小さな十連の、トップカット式のスポイト型の容器。

それこそが正真正銘、真のティアドロップ・エグゼだという。

ただし、クリスタルの涙も子安翔太や劉博文を殺した分は中身は本物で、リー・ジェインの手から警視庁にもたらされたエグゼも同様らしい。

宗忠が手ずから新任の組長達へ下げ渡したものはさて、

――さて、どっちやろか。組長らの分は虚実混ぜ混ぜや。とある奴の分は本物で、とある奴の分は偽物。それがある日、入れ替わったり差し変わったり。

と、宗忠は楽しそうに言っていた。

国光が自分の分は、と聞いた際には、

――お前は大丈夫や。劉仔空《りゅうしあ》。そんな名を知っても、お前は私を、兄ちゃんと呼んでくれるやんか。だからお前は、大丈夫なんや。

と言ってくれた。

だが、

――お前はどっちやと思う？

と曖昧《あいまい》なままで、国光のエグゼがはっきりどちらかは、未《いま》だに分かっていない。

（虚実のマジック。命の出し入れ。死の出し入れ。面倒なこっちゃ）

そんなことを考えていると、車窓が馴染みのある風景になった。

嫌だと思っても、馴染むものだと自嘲も出た。

東京竜神会の上野毛の事務所がすぐ近くだった。

「代表。明日は車も運転手も変わります。不動《ふどう》組のボルボに」

高橋がそんなことを言ってきた。

「ああ？」

「それなんで、島木《しまき》がお迎えに」

「島木？」

誰だったか。誰でもいい。いちいち覚えてはいられない。

だが、何故変わるのかは分かっていた。言われて思い出した。

「水曜か」

月イチ、病院との都合で何週目かは変わるが、匠栄会会長の真壁はゴルフに行く。それが恒例らしい。

それで、病院の日とゴルフの日、付き添いで同伴の高橋はいない。

「へい。会長のゴルフで」

「ふん。どいつもこいつもゴルフゴルフて、好き者やな。あんな棒振り、どこがええんやろな」

「すんません」

「明日、雨んなりゃええのにな」

「代表」

「なんや」

文句でも言われるかと構える。

が、

「着きました」

言葉が少なく、表情が硬いのはどうにも読みづらい。

「ふん。わかっとるわ」

一人で出ようとする。

「で、明日ですが」

「おう。勝手にせえや」

ベンツを降り、ドアを閉めようとしてふと手を止める。

「高橋。パーティーてなんや。お前、わかるか」

「パーティー。ああ、あの、元千目連《せんもくれん》の月岡を殺ったっていう」

「せや。知っとんのか」

「へえ。若頭補佐、じゃねえ。竹中《たけなか》さんに聞きましたんで」

この若頭補佐は、沖田組の、という意味だ。竹中富雄《とみお》は元沖田組二次組織の、千目連の組長だった。

千目連は国光が、今でも存続を許している組の一つではある。

「ふん。話の出所は俺と一緒か。あいつは知らん言うてたな。で、お前はどや」

「いえ。俺も同じっすけど」

「やっぱり使えんわ」

どいつもこいつも、パーティーのパの字も知らないようだ。

木下なら知るのだろうか。

いや、自分が知らないことをあの男には知られたくない。

「高橋。汚名返上の機会やるわ」

「へえ」

「竹中の言うパーティー。気になる。なんのことや調べろや。ええか。木下には絶対内緒やで」

そう言ってドアを閉め、事務所の中に入る。

野太い声が次々に上がる。

おそらく挨拶をしているようだが、滑舌が悪く覇気もない。まず挨拶そのものに慣れていないチンピラが多過ぎる。その中に混じって、関西から連れてきた連中も毒され始めているようだ。

鷹揚に片手を上げ、三階の東京代表室に上がる。

代表室は、特には何もない三十畳ほどの部屋だ。窓は右手と奥にあり、比べれば表に面した右手が大きく、陽光がよく差し込んでいる。

その右手の窓を背にするように黒檀《こくたん》の机があってＰＣが載り、左手の窓がない壁側には皮張りの背の高い応接セットが置かれていた。

机に座れば、たしかに正面になる左手の壁は殺風景だった。

――絵、送っとくで。私の好きな、あの絵の習作や。本物やで。

前回訪れたとき、宗忠はそんなことを言ってはいたが――。

「いつでもどこからでも、見てるってか。兄ちゃん」

国光は呟いた。

左手の壁には国光が知らないうちに、シャガールの〈家族の顕現〉が飾られていた。

三

国光の運転手として上野毛の東京竜神会事務所に入った高橋は、一階で二時間ほど、麻《マー》雀《ジャン》に興じる連中の卓を横目で見ながら過ごし、昼になる前に席を立った。

もっとも、この席とは自分で引っ張り出すパイプ椅子のことで、自分専用のデスクも椅子も、上野毛の事務所にはない。

「出掛ける」

そう声を掛けると関東の若い衆は西の連中の顔色を窺って黙り、西の連中はつまらなそうにおざなりの返答を返す。

――へぇい。

まったく、暗い連中だと思う。かと思えば、ときに内輪でボケて突っ込んで大声で笑う。どこが面白いのか分からない内容でだ。

高橋も大阪に友人も馴染んだ女もいる。だから大阪人だからというだけで色眼鏡を掛けて見るつもりはない。

要するに、大阪者のヤクザは好かない。そういうことだ。

コインパーキングからベンツを出し、上野毛を離れる。

午前中だが、下りの環八通りは混んでいた。暮れも近いからか。

渋滞にはまると、思考も千々に乱れる。

五条国光の態度を忸怩たるものに考え、自分の親、真壁清一の思いを噛み締める。

――高橋よぉ。三郎《さぶろう》、お前も聞いとけや。

それは、ほぼ一か月前のことだった。在《あ》りし日より、悲しいほど小さくなった真壁が二人を呼んだ。組対の東堂が西高島平《にしたかしまだいら》の真壁の屋敷を訪れた日のことだった。

――さっきの組対の、あの化け物よ。なんて名前ぇだったっけかな。

――東堂、ですかい。

答えたのは、真壁の世話役の中野《なかの》三郎だった。真壁が最後に拾ってきた若い衆で、たしか今年で二十三歳になる。去年、高橋のちょうど半分だという話をした記憶があった。

――へへっ。そうそう、その東堂だ。ありゃあ、凄ぇな。近くにいるだけで肝が冷えた。だからってぇわけじゃねぇが。

手ぇ貸してやれよ、と真壁は茶を飲みながら言った。

――えっ。奴をっすか。助けるんすかっ。

これは高橋だ。さすがに意表を突かれた感じだ。驚きと不満が、どうしようもなく声に乗った。

――助けろとは言わねぇよ。ただ、手ぇ貸してやれよ。

——やくざが警察にっすか。お言葉ですけど、そいつぁ世も末っすね。

——人の世は末になってもよ、人は人だ。けどよ、西の腐れヤクザの先棒なんか担いでんのは、人の外だ。外道の所業だぜ。どうせならよ。人で死にてえじゃねえか。

真壁は実に、白々と笑った。

高橋の口から溜息が漏れた。

——親にそう言われっちまうとね。

降参だった。任俠の理屈だが、高橋には真っ直ぐに聞こえた。

——手ぇ貸すと、どうなるんです。

——末のこの世じゃどうもなんねえだろうな。手なんか借りねえって化け物の方でも言ってたしな。ただよ、手ぇ貸しときゃ、お天道様《てんとさま》は見て見ねえ振りでも、閻魔様《えんまさま》はどうかな。地獄で少しぁ、こんな俺らにもよ。手加減してもらえるかもしれねえぜ。

そんな会話があった。

真壁の覚悟であり、願いでもあったかもしれない。

(俺にも手加減、してくれるんすかね)

そんなことを考えながら、高橋はハンドルを強く握った。

大宮バイパスに入る頃には渋滞を抜ける。

高橋はそのまま、美女木《びじょぎ》の匠栄会事務所に顔を出した。

今では組を仕切るのは真壁ではなく、高橋の仕事だ。

――おっと。若頭。お疲れさんです。

きびきびとした態度、いや、東京弁が心地いい。

すぐに、若い衆から前夜の〈働き〉の報告を受ける。

態度は心地いいが、売り上げはこれといって大したものがない。

ぼったくりバーと抜きキャバと、ノミ屋と闇金の取り立てと、それらをネタにした恐喝を少々。

それだけ、それくらい。

年々、いや日一日とシノギはきつくなる一方だ。

溜息が出る。真壁のときと同じ半分諦めの溜息だが、吐息《といき》の温度は天と地ほども違う。

憂鬱《ゆううつ》な気分を引きずりながら、夕方になって組を出た。

夕景の荒川《あらかわ》を渡って、西高島平へベンツを走らせる。そこには匠栄会会長、真壁清一の自宅があった。

ゴルフの前日、真壁の家に高橋が泊まり込むのは昔から恒例だった。高島平署の刑事組対課でも周知のことだ。

ただその昔、警察が真壁の行動に目を光らせた武闘派として現役の頃は、毎月第三水曜日と決まっていた。

それがいつの間にか、病院の定期受診と被って折り合いをつけるようになって、いつしか警察も真壁の動向など歯牙《しが》にも掛けなくなった。

警察の内部データ上、真壁はもう引退した元ヤクザのような扱いなのだろう。

かといって、実質上は跡を継いだに等しい高橋に、在《あ》りし日の真壁と同じような厳しい警戒の目が向いているかと言えば、そんなことはない。

沖田組の後ろ盾を失った匠栄会そのものが、警察内部ではすでに半グレ以下の、取るに足りない組織なのかも知れない。

消え去る美学、消え残って藻掻《もが》く。

（へっ。笑えねえ。笑っちゃいけねえ）

道すがら、渋滞は一か所もなかった。あったところで大したことはない。五、六キロの距離だ。

（へっ。前は遠いと思ったもんだが、今じゃ近《ちけ》えや。近過ぎるくらいだ）

吐いた溜息のまま、気分を変える時間もない、そんな距離だ。

ブイブイ言っていた頃はブイブイ言うのに忙しくて、呼ばれるのも面倒だと思った距離だが。

渋滞がなければ、あっという間だ。十五分足らずで、高橋は真壁の屋敷に到着した。

事務所がある美女木は車通りが多く、人の目も多い。警察の目も、そちらには多少なりと向いている。その昔、匠栄会対策ではと噂《うわさ》された交番が、そう遠くない場所に残されていた。

だから密《ひそ》かな話には、西高島平が都合がいい。

今では会長の自宅は、セキュリティだけは往時のままだが、広いだけで静かなものだった。

そんな便利さに付け込んで、高橋はしばしば使っている。

そんな便利さを理由に、しばしば真壁の様子を窺っている。

隠居して、悠々自適《ゆうゆうじてき》でゴルフ三昧《ざんまい》。

真壁が常々口にした、そんな理想は叶《かな》えてやれていない。

いや、もう叶えられないかもしれない。

真壁の身体のことは、高橋も十分わかっている。

明日のゴルフにしてもどこまで歩けるか。何球、まともにクラブを振れるか。

それでも真壁は、痛いともきついとも言わない。

——やあ。楽しいなあ。

ゴルフ場に行ってクラブを振って、真壁が口にするのはそれだけだ。

頭が下がる。

真壁の屋敷の、ガレージにベンツを入れたのは、四時半過ぎだった。他にもう二台止まって、それでガレージは一杯になった。一台は真壁のベントレーで、もう一台はボルボだった。

内部のインターホンを押せば、

――はいはぁい。開けますよ。

と、皺《しわ》いが朗らかな声がした。三郎と一緒に真部の身の回りの世話をしてくれる、お手伝いの佐藤さんだ。近所に住む六十過ぎの女性で、若くして夫を亡くしてからだから、もう二十年は優に超えるだろう。

つまり、高橋の一番ヤンチャな頃も知っている女性だ。

――あら、また怪我《けが》してる。そんなんじゃ、旦那さんより早死にしちゃうわよ。そういうのを親不孝って言うの。ちゃんと考えないとダメよ。

この西高島平の真壁の屋敷には、匠栄会の色々な思い出が詰まっている。

ガレージから出て石畳を踏み、純日本家屋の母屋に入る。

玄関から上がって奥に進むと、

「おう。先にやってるぜ」

居間に真壁がいて、箸を持つ細い手を上げた。

遅い昼食か、早い夕食か。

食欲があるときに食べればいいと、かかりつけの病院の医者からは言われていた。

出前の大振りな寿司桶《すしおけ》が二口《にこう》と、バーレルの唐揚げ。

柔らかめの唐揚げは真壁の好物だ。

それにアイスペールに氷とスコッチウイスキーとグラス。

テーブルを挟んで不動組の若頭、島木が寿司を食っていた。

ガレージのボルボは、不動組の持ち物だ。

ゴルフの前に高橋が一泊するのはいつものことだが、島木が合わせるようにして寄って行くのは、これは沖田組が消滅してからのことだ。

「島木よぉ。明日ぁよろしくな」

言えば、島木は目だけ動かした。

「東京代表のことかい」

「ああ」

「ま、面倒だがよぉ。わかってらあ」

島木とは古い付き合いだ。昔から馬も合って、互いに気安い。

「三時頃、沢田《さわだ》から連絡があったよ」

上着を脱ぎながら高橋は言った。

「奴《やっこ》さん、三茶《さんちゃ》のマンションに戻ったそうだ。そんでいつも通り、夜の巡回に呼ばれたってよ。そこで運転手が、竹田からうちの沢田に交代だ」

奴さんとは当然、木下のことだ。三茶には国光が木下に貸し与えたマンションがある。少し前まで、桂欣一《かつらきんいち》が住んでいたマンションだ。

この少し前まで住んでいた、は、少し前まで生きていたと同意でもある。

「けっ。事故物件に平気な顔で住むなんてなぁ死神だ、死神。いやだいやだ。これだからよ」

大阪者は、大阪者の死神はよ、と言って真壁はウイスキーのグラスを傾けた。

酒に関して文句は言わない。煙草はだめだ。今でも止める。だが、それくらいだ。

好きな物を食い、好きな物を呑む。

それがおそらく活力となり、真鍋をもう少し、生かすはずだ。

「おやっさん。文句言いながら食うと、飯が不味《まず》くなりますぜ」

外には会長と呼ぶが、内ではおやっさんだ。拾ってもらったのは十代の頃で、三十年近く、親らしいことをしてもらった。

高橋も言いながら席に着く。

三郎が高橋のグラスを持ってくる。

酒は島木が作ってくれた。作りながら渋い顔をする。

「奴さんもよ。もう一人で行きゃあいいのにな。お陰で、全部こっちの払いだぜ」

「不動のか」

「まさか。いくつかのフロントに領収書を回させてるよ。そのうち、金松《かなまつ》リースの葉山《はやま》社長辺りがよ。奴さんの金遣いにブチ切れて、東京代表んとこに怒鳴り込むかもな」

「そうか」

寿司をつまむ。だいぶ乾いていた。

居間にお手伝いさんの佐藤が顔を出した。

「じゃあ、上がりますよ。後は宜しくお願いしますね」

いつものことだ。いつもの態度で、手だけ挙げて応えた。

玄関から、佐藤が出ていく音がした。

そのタイミングで、高橋は話題を切り出した。

「東京代表に、パーティーについて聞かれたぜ。知ってるかってな」

真壁は黙って酒を舐めるが、島木は表情を動かした。

今日の話題はそんなところかと、来る前から高橋は決めていた。

四

――パーティーてなんや。お前、わかるか
国光の問い掛けには空《そら》っ惚《とぼ》けたが、高橋は知っていた。島木も知っている。

島木とは共に、暴走族の半グレ上がりで、その昔は狂走連合と張り合った口だ。別々のチームだったが、歳が同じということで当時から互いに顔くらいは知っていた。

その後、高橋が匠栄会に、島木が不動組に潜り込んだことの運不運は、未だに結論は出ない。ただ高橋も島木も、半グレ時代から真壁には世話になっていた。

今現在、高橋が真壁のもとにいるのは、この家のインターホンを押すのが島木よりわずか一週間早かったからであり、島木が不動組に入ったのは真壁の口利きによるものだ。

それが共に、それぞれの組織の若頭に収まっているのはなんの偶然か、必然か。

――半端者のエリートコースだな。

――まずよ、誰もが通れる道じゃねえ。

――東大に入るより難しいんじゃねえか。

――おう。俺らぁ、ヤクザの国会議員クラスかな。

――そうだな。まあ、あっちの方が俺らより遥かにワルだけどな。

会えば会話に上る、とんだお笑い草だ。

当時は高橋もずいぶんとヤンチャだったが、島木は輪を掛けたイケイケで、本人の弁を信じるなら、抗争で死んだ狂走連合の初代を〈最初〉に刺したのは、島木らしい。

その辺りの抗争の過程で、高橋も島木もチャイニーズドラゴンと手を組んだこともあった。だからドラグーンのことも、ドラゴンから分派する前から知っていた。

ヤクザに就職してからの付き合いも、なくはない。ドラグーンを介し、沖田組の二次としてチャイニーズ・マフィアと取引したこともある。

そんな関係があり、沖田組として一番よく知るドラグーンはと問われれば、〈同級生〉やら〈同窓会〉やら〈謝恩会〉やら色々あるが、〈謝恩会〉ということになる。他はよく知らない。というか、分かれるには分かれる理由があって、それぞれには強固な壁があるらしい。

バームクーヘンを均等に切った形の一つ一つが〈同級生〉やら〈謝恩会〉で、それを寄せたバームクーヘンがチャイニーズドラグーンの全体になる。そんなイメージか。

バームクーヘンのワンピースはそれぞれ独立して、決して元には戻らない。特にビジネスにおいては、独立独歩が厳守のようだ。

――守らないとさ。喰われるのよ。そんなときだけ、ランドルト環みたいにあつまった他のグループにさ。

パクパクとね、と笑って言ったのは右の口の端が裂けた〈謝恩会〉のリーダーだ。

いずれにしろ、そんなバームクーヘンの中心に、パーティーなる子供がいた。意思を持ったバームクーヘンが育てる、戸籍のない子供達だった。

チャイニーズドラグーンというバームクーヘン全体で育てるのは、べら棒に金が掛かるからだと説明された。

——これは僕らの拳。なんでも粉砕するロケットパンチだね。拳は堅く硬く。それにもお金が掛かるし、考えないで勢いよく飛んでいくように作るには、もっともっと、馬鹿みたいにお金が掛かる。だから、共同育成、〈講〉みたいなものかね。

そうして育てられたパーティーは、チャイニーズドラグーンのために死すべき命、働いて死すべき命だ。

高橋や島木はそのことを知っている。

そしてパーティーは、絶対に無駄死にしない命だ。

高橋や島木は、そのことも知っている。

パーティーはチャイニーズドラグーンのビジネスを守り、金を生むために死すべき命だ。

特に島木は、そのことを知っているはずだ。

沖田丈一《じょういち》の意を受けた不動組で、ドラグーンにヒットマンを頼んだことがあるからだ。

仙台で沖田に楯突《たてつ》いた組の組長は、松島《まつしま》で無残な死を遂げた。

組長は愛人と乗った遊覧船で、身体に爆弾を括《くく》り付《つ》けた指紋も歯型も戸籍も不明な男に抱き付かれ、愛人ごと原形を留めない肉片になった。

これは少なくとも、払った金のことといい信用のことといい、関東に覇を唱える沖田組の、本家に近い不動組だから出来たことではある。

もちろん、後に島木から己の自慢話のように聞いて、だから高橋もこのことを知っている。

ただし、共に〈謝恩会〉を直に知る者同士だからの会話、ということは間違いない。

チャイニーズドラグーンの中のことは、すべて秘事だ。〈謝恩会〉や〈同級生〉や〈同窓会〉も、特にチャイニーズドラグーンと紐付《ひもづ》けることは、その名称からして、連中が認めた者以外へは他言無用を約束させられている。

千目連の竹中などは、パーティーのことはもとより、〈謝恩会〉のことも知らないだろう。還暦を超えた竹中とチャイニーズドラグーンでは、世代が違う。

上野で生のパーティーを見た竹中にも、聞かれてもその素性は教えない。約束を破ったことが知られれば、高橋であろうと島木であろうと、ただではすまされない。

最悪の場合、パーティーが来るだろう。口にするには、それ相応の覚悟が必要なのだ。

竹中にも教えないのだから、国光に聞かれたところで教えるわけもない。

いずれにしろ、竹中からパーティーの出現と殺人と轢死《れきし》を聞いてから、一連の推移は気に掛けていた。

パーティーと対峙《たいじ》し、撃退する存在がそもそも前代未聞だった。絶対にそのままでは済まないだろうと、その後の東堂の動きを追った。

東堂が頻繁に、群馬に行くことは分かっていた。

高崎や太田や伊勢崎、桐生は元は沖田組のシマだ。組は三次四次のショボい組織しかなかったが、それでも警察署には当時から息の掛かったのが何人もいる。東京からでも、高橋が直接知る警官も数人かいた。

その代わり、余談になるが、三次四次だろうが、いや三次四次だからこそ、向こうの元沖田組の連中はまったく駄目だった。使い物にならない以前に、完全に竜神会に尻尾《しっぽ》を振って、今では旧沖田組の二次組織などは鼻にも掛けなくなっていた。

さらに余談になるが、前橋になるともっと駄目だった。

前橋には敵対する北陸の辰門《しんもん》会直系の天神《てんじん》組があって、睨みを利かせている。天神組の組長は肝っ玉の据わった女傑で、そこから奥は辰門会の縄張りだった。

上野駅構内での一件以降、気取られないよう遠く離れて東堂の動きを追えば、事態はさらに深化を見せた。

次のパーティーが現れたのも驚きだったが、そのときの東堂の言葉が、高橋の驚きにさらにスパイスを振り掛けた。

殺された男が西崎次郎や戸島健雅《としまたけまさ》と関わっていたことも十分にスパイスだが、それよりもなお、飛び切りの辛みがあった。痺《しび》れるような辛みだ。

――パーティーが来たってことは、竜神会ですか？　あなたも竜神会と繋がっている？

大麻はそこからですか？

警察は少なくとも、パーティーと竜神会は繋がっていると思っているようだ。そしてそれは、聞けば高橋にも島木にも腑に落ちる話だった。

それを——。

「知らねえってのか。そんな大事なことを。うちの東京代表は」

島木が表情を動かしたのは、つまりはそういうわけだ。

高橋は頷いた。

「知らされてねえってことだろうな。案外、竜神会は上の方で一枚岩じゃねえってことの証《あかし》だぁな。我がままに付き合うのも、悪ぃことばっかじゃねえや」

「噂通り、あの弟君は飛ばされてきたってことか？」

「さあ」

「本部本部長とも仲悪そうだしよ。で、高橋、パーティーのこと、教えんのか」

島木が聞いてきた。

「さぁて。考えどころだ」

教えるにしても、ただでは教えない。

教えて、上の方の亀裂を広げるか。広がるか。閉じることはないだろうか。

整理しなければならない問題は多い。

そうしているうちに、インターホンが音を立てた。

——こんちわぁ。

元大猿組の竹田だった。高橋の命で、木下のお守りはたいがい、匠栄会の沢田と竹田の二人で回している。

この役目は都内に詳しくなければならないから、大阪者は介入しない。ここがポイントだった。組として、ただで若い衆をいいように使われるのは業腹だ。

隙あらば木下からも情報を取る。

そんな役目を与えた二人だった。

木下のお守りを沢田と交代すれば、竹田はもう上がりだった。

それで来たのだろう。

明日は水曜日で、ゴルフの日だと竹田も知っている。

寿司桶を勧めてやれば、

「大阪のカマキリですけど」

蛇のとこに顔出したみたいです、と竹田は中とろに手を伸ばしながら言った。

カマキリが蛇。

木下と魏老五のことだ。

いい感じだぁな、と真壁は酔眼《すいがん》を光らせた。

「死神の手伝いしたって、地獄行きは決まりだろうぜ。何も変わらねえや。だったら、化け物に手ぇ貸す。ますますいい感じだぁな」

「おやっさん」

「んで、西からの腐れ弟ヤクザも、腐れの親玉や死神に嫌われ、蛇までも遠いってんなら、場合に拠っちゃあこっちで飲み込んじまえや。なんかあっても腹ァ壊すくれえだろ。面白えや。それはそれで、いい感じだあ」

おやっさん、と高橋は制したが、真壁は止まらなかった。

島木の表情が変わった。

「それって。おやっさん」

「遺言、みてえなもんだ。俺のよ」

島木が真壁を見て、高橋を見た。

高橋は頷いた。

それで島木も理解するだろう。飲み込むかどうかは島木次第だが、元来、頭の働きは高橋より遥かに早い男だ。

「そうですか」

島木は真壁を見て、膝を揃えた。

やります、と、高橋が思うより晴れ晴れとした顔で島木は言った。

いいのか、と高橋は聞いた。

今度は島木が頷いた。

「うちの親玉もボヤいてんだ。塀の中でよ」

「そうかい。あいつぁ二代目だし若ぇ分、俺なんかより血の気が多そうだしなあ」

真壁が楽しげに手を叩いた。

それから竹田に三郎も交えて呑み食いし、一時間程度でお開きになった。

割と早い時間だ。

早い割に、真壁が酔っていた。それが気になった。

「じゃ、おやっさん。明日のゴルフに障ってもいけねぇし」

島木も気にしてくれたようだ。

そう言って一人で先に夜陰に紛れるように去り、竹田と三郎も後片付けをして去った。

三郎達はこれから二人で、賑《にぎ》やかな方に呑みに行くのかもしれない。

それもいい。若い衆ならどこの誰の目に留まっても、特に目くじら立てられることはないだろう。

玄関で小遣いを渡し、居間に戻る。

「おやっさん。平気ですかい」

「ん？」

「顔色、悪いっすよ」

少し青かった。それも気になっていた。

真壁は笑った。

「へっ。あいつらいたら、倒れるに倒れられねえしな」

そう言ったきり、真壁は笑ったまま、あおむけに倒れた。

五

暮れも押し迫った十二月二十日に、パーティー・ツーの手によって殺された梶山征一の葬式が営まれた。

司法解剖に回された梶山の遺体が遺族に返還されたのは、実際にはこの日よりだいぶ早い。十二月十二日のことだった。

葬儀までに間隔が空いたのはやはり、地域中核病院の理事長の葬儀ということで、スケジュール調整と段取りに時間が掛かったようだ。

葬儀告別式の案内自体は広く、全国に発送されたらしい。

それでも霊安施設は自前だから、遺体の保存は状態にさえ目を瞑《つぶ》れば、どうとでもなったと絆は聞いた。誰からかといえば、手伝いに駆り出された梶山記念病院の、非番の看護師で、聞いたのは当日の受付のバックヤードだった。

この日、絆は朝イチから、式場に入っていた。

葬儀告別式は荒川を東に越えた葛飾区《かつしか》の、四ツ木にある総合斎場で執り行われる手筈《てはず》になっていた。

受付に、一般・病院業務関係・友人関係の他に、無理を言って大学関係の札を立ててもらった。

特に狙いを定めたわけではないが、記念誌の分析が済んでいない以上、こういう受付の分類も殺人に至る梶山の裏を探る一つの篩《ふるい》にはなるだろう。

と、そんな提案を絆がして、向島署の捜査本部の動きの一環に組み入れてもらった格好だ。

実際の進言は捜一の斉藤に頼んだ。

「了解だ。毎度あり」

この斉藤の、毎度あり、は不謹慎というより、切実な懐事情から来るものだろう。斉藤と遣り取りすると、公安の分室の室長から相応のキャッシュが斉藤に渡るに違いない。

活動費用が余っている部署など、本庁、所轄の別なく、あるわけもない。どこも足りなくて、捜査員が身銭を切っているのが実情だ。中には捜査費用を工面するため、犯罪に手を染める捜査員もいた。

正義と悪、捜査と犯罪は紙一重だ。

身には染みるが、笑えるものではない。

斉藤が庁内で〈便利屋〉と化すのはそんな理由で、絆も理解していた。

斉藤の場合はおそらく、その、毎度あり、が今後事件捜査の地道な活動にも生かされるだろう。

ただ金食い虫の刑事なら、たとえ同期でもあのJ分室の室長が庁内エスとして活用するわけもない。

この日はそんな斉藤からの進言を入れた捜査本部から、葬儀場には亀岡以下、数名の人員が配されていた。

それにしても、メインは受付に紛れて立たせてもらった絆ということになる。

今回の案件は、殺人事件としては特殊だ。犯人が被害者周辺に現れるという確率は他の場合よりかなり低い、と捜査本部では見ているらしい。斉藤がそう言っていた。

絆としても、偉そうなことは言えないが同意見だ。

間違いなく人員を割くべきはもっとこう、犯人及びその痕跡に関して、〈匂い〉の立つ場所だろう。

犯行現場周辺の証拠品や目撃情報の収集に約半数、そして、チャイニーズドラグーン、中でも〈同窓会〉の探索、捜索に約半数。

残りの遊軍が今回の葬儀に割かれた人数だ。

エダカツ以下、捜査本部のこのバランスは一貫し、方針は徹底していて、大いに頷けるものだった。

とはいえ――。

その本部に詰める斉藤から聞いた捜査状況は、あまり芳しくないものだった。

それはそうだろう。

雲を摑むようだという。

パーティー・ワンに関しても、N医科歯科大学構内で絆が相対して以降、向こうからJR上野駅構内に姿を現すまで行方は知れなかった。生きて逮捕は出来なかったまでも、これ以降の犯行を〈阻止〉出来たのは、その場に絆がいたからだ。

もし絆がいなかったら、雲を霞《かすみ》と逃げ切られたかもしれない。

ヒットマンとして、眉ひとつ動かさず目的の殺人を成し遂げる冷酷さもさることながら、いざとなったら周囲の無関係な人間まで巻き込む、無差別殺人にも躊躇《ちゅうちょ》がないというのは恐ろしいことだ。

同様の思考や能力を持つパーティー・ツーは、推して知るべしだ。

〈同窓会〉の捜査に関しても、パーティー・ワンのときから大崎署の組対が動いて、こちらも目に見えた成果は上げられていない。

だからといって高崎署や大崎署の面々が、能力で劣るわけではない。

誰もが持ち場で、頑張っている。

ただ、警視庁に捜査本部が立ったことにより、高崎では向島署に預ける形で捜査本部が縮小されたらしい。

――だからってよ。遊んでていいってわけじゃねえし。やれることをやるだけだ。東京に笑われないようにな。

捜査本部に残った三枝係長は、電話の向こうでそう意気込んだ。

単純明快にして、間違いのないことだ。

向島署の面々も絆も、取り敢えずそれぞれの持ち場で出来ることをやるだけだろう。

パーティー・ツーと〈同総会〉と、竜神会とティアドロップ・エグゼ。

その各々、その全体。

五里霧の中から出るには、その濃い霧の中を覚悟を持って歩かなければならない。

絆は梶山の葬儀当日、朝イチから四ツ木の斎場に入って、病院関係者に色々と話は聞いた。

病院運営に関しては、現副理事長が理事会の承認を経て理事長に推薦される見込みだという。

いずれにせよ、最終的には亡くなった梶山の相続人となる梶山久子との話し合いも必須だが、この辺はすべて老齢の久子が出ることはなく、梶山家の顧問弁護士に一任されているようだ。

特に現副理事長の理事長就任に異を唱える方向ではないらしく、経営移譲はスムーズに進むらしい。

当然のことと言えば当然ともいえる。内部分裂ないし権力争いは、所管の省庁の最も嫌うところだ。

当日、葬儀告別式の受付は午前八時四十五分に始まった。

一般的な葬儀告別式が九時半受付開始で十時開式となるところを、あらかじめ参列者の数を考慮し、午前九時受付開始で九時半開式の段取りを組んではいたようだ。

が、八時半過ぎには会場付近に相当数の参列者が集まり、斎場内の交通の妨げにもなっていたので、さらに十五分早めることにしたらしい。

実際、参列者は多かった。当初の受付開始時間には百人からの列が出来、手伝いの者達は大わらわだった。

未決の殺人事件の被害者ではあるが、マスコミのカメラやリポーターの姿はほとんどなかった。報道規制を敷いたわけではないが、解剖に回ってある程度の日数が経ったのがよかったのかもしれない。

昨日は昨日、それ以前は遥か遠くで、今日には今日のホットな話題がいくらでもあるのだろう。

この日の大きな話題は朝のニュースを見る限り、巨人のルーキー左腕が十倍増で契約更改したとか、午後三時にどこぞの芸能人カップルの結婚発表記者会見があるとか。

開式の時間になっても受付待ちの列は切れず、百人からの長さも変わらなかった。

やがて誦経《ずきょう》と鉦《かね》の音が、ホールとロビーに響き始めた。

一般の列の最前列に、これから記帳しようかとする薄ら笑いのカマキリ、竜神会の木下がいた。

「よう。組対の化け物やないか」

受付の内側に目敏く絆を見付け、手を上げる。

「葬儀の席で、物騒な言葉はやめてもらおうか」

睨むと木下は肩を竦めた。

「なんの関係だよ。何を見に来た」

所属無しの記名だけする木下の、頭の上から疑問を振り掛ける。

「ああ。見てもらったことがあるさかい」

「なんだ」

「こっち来て一週間くらいやったかな。車で走っとったら急に腹が痛くなってな」

記帳を終えた木下が顔を上げた。

「目の前に大きな病院があったさかい、寄ったんや。梶山記念病院に」

「死人に口無しか。なんとでも言えるな」

「おい、組対。お前こそ葬儀の席で、迎える側に立っとるんやろ。言葉に気ぃつけや」

ペンを置くと、一般の受付を担当する事務長から香典返しのチケットを受け取り、木下は式場に入っていった。

追ったところで、この場で何が出るわけでもない。却って、叩いた埃《ほこり》で故人の柩《ひつぎ》を汚すだけか。

その後も、絆は受付に留まった。

無理を言って立てて貰《もら》った大学関係の札の元にも、陸続として参列者がやってきた。

名簿に大学での関係の詳細を書く欄を設け、その担当が病院の事務方の主事と絆だった。

芳名帳《ほうめいちょう》の詳細の欄に何も書かない人は多かったが、逆に全員が書くとも思ってはいなかった。ある程度は想定内だ。

結果として十数名、サークル関係と書く者がいた。

書くほどサークルで関係が深いか、書かなければ縁遠いほど本人との関係が薄いかはこれからのことだ。受付の場では聞かない。聞く場でもない。だから流す。

木下もいたくらいだ。どこで誰が見ている、あるいは聞いているとも限らない。

芳名帳には住所すら不記載の者もいたが、それは式後に、香典袋の内袋で確認させてもらった。

勤務先か自宅かは別にして、それで十人の〈連絡先〉住所はわかった。

北村浩司《きたむらこうじ》、手島五郎《てしまごろう》、横溝清作《よこみぞせいさく》、篠上真由美《しのがみまゆみ》、三井純一《みついじゅんいち》、小笠原義明《おがさわらよしあき》、八木千代子《やぎちよこ》、金城悦史《かねしろえつし》、伊藤和子《いとうかずこ》、河西研次《かさいけんじ》の十人だ。

「ふうん」

これはこれで大いに収穫だった。

意外なことに、なんとなく見知った名前もあった。

記念誌が上がってこない以上、手詰まり感の強い絆にはこれだけでもモチベーションになる。

梶山征一の葬儀告別式には、最終的に五百人からが集まったようだった。

六

梶山の葬儀の翌日から、絆はすぐに行動を開始した。

大学関係の芳名帳から判明した十人に連絡して、直接に話が出来る場所と時間のアポイントを取る。

パーティー・ツーが出てこない以上、向島署の捜査本部とは、根っこは同じでもY字路を一旦別方向に向かう格好だ。これ以上の応援も協力も望めない。

一人で動くからには、拙速のスピードが肝要だ。この辺の動きは慣れている。相棒の金田洋二《ようじ》警部補が亡くなってから、もうすぐ一年になろうとしていた。

面談の順番はアポが取れた順というか、幸先がいいことに、電話を掛けた順になんの問題もなく取れた。

開業医か勤務医かは別にして、全員が医者だった。そのうちの八人は都内在住で、おおむねN医科歯科大学の卒業生ではあった。

アポが取れないということはただの一人もなかったが、全員が外来の診療時間を外すようにして時間を指定してくるのには多少閉口はした。しかも、指定しても急患が入ったらこの限りではない、とはっきり口にする者もいた。

さすがに医者だけのことはある。患者第一と言われれば、健康第一の絆にはぐうの音も出ない。

面談はアポが取れた順ではあるが、取った順は絆の気分というか、希望に因るところが大きかった。

縮小された結果、リアルな情報が耳に入りづらくなった高崎署の捜査状況も気になるところだった。

それで、遠方の関係者から当たることにした。これが希望だ。

河西研次と手島五郎が、群馬のN医科歯科大学附属病院の勤務医だった。

まずはそこから当たることに決めた。二十一日の朝、一度池袋の特捜隊に顔を出してから高崎に向かうことにした。

遠方ということもあり、この日は高崎で大学から警察を回り、二十一日は最初からそこまでの予定だった。

特捜隊で、ちょうど掛かってきた渋谷署の下田からの電話に出たのが、多少想定外の事態を招いたか。

摘発の応援要請だったが、下田の話はそこで終わらなかった。

懲りずに禁煙を始めただの、だからまた太っただの。

——忘れもしねえ。文化の日だったよな。

絆も応援に駆り出された、前回の〈裏渋《うらしぶ》〉での摘発のときだ。現行犯逮捕された松風会の坂原に、喫煙を揶揄《やゆ》されたのがよほど悔しかったようだ。

そんな話を聞いていて、出るのが少し遅れた。

本当にアポの順番なら、手島が一番先だった。そのつもりで附属病院の受付で名乗ったが、外科医の手島は生憎、危惧された緊急のオペが入ってしまったということで会えなかった。

救急搬送に対応した形だった。国道での多重事故らしい。そのうちの何人かを引き受けたということで、手島の身体がいつ空くのかすらわからなかった。

それで手島を諦め、三階のミーティングルームで河西に会った。

河西は形成外科医だった。髪をツーブロックにし、黒く太いセルロイド縁の眼鏡を掛けていた。

眼鏡は伊達で本人曰《いわ》く、自分なりのおしゃれ、なのだという。

梶山との関係がアメフト部の先輩後輩だということは、アポを取る際に本人から聞いていた。田村や西崎の同期だとも。

実はこれは、前情報としては大事なことだった。

田村から聞いた、今年のN医科歯科大学アメフト部の同窓会での、梶山以下数人の会話のことがあるからだ。

──稀代の犯罪医師か。西崎ってのは馬鹿だな。ショボいドラッグなんかに手を出して大魚を逃がす。もう少し待っていればよかったのにな。

──けど先輩。あいつは馬鹿のテストケースですから。だからこそ、今があるんじゃ。

──N医科歯科大学、アメフト部の未来に乾杯。

──別にアメフト部だけに限らないが。

──じゃあ、N医科歯科大学に乾杯。

教えてくれた田村は、概《おおむ》ねこんな感じだったと言っていた。

会話の順は梶山から始まり、田村や西崎の同期になり、後輩、梶山、そしてまた後輩の順番だった。

河西が田村や西崎の同期なら、特に尋ねるべきポイントはあった。

「東堂さんだっけ。ほら、電話でも聞いたけどさ。梶山先輩のことだって？　電話だけでも、よくなかった？」

河西は斜に構えた男だった。

斜に構えて白衣のポケットに両手を突っ込み、ミーティングルームのパイプ椅子に寝そべるように座った。

「まあ、やはり対面は大事ということで」

苦笑いで受ける。

丸い物は丸く、四角い者も丸く。

そんな人扱いは、死んだ金田から教わった捜査の基本だ。

「対面ってさ。アナログだね。このなんでも指一本の時代に」

「すいません。警察の仕事はどうしても、アナログなことが多いもので」

「まあ、いいけど。じゃあ、時間くらいはアナログじゃなく、デジタルな感じでやってくれると助かる。忙しくはないけど、暇ってわけでもないもんでね」

では、ということで絆はパイプ椅子から身を乗り出した。

「梶山先輩とはどういう」

「どういうもこういうもないけどね」

河西は天井を見て、目を合わせなかった。

「でも、葬儀告別式にお出になった」

「そうね。大学時代は一年も被ってないけどさ。こっちは入学以来、ずっと高崎で、ずっとN医科歯科大学と付き合ってるから、必然的に面識は出来るさ。ああ、俺、アメフト部の同窓会じゃあ、幹事やってるから」

「ああ。幹事ですか」

「そう。ずっとこっちで変わらないし、変わりようもないって思われてるみたいでね。バツ一で子供もいないし。で、同窓会では、梶山さんには割に良くしてもらってたよ。取り入ったって言う奴もいたけど。言わせとけって感じでね。向こうの方が全然金持ってたしさ。こっちは雇われで、向こうは大病院の跡取り様だから。まあ、手足になれば呑み食いとか、その他もね。大体、ただ同然だったし。東京に出て来いって言われて遊びに行ったときも同じさ。手足になってただで呑み食いしてってね」

「なるほど」

「問題ある？」

「あると思ってるんですか」

「全然」

河西は天井に目を据えたまま、首を左右に振った。

「その頃はね。それが普通だと思ってた。俺は汗をかく。向こうは金を出す。ギブ・アンド・テイクだ。そっちこそさ」

左右に振った首を、河西は絆の方で止めた。

「何か問題あると思ってんの？」

少し、挑むような目の色だった。猜疑の心が鎌首をもたげてきた感じか。

話題を変える。

「河西さんは、十月の同窓会にはお出になったんですよね」

「ん？　ああ。行ったよ。それがなんだって？」

「いえ。ただですねえ」

勿体《もったい》を付けて腕を組み、首を傾《かし》げた。

鎌を掛けてみる場面だった。

――西崎ってのは馬鹿だな。ショボいドラッグなんかに手を出して大魚を逃がす。もう少し待っていればよかったのにな。

諳んじて見せる。

「梶山さんが、そんなことを言っていたようなんですが。この大魚って、なんでしょう」

「なんだろ。出世？　新型ウイルスかなんかの発見？」

「さて。では」

——あいつは馬鹿のテストケースですから。だからこそ、今があるんじゃ。

次を諳んじる。

「そんな話を、梶山さんとなさりませんでしたか」

「誰が？　俺が？」

意外そうな声を出し、河西は姿勢を〈少し〉正した。

「ええ」

なんだそれ、と言って河西は笑った。

笑ったが、表情は硬かった。気の乱れもあった、ような。

ただ、絆をしてかすかに感得出来るほどのうっすらとしたものだ。

ということは、直接に大きな嘘を言っているとも思えないが——。

なんの引っかかりだろう。

これは宿題か。

他には、横の繋がりを聞こうかとも思ったが、この先にはまだ、奥村に依頼した三十周年記念誌のこともある。アメフト部全体を調べていると勘ぐられることは厳禁だ。やめておいた。河西も全体に身構えたように観えた。

「有難うございました。このくらいの時間なら、デジタルな感じですか」

「えっ」

河西は戸惑いを見せたが、戸惑っているうちに席を立つ。

このくらいなら次に何かあったとき、門前払いを食らうことはないだろう。

取り敢えず、河西はグレーということで、その辺に留める。

グレーが濃くなって黒くなるか、薄くなって白くなるかはこれからだ。

その後、三枝にも会うべく高崎署にも顔を出す。

予定通りだったが、そうすると手間が省けた。

いや、運悪く、と思っていた事態の運が開けたと言った方が正解か。

三枝は、〈N医科歯科大学研究棟爆破殺人事件〉の捜査の参考人として、少し前に手島五郎に話を聞いたということだった。

「梶山が四年のときの一年でな。死んだ田村や、あの西崎らが一年のときは四年だった男だ。キャプテンでな。それで話を聞きに行った。まあ、叩いても埃すら立ちそうにないくらい真面目な男だったよ。奥さんが大学の歯学部だって言ってたかな。同級生で結婚して十三年。年が明けたら息子さんが中学受験だそうだ。奥さんは開業していて、家の中の関係は歯学部と医学部で、完全に歯学部の勝ちだって笑ってたな」

そんな話が聞けた。

必要にして、十分過ぎる内容だった。

梶山の話していたグループには当て嵌《は》まらないこともあり、今回はスルーしてもいいだろう。そういう判断が出来た。
ただ、そのくらい。その程度。
「何も進んでなくて、悪いな」
三枝のそんな声に送られて高崎署を後にした。
午後四時三十分。
ちょうど日没の頃だった。

第三章

一

二十二日の金曜日は、朝から南関東は雨の降る寒い一日になった。

絆はこの日、湯島のハルコビルから直行で千葉に向かい、千葉市内の病院に勤務する篠上真由美に会った。

それから都内に戻って同じような勤務医の北村浩司に会い、ここまでが午前中のアポで、予定された面会をこなすという意味では、遅れもなく至極順調だった。

午後に入ってからはこちらも勤務医の横溝清作、伊藤和子に会い、夕方になって開業医の三井純一に会った。

この日最初に会った篠上と最後になった三井は、大学のサークル関係とはいえ、篠上は十年前に卒業したアメフト部のマネージャーで、三井は梶山と同期にはなるが、アメフト部ではなく同アメフト部が所属する校内体育会サークル連合の議長だった。

そして、あまり関連はないだろうが、この二人は共にバツイチで、二年前から交際しているという。梶山の葬儀にはそんな、お互いが〈少しずつ知る〉関係ということで参列したらしい。

午後イチに会った横溝に至っては、どうやら梶山とは面識すらなく、前年度卒業のアメフト部キャプテンという立場での参列だったという。同窓会は案内自体も今年からの年度だったが、勤務のタイムシフトの調整が利かず、初回は残念ながら不参加ということだったらしい。

この日に会った人数は、五人だった。

取り敢えず全員に、前日と同様の鎌は掛けてみた。

その結果、この日は勤務医の北村浩司に、多少の収穫があった。

北村は、田村達の四期上だという。

「えっ。大魚？　知らない。西崎？　知らない。梶山？　知らない。――ああ、なんだ。知ってるよ。もちろん」

同窓会での梶山以下の、例の会話の参加者には当てはまらないが、気の乱れ、表情筋の不自然な動きは分かり過ぎるほどだった。

ただし、この北村の場合は会った時点ですでに、緊張感が大いに〈観〉られた。

こういう人間は、生真面目さが前に出るタイプに多い。

分かり過ぎる堅さと動揺は前日に会った河西の真逆で、この辺は初めて警察の人間から、面と向かって聴取されたからか。

疑うことが先ではなく必須でもなく、北村に関しては、まずはその辺に留めた。

この日の面談者の中には他に、気配の揺れや表情で、まず何かを知っていそうだと断言出来る者はいなかった。

土曜日は前日と打って変わって、朝から高く抜けるような青空が広がる快晴だった。風もない。

この日は午前に金城悦史、午後に入って小笠原義明、八木千代子の順で面会した。午前中の金城が開業医で、午後の二人が勤務医だった。

前日と違って勤務医が午後になったのは、基本的には開業医の金城の都合を優先したことに拠る。診療日は嫌だという金城の要望を入れた格好だ。この日は土曜で祝日で、そう提案したら、午前中にしてくれという新たな要求も付いてきた。早過ぎるのも勘弁だと被せられた。

そうなると残る小笠原も八木も、必然的に午後にならざるを得なかったが、こちらは好都合で、どちらも土曜も祝日も関係なく、救急対応のシフトの関係でこの日は出勤しているということだった。

――雇われはどこも辛《つら》いよね。といって開業する金もコネも運もなし。

とは、自嘲した小笠原の偽らざるところだったろう。

小笠原はN医科歯科大学ではなく、関東の医科歯科リーグに所属する、別大学のアメフト部の主将だった。つまり、梶山との関係性は極めて遠い男ということになる。同窓会での梶山との会話などは有りようもない。

前日もこの日も、絆の移動交通手段は公共交通機関、主に電車だった。経費の問題はもちろんあるが、それ以上に時間が指定されているとき、東京周辺はバスや電車の方が間違いはない。

この日の午後、四時近くなってから、葬儀で知り得た連中の最後に会ったのは、新川崎《しんかわさき》にある特定機能病院、S大学付属第二病院に勤める八木千代子だった。

医局長室は二階のようだったが、吹き抜けになっている中庭で会った。

この第二病院は前年暮れに完成を見たばかりの真新しい病院だという。利用者の意見もずいぶん取り入れたということで、病院自体の作りがまず、大きなドーナツになっているようだった。完成当時はニュースなどでずいぶん話題になっていたものだ。

病院の中庭は、直径が五十メートル以上はあって、中心が築山《つきやま》のように盛り上がった芝生広場になっている。その周囲にはインターロッキングの遊歩道が配され、等間隔でベンチが置かれて、そのどこからでも広場の眺望が二百四十度以上あるよう計算されているらしい。

各階の内側通路からは、この広場が手摺《てす》り越しに見渡せるようになってもいるようだ。

このドーナツ広場に足を踏み入れれば、土曜午後の、おそらく面会時間の明るい話し声が、近くのベンチからだけでなく各上階からもまるで降るようだった。

優しい律動が、全身に心地いい。

八木千代子は白衣を着た小柄な、輝くような目をした女性だった。

三人掛けのベンチに一人座って洋書を読み、袖のドリンクホルダーにラテの紙コップが置かれていた。受付でもたしかに、休憩時間中だと聞いていた。

まずは近付き、名刺交換になった。

「初めまして、になるわね。あなたの武勇伝って言うの？　そんな話は前からずいぶん聞かされてたから、あんまり初めてな気はしないけど」

「どうも」

絆は、千代子の前で頭を下げた。

どんな話を聞いたのか気にはなったが、口にはしない。反対に、私のことはどう聞いているの、などと聞かれたときの返答に困るからだ。

――へへっ。プライドが人一倍高くて焼餅焼きで、四十過ぎたけど童顔でよ。小柄なくせに胸がでかくてよ。

絆も、そんな話は公安分室の猿丸《さるまる》警部補に聞いて知っていた。

千代子は猿丸の太いスジにして、女友達の一人だと最近になって聞いた。祖父典明が、劉博文に左腕を立ち割られた後のことだ。

――東堂。気ぃ落とすな。爺さんの件は、お前のせいじゃねえ。壮絶だが、それこそが爺さんの愛情だろう。刻め。刻んで笑うのが、この場合は孫の心意気だろうぜ。そんで、まあ、術後だがよ。その、なんだ。他にも異常やら負担やらがあるようなら、言ってくれ。整形外科医ならいいの知ってる。こう言っちゃなんだが、違法合法問わずって前提で、日本一だと俺は思ってる奴だ。

と、そんな話とともに教えられたのが、このS大学付属第二病院に勤める、八木千代子という整形外科医だった。現在は医局長だという。

「いいですね。この中庭」

子供らの声が弾け、絆は周囲を見回して目を細めた。

芝生に寝転んだ兄妹がいた。

「でしょ」

千代子も絆と同じ光景を眺め、それから絆の名刺を胸ポケットにしまった。

「この中庭は、第二病院のアピールポイントだから。回りの空調からの恩恵もあって、夏は比較的涼しいし、冬は陽射しの有無に関係なく暖かい。現に今もね」

「そうですね」

「だから、私も空き時間にはよく出るの」

千代子が端に寄り、ベンチを勧められた。

三人掛けの反対に座った。

顔は正面を向く。

先ほどの兄妹が、互いに服に付いた芝生を払い合っていた。

「梶山さんとは、どういう」

会話をそう切り出した。

「和子には会った？」

「ええ。まあ」

伊藤和子には、昨日の午後に会って話を聞いた。

千代子と伊藤は中高の同級生で、伊藤はN医科歯科大学、千代子はS大学医学部に進学していた。

伊藤は、入学したN医科歯科大学の応援団チアサークルに所属していたという。一浪の梶山とは同級生ということになる。

「じゃあ、和子から聞いてるんじゃない？」

「これは、それらの確認でもあります」

「そっか」

付き合ってたわよ、とこともなげに千代子は言った。

それは、伊藤から聞いた話を裏付けるものだった。

「関東の医科歯科リーグに、うちの医学部も入っててね」

S大学で千代子も、高校から続けていたチアリーディング部に所属したらしい。

その関係で対戦相手のN医科歯科大学アメリカンフットボール部の梶山とは、応援団の伊藤を介して知り合い、後に交際するようになったという。

「学生時代は知ってる程度。モーションは掛けられたけど。正式に付き合ったのは卒業してからね。研修医時代」

「卒業後ですか。学生時代、梶山さんは特に鼻持ちならない男だったみたいですけど。それはご存じだったんですよね」

そんなことを死んだ田村が言っていた。葬儀で判明した者達もほぼ同意見だった。

「そう？　でも、そんな男の彼女っていうのも、一種のステイタスじゃない？　ていう考え方もあるわよ」

「ああ」

「ふふっ。て思おうと思ってたのが本音かな。私さ、梶山記念病院。あの人の実家でアルバイトしてたから」

「えっ。アルバイト、ですか」

「スーパーローテートがね。ああ。簡単に言うと、研修医がちゃんとお給料をもらえる制度。私達の頃はその前だったから、大学病院以外の他の病院でアルバイト診療とかしないと生活出来ない研修医も多くてね。私もその一人」

絆は頷いた。少し違うかもしれないが、奨学金の返済で今現在も汲々《きゅうきゅう》としている同級生は、絆の周囲にも大勢いる。

「紹介してもらったの。最後にするって言って粉を掛けてきた梶山の電話に便乗してさ。始まりって言えば、それが始まりだったかな。最後が始まり」

「それでお付き合いを」

「そうね」

「どのくらいですか」

「六年、七年くらいかな。はっきりしないのは、専門医になって忙しくなって、自然消滅だから。後で思えば、そうね。悪い男じゃなかったけど、いい男でもなかったかな。そんな印象」

「では、その後のお付き合いに関してはどうですか。まったくないとか」

「男女の付き合いはね。なんか知らないうちに彼は結婚したし。でも、同じ業界だから没交渉ってことはないわよ。向こうの整形外科で講義を頼まれたこともあるし。私、自分で言うのもなんだけど、優秀だから」

「らしいですね。祖父の怪我の後、何かあったらって、八木さんを勧められました」

「あら。——ニュースで見たわ。お爺様、とにかくお元気になられてよかったわね」

「有難うございます」

この日は取り敢えず、ここまでだった。千代子の休憩時間が終わったからだ。

広場から出る千代子を見送る。

さて、千代子と梶山の学生時代の付き合いは他からも聞いた。あらかた分かった。

では、医師になってからの男女の付き合い、あるいは別れに関しては——。

「裏は、猿丸さんから取るかな」

このところはどこかに潜っているようで声も聞かないが。

——帰るわよぉ。

広場で遊んでいた兄妹を呼ぶ、母親の声が朗らかに響いた。

二

絆が病院の敷地から外に出たのは、夕暮れの迫る時刻だった。四時半過ぎだ。病院のエントランスから外に出たとき、近くのどこかで、多分四時半を知らせるチャイムが鳴っていた。

S大学付属第二病院は、横須賀《よこすか》線の新川崎の方がやや近いが、東急目黒線の元住吉《もとすみよし》とのほぼ中間に位置する病院だった。

厳密に言えば〈最寄り〉の駅は、南武《なんぶ》線の平間《ひらま》ということになるが、後は利便性の問題だ。

新川崎へも元住吉へも、病院前からバスが出ていた。来るときは絆も新川崎からのバスで来た。

敷地の外に出た絆は、歩道の真正面にある第二病院前のバス停に立った。

この日はクリスマスイブのイブで、土曜日だった。

繁華街では昨日が書き入れ時で、各家庭では今晩から明日の朝に掛けてが、一日早いサンタの出番か。

S大学付属第二病院の駐車場にも、このくらいの時間になると駐車車両はまばらで、バス停にも並ぶ人影は皆無だった。

絆は、バスの時刻表に目を遣った。

土曜の夕方ということもあってか、バスの運行にはずいぶんと間隔があった。

周囲を見回す。

少し風が出ていた。バス停には遮るものが何もない。

かすかに啼《な》くくらいの風だった。

その風に呟きを乗せる。

「走るか」

このところよく走っている気もするが、そもそもが嫌いではない。

アキレス腱《けん》を伸ばし、数度の屈伸の後に走り出す。

新川崎の駅までは道延べにして二キロもない。

ガス橋通りを御幸跨線橋際《みゆきこせんきょうきわ》の交差点で曲がり、新川崎ふれあい公園の長々とした緑を左手に見ながら走る。

そこから新川崎の駅までは、ほぼ一本道だ。左手の公園の奥はすぐにJRで、公園の先もそれなりの企業体が敷地を接して隙間はなく、右手はどこまでも三菱ふそうの大きな工場になる。

次第に闇が深くなってゆく逢魔《おうま》が時《とき》。

ときおり強く吹く南からの向かい風。

ふれあい公園を抜けるまでに車道に見掛けた車は、わずか数台程度だった。

そんな時間か。あるいはそんな道か。

植樹帯の内側の歩道に、人の往来は少なくとも一人もなかった。

後方から走ってくるバイクのエンジン音が聞こえ始めたのは、そんなときだった。おそらく四〇〇ccクラスだろう。

最初は、特に気にしたわけではなかった。

どちらも広いが、最終的に新川崎の駅は左側になるので、絆は左側の歩道を走っていた。

後方からで不思議はない。

だが近付くにつれ、違和感を感じた。

その原因はすぐにわかった。

一本道の後方から来るバイクのライトが、ほぼ真後ろから近付いてきたからだ。

いきなりアクセルがふかされ、エンジンが悲鳴にも似た甲高い音を発したのは、おそらく絆から十五メートルも離れていない歩道の上だった。

絆が振り向いた瞬間、バイクのライトがハイビームになった。

その時点でもう、バイクは絆まで五メートルもなかったろう。

光が溢《あふ》れて、視覚は使い物にならなかった。

「くっ」

絆は咄嗟に、植樹帯の向こうに身を投げた。

車道に路側帯が広く取られているのは分かっていた。

転がって路肩で、片膝立ちになってバイクの行方を睨む。

走り過ぎたバイクはすでに、前方十メートルほど先の植樹帯の切れ目から車道に降りていた。

すぐに再び襲ってくるような気配はなかったが、そもそも、後方に現れたときから歪《いびつ》な気配は皆無だった。絆の観法を以てして、剣呑な気は毫《ごう》ほども感じられなかった。

「パーティーか」

そう、聞いてみた。

ライトはハイビームのままだ。人物の確認は出来なかった。

すると、ふとバイクのライトが消えた。

ハーフキャップヘルメットで、ゴーグルをつけていた。それは分かった。

しかし、乗っていたのは体格からして、あの大柄なパーティーではなかった。

四〇〇ccクラスのバイクにも不釣り合いなほど、小柄な男のようだ。

「誰だ」

気魂を乗せた声を放った。

擦り抜けた。

「俺かい？」

少し高い声で平然と答え、男はゴーグルをヘルメットの上に上げた。

少し吊って瞳の大きな、猫のようによく光る目が印象的だった。

薄気味悪いくらいに。

「俺はパーティー。俺もパーティーってね」

殺気はまったくなかった。むしろ楽し気で、パーティーだと言われれば納得出来た。

殺を躊躇《ためら》わず、死を厭《いと》わず。

無慈悲を好み、死を夢想さえする。

来《きた》るときのために、〈飼われた命〉。

「パーティー・スリー、か」

そう呟くと、返事のようにバイクのエンジンが咆哮《ほうこう》した。

フルスロットルで突っ込んでくる。

絆は十分な態勢で待った。

背腰のホルスターから特殊警棒を振り出す。

激突の一瞬を切り裂くため、身に猛気を蓄える。

万全だった。

そのはずだった。

だが、バイクは絆の狙う一瞬よりわずかに手前で、タイヤから煙が上がるようなブレーキターンで右転した。

滑るような後輪が左手の低い場所から絆を襲った。

後方に一歩下がった。

そのまま二歩出てパーティー・スリーの背中を叩こうとすると、ふと左側の空気に嫌な波動を感じた。

身体は勝手に動いた。

特殊警棒を打ち出した。

この一連は何が観えたわけではない。ただ天稟《てんぴん》の為《な》せる業《わざ》だったろう。

「応っ」

バイクの回転に任せた、見もしない裏拳のような一撃が、細い鉄パイプの一閃《いっせん》を連れてきた。バイクの側面にでも隠し持っていた物に違いない。いわゆる、暗器の類だろう。この男の必殺か。

ギンッ
金音は尾を引き、パーティー・スリーの手から鉄パイプを弾き飛ばした。

けれどそこまでだった。追尾は出来なかった。

空いた手でハンドルを掴み、パーティー・スリーはまたフルスロットルで絆の直前を離れた。

焦げ臭いゴムの匂いだけが残った。

「凄《すげ》ぇ。凄ぇ。味見に来てみたけど、聞きしに勝るってやつだね」

十五メートルくらい向こうでバイクごとこちら向きになり、パーティー・スリーは手を叩いて笑った。

構わず、絆は問答無用で仕掛けようとするが、

「おっと」

と、大げさにパーティー・スリーは両手を広げて見せた。

「味見って言ったよね。もうたくさん。十分だよ」

ちょうどパーティー・スリーの直前、先ほどバイクが車道に降りてきた辺りに、左方からのエンジン音とライトがあった。

企業体の敷地から出てきた一台の軽自動車が、この世ならぬ死闘を分ける。

猫目のパーティーは、その猫のような目をゴーグルの下に隠した。

「堪能させてもらったからさ。ひとつ忠告しておこうか」

「なんだ」

「こんなとこで、のんびりランニングなんかしてていいのかね」

よくわからなかった。

黙っていると、また猫目のパーティーは笑った。

「そんなことしてると、死ぬよ」

「俺がか。笑わせる。捕まえるよ。その前に」

「ま、いいけどね」

肩を竦め、猫目のパーティーはゆっくり車体を返した。

「忠告はしたよ」

そんな忠告を残し、進行方向に去ってゆく。

見送ってから、絆は浜田に連絡をした。

この日、浜田は休日だと分かっていた。それでもすぐに繋がった。

「パーティーに襲われました。また別のパーティーです」

後ろでテレビの音がした。

浜田のところにはまだ小さい子供がいたことを思い出す。

そんな自宅であまり生々しい話もよくない気もするが、

——そう。大変だったね。

浜田はいつも通りに受けてくれた。

このいつも通りに、いつもやられる。いつも通りが命ギリギリの非日常を日常に戻し、
また命ギリギリの非日常に向かわせる。

「逃げられました」

——じゃあ、緊配でも頼む？

「いえ。誰かをきっと巻き込みます」

——だね。まあ、君が無事ならいい。

「ええ。俺が無事なら何度でも、いえ、次こそ」

――今日は？　これからどうするの。

「一度、隊に戻ります。あ、でもこの時間だと、あまり長くはいません。今晩は、一緒に飯を食おうって言われてますから」

――湯島のビルの面々？

「ええ。昨日、そんな話になりまして」

――そう。君の性分だからね。なら直帰でもいいっていうのも逆に酷な気がするから止めないけど、無理はしないように。

「はい」

――そもそも休日だよ。休む日だ。休む日は休むべきなんだ。

強い声だった。

その声の奥から、クレヨンしんちゃんの声が聞こえた。

新川崎から池袋に回り、特捜隊に顔を出すが、隊長の声が耳について離れない。

大部屋には絆の他に誰もいなかった。

しんとした静けさにも押され、業務もそこそこに帰路に就く。三十分もいなかっただろう。

湯島の駅に到着したのは、七時を回った頃だった。

湯島坂下から坂を上がれば、ハルコビルのエントランスの軒に怪しげな光があった。

額縁のような長方形の箱の中で〝Ｍｅｒｒｙ Ｃｈｒｉｓｔｍａｓ〟が点滅していた。

それは、今週になってから家主の芦名春子《あしなはるこ》に断ってと言うか掛け合って、ゴルダが取り付けた物だ。

――ゴルさんって、クリスチャンだっけ？

――ははっ。若先生はお馬鹿さんですねえ。これは日本の、立派な伝統行事ですねえ。

――えっ。そう？

――醬油味《しょうゆあじ》の鳥肉と苺《いちご》のショートケーキに、シャンメリーとトイザらス。十二月二十四日は和洋折衷《せっちゅう》で大騒ぎ。そこへ中華も乱入ね。来福楼の馬さんが言ってました。これは日本の伝統行事。冬のお祭りね。Ｏｈ。風物詩、と言う言葉を最近、覚えましたねえ。

――ああ。それはおめでとう。

そんな会話をした。

笑うように〝Ｍｅｒｒｙ Ｃｈｒｉｓｔｍａｓ〟が点滅する。

と、ジャケットの内ポケットで携帯が振動した。

高崎署の三枝からだった。

――今すぐ来い。

声が荒かった。いや、尖っていた。

「どうしました？　またバイクの盗難でもありましたか」

――なんだそりゃ。殺しだ。河西が殺された。しかも目撃証言に拠りゃ、あのパーティー
じゃねえぞ。もっと小柄な男だ。

「えっ。いや、そんな」

先に驚きが口を衝いて出た。

戦ったばかりだ。見送ってまだ二時間ほどしか経っていない。

それで、バイクで高崎は――。

有り得るのか、有り得ないのか。

――たくよう。お前が来ると人が死ぬ。お前ぇ、死神かよ。

それで通話は切れた。

「死神、か」

スマホを握り締め、絆は顔を上げた。

「ゴルさん。俺は、今日は無理だわ」

明滅する〝Ｍｅｒｒｙ Ｃｈｒｉｓｔｍａｓ〟がやけに淡く、やけに遠かった。

三

東京メトロから京浜東北線、高崎線と乗り継ぎ、絆が高崎署に辿り着いたのは夜十時を回った頃だった。

ざわつきと緊張の気配が、奥まった階段から上方に流れて、絆にはまるで風のように感じられた。

押されるように三階に上がって講堂に入る。

三枝がいた。向こうから寄って来た。

「縮小だってんで、片付けたばっかりなのによ。また並べ直しだ」

すいません、と何故か絆は頭を下げた。

「まあ。なんだ」

三枝が首筋を掻いた。

「さっきは済まなかったな。こっちも仰天して、少し気が立ってたからよ」

「いえ」

俺は死神ですから、口にはしなかったが、その自覚がなくはない。

片桐亮介《かたぎりりょうすけ》、金田洋二、向浩生《むかいひろき》、鴨下玄太が非業の死を遂げ、東堂典明は腕を割られた。

沖田美加絵、栗橋沙羅は巻き込まれる形で死んだ。

田村新太郎、久城伸之、梶山征一、河西研次。

その他にも、被疑者被害者問わず死んだ者。それも、惨《むご》く死んだ者の数は多い。

——お前には、まだまだ悲しみが足りない。

成田の幼馴染みにして元カノの渡邊千佳《わたなべちか》が、暴漢に襲われて傷を負った日のことだった。

色々な感情を持て余した絆に、典明はそんなことを言った。

——悲しみを心に刺すな。向けるな。身にまとえ。

師の薫陶、だったろうか。そんな言葉も貰った。

悲しみを重ねて身にまとった結果、死神が出来上がったのならそれはそれで笑える。大いに自嘲《じちょう》出来る。

孤高の死神。

死神の自嘲。

その乾いた笑いを、誰が聞く。

「ああ。それよりよ」

気まずさを感じてか、三枝は話題を移行した。

「お前がさっき、バイクの盗難のことを口にしただろ。それでこっちも気になって。例の福祉大の方な」

「あ、どうでした」

絆もそのまま素直に乗った。

今しなければならないことをする。

死神だろうと組対の化け物だろうと、〈仕事漬け〉は絆の代名詞だ。

それはそれで、溜息しか出ないが。

三枝は腕を組み、唸った。

「ああ。伊勢崎署に問い合わせてみたんだが、今のところバイクの盗難届は出ていないようだ」

「そうですか」

続けて事件の状況、捜査の進捗状況を聞こうと思ったが、三枝は講堂の入り口近くにいた部下に呼ばれ、すぐに立ち去った。

県警本部からの連中が外に到着したようだった。

まずはこの場で手伝い、まずはこの場で聞くことから始めることにした。

高崎では絆はオブザーバーだ。

傍観者、第三者の意味もあるが、せめて正式ではない参加者や補佐であることを心掛ける。

椅子や机の整列を手伝っていると、県警本部の連中がやってきた。

それを合図に陸続と人が集まり、捜査本部の陣容が見る見るうちに整ってゆく。

指揮統括の面々がまず、ひな壇とその最前列に陣を敷く。

県警本部から刑事部長、捜査一課長、強行犯捜査指導官。

高崎署からは署長、刑事組織犯罪対策課の課長。

どれも近々に一度は見た顔で、向こうもこちらを覚えているようだった。

注視してくるわけでもないが、無視するわけでもないとわかる気の流れが絆には観えていた。

「継続捜査のようなものだ。紹介も挨拶も省くぞ」

高崎署の刑事組対課長の声が講堂に響く。

「では捜査会議を始める。起立っ」

ざわつきが一瞬で静まり、それで捜査会議が始まった。

絆はまず一番後ろの席で、事件の概要と初動捜査の報告を聞いた。

擦れ違いざまに、無造作にサバイバルナイフを使ったという。

複数の目撃証言もあり、というか、目撃者を気にする様子は犯人にまるでなかったようだ。

四〇〇ccクラスのオートバイに乗った小柄な男、らしい。

――そんなことしてると、死ぬよ。

猫目のパーティーの声が耳に蘇《よみがえ》る。

二時間で新川崎と高崎。

いったい、どんなマジックを使ったのか。

それにしても——。

「クソッ」

思わず机を叩く。

「なんだ。警視庁」

訝《いぶか》し気《げ》な捜査一課長の目と声が届く。

「はい」

絆はゆらりと立った。

全員の目が絆に集まる。

パーティー・ツーに殺された梶山征一の葬儀の後、梶山の関係者を追っていて今日、猫目のパーティーと遭遇したこと。戦ったこと。

「そうか。それで俺にバイクの盗難のことを言ったのか」

三枝が前から二列目で頭を掻く。

やおら一課長が立ち上がり、ホワイトボードに向かった。

黒マーカーを手に、文字を書く。

〈猫目〉

〈パーティー・スリー〉

「こういうことか」

「予断は禁物ですが。しかも――」

戦ったのは絆が三枝から、河西の死を知らされる二時間前。

そう告げると、黙って聞いていた連中も含め、皆が騒《ざわ》めいた。

と――。

絆のスマホが振動した。

もうすぐ日付が変わる時間だ。緊急でなければ、呼ばれることのない時間だった。

周囲にスマホを示し、通話にした。

「はい。東堂」

――香取《かとり》です。今、どこですか。

揺るぎのない声は警視庁赤坂署の、巡査部長のものだった。絆が何度か稽古を付けたことのある、いわば弟子だ。

「高崎だけど、なんだい」

――三十分くらい前のことですが。

北村浩司という男が殺されました、と香取は言った。

――要件はおわかりですね。

「ああ。名刺を持ってた、かな」

「犯人は逃走中です。中型のバイクに乗っている模様」

香取は淡々とした声で言った。

「目撃証言はあるのか」

小柄な男、と香取は即答した。

絆と対峙してから二時間で一人、その後、二時間半でまた一人。

もう溜息も出なかった。

東堂絆の名刺を持っていると人が死ぬ。

まるで死神。

やはり死神。

孤高の死神。

(ん？　死神って)

次の瞬間、脳天を鉈《なた》で打たれたような衝撃が走った。

「死神かっ！」

――東堂主任。どうしました。

絆のいきなりの大声に、電話の向こうで香取の声が乱れた。

こちらの捜査本部では、まず三枝が立ち上がった。
気にならなかった。
気にしている場合ではなかった。
「香取。スマホから離れる。お前も聞け」
返事も待たず、絆はスマホを置いた。
捜査本部に声を張る。
大柄なパーティー、パーティー・ツー。
猫目のパーティー、パーティー・スリー。
そんなことしてると、死ぬよ。
そんな、連続殺人。
東堂絆の名刺が、もしかしたらチケットかもしれない。
死への片道切符だ。
聞き終わる前に三枝以下の数人が動く。
手島五郎の居場所に向かったのは間違いない。ガードだ。
絆は左腕のG‐SHOCKを確認した。
午後十一時を回っていた。東京に戻る終電はもうない。
いや、それ以上に帰る時間すらもどかしかった。

置いたスマホを、もう一度手に取る。

「香取。そっちには明日行く。上司にはそう言ってくれ」

――了解しました。あの。

「なんだ」

――出来ること、ありますか。

訥々《とつとつ》とした言葉が、かえって染みる。

それで絆に幾ばくかの落ち着きが戻った。

「ありがとう。今はまだ、な」

そう答えた。

――無理はしないでください。

それには答えなかった。

通話を終えた後、申し訳ないと思いつつ浜田に連絡する。

パーティーに晒される命には、待ったなしの事態だ。

――はいよ。

浜田はツーコールで出た。

絆の名刺を持つ参考人の周辺警護を頼む。

「主には、向島署に立っている捜査本部に言ってもらえれば通ると思いますが」

――指揮は誰だっけ？

「江田管理官」

――うわ。エダカツかぁ。でも了解。

「あの、それと千葉なんですが。今すぐに人を動かしてもらうには」

――あ、そっちの方は楽々。元監察官室の藤田《ふじた》さんが今、千葉の警備部長だから。

「監察。ああ、アイス・クイーンの元上司さんですか」

――そう。

「化け物の上司なら化け物以上に使えますよね」

――そうね。僕を見ても自分の胸に手を当てても、わかるよね。

「えっ」

――藤田さんに頼んでおくよ。

浜田は向こうから電話を切った。

それから一瞬考え、絆は猿丸の携帯番号に掛けた。

――はい。

すぐに出たのは意外だったが、今はそんなことに触れる余裕はなかった。

――なんだよ。消灯時間はとっくに過ぎてるぜ。

「え。消灯って、猿丸さんはどこにいるんですか」

——どこって。まあ、いいや。で。

「はい」

八木さんの命が危ないかもしれない、と告げた。

猿丸にして、一瞬息を飲んだ気配があった。

——なんだよ。関わってんのかよ。

「偶然ではあります。けど、すいません。巻き込んでしまったかもしれません」

——ん？　ああ。そんなことは気にすんな。仕事だろ。

「そりゃあ。でも、ついてはですね」

ガードをお願い出来ませんか、と聞いた。

八木さんはお知り合いですよね、とは言わないが、出来るなら甘えるつもりだった。

他の部署ではない。警視庁にあるはずのない部署だ。絶対にしなければならない仕事は、絶対に皆無だ。

だが、猿丸の答えは実にあっさりとしたものだった。

——出来るなら、そうしたいのはやまやまだがな。許可が出ない。

「えっ」

——その代わり、別のを行かせる。俺ら以上に今、無聊《ぶりょう》を託《かこ》っている奴だ。

よくは分からない。けれど、電話の向こうに頭を下げる。

「有難うございます」

猿丸も鳥居《とりい》も純也《じゅんや》も、とにかくJ分室はひと癖もふた癖もある連中揃いだが、言ったことと一般人の命は、死んでも護る俠達《おとこたち》だということを絆は弁えていた。

四

まんじりともしない夜を過ごし、絆は高崎線の始発で赤坂へ向かった。

合間合間で、浜田から完了した手配のメールが入った。

何気ない事務連絡のようだが、これが有難い。

遺漏のない手並みには胸を撫で下ろし、そんな連絡のきめ細かさに感謝する。

浜田も絆同様、不眠の夜を過ごしたに違いない。

職務職長とはいえ、自宅に戻れば肩書は取れ肩の力は抜け、組対特捜隊隊長も夫となり父となる。

クリスマスイブのイベントは昨日の夜だったか、今日の夜か。

いずれにせよ、子供さんの夢が破れないことを祈るばかりだ。

東京はこの日、なんとも底冷えのする、しかも無風の朝だった。

警視庁赤坂署に到着したのは朝の八時過ぎで、絆は駆け込むようにして、刑事組対課の大部屋に向かった。

絆に連絡をくれた香取はいるものの、思ったより静かな部屋だった。普段の赤坂署より人自体が少ない気もした。

改めて日曜日だということに思い至り、重ねてクリスマス・イブの効果を考える。

が、それにしても――。

「あれ？　香取。帳場はどうした」

大部屋に帳場が立つことはないのはわかっているが、署内全体で観ても人の気配は明らかに少なく、全体的に緊張感も足りないようだった。

とても殺人事件の捜査本部が立ったばかりの警察署の雰囲気ではない。

聞けば、ツーもスリーも、とにかくパーティーという括りの連続殺人事件として組み込み、向島署の捜査本部に北村浩司の殺人事件も吸収合併されたと香取は言った。

「あ、もちろん、こっちからも何人かは捜査本部に加わってますけど」

聞けばなるほど、道理かもしれない。

「そうか。じゃあ」

俺もそっちへ、と言いつつ向かおうと思ったが、すぐには動かない。

いや、動けない感じだった。

大部屋の外に、こちらへ足早に寄りくる気配と、ヒールの音があった。

現れたのは赤い銀縁の軽量眼鏡に引っ詰め髪の、グラマラスな女性だった。

第一方面所属赤坂警察署の、加賀美晴子《かがみはるこ》署長だ。一見すると堅苦しい印象を与えがちだが、どうしてどうして、加賀美は頭脳明晰《めいせき》で胆力に優れ、いずれ女性初の警視総監と目《もく》されている警視正だった。

「あ、お早うございます」

敬礼で頭を下げる。

加賀美は絆を見て、銀縁眼鏡に手をやった。

最近、加賀美は署長室で決済書類に目を通すとき、眼鏡を替えると聞いた。ピンクフレームの老眼鏡だとある管理官は言っていたが、本人を前に口にするのは、リスクが高そうなので言わない。

本人も気にして極力掛けないようにしているとも、無表情な管理官は無表情からでも面白がっている風情を漂わせながら言っていた。

「はい。お早う」

「失礼します」

挨拶を済ませて脇を摺《す》り抜《ぬ》けようとすると、細く長い指に腕を摑まれた。

「朝の挨拶だけならわざわざ出てこないわよ。こっちに来なさい」

「えっ」

未来の警視総監の予想外の行動に、わずかながらも動揺する。虚を衝かれたというやつだが、考えても意味は分からない。腕を摑まれる理由がない。

「へえ。組対の異例特例も、そんな顔をするのね」

加賀美は口元を綻ばせた。

「お弁当、あるわよ。私の手作り。というかね。私のだったんだけど。大いに足したわ」

「なんっすか、それ」

絆は反射的に、首を横に大きく振った。

「要らないです。滅相もない。そんな物食ったら、腹壊すだけじゃすまない気が」

「何？」

「あ、悪い意味じゃなくて。食い慣れてない物はって言うか、その、想像出来ない物は気が逆らうって言うか」

「どっちもよくない！」

大体さ、と言いながら加賀美は絆の腕を引いた。

「そんなタマ？　君が。いいから来なさい。ハマちゃんに言われてるんだから」

「えっ。隊長にですか」

ハマちゃんとは、特捜隊の浜田隊長のことだ。加賀美とは警察学校の同期だという。

ついでに言うなら国《こく》テロの氏家《うじいえ》情報官も同期で、成田の大利根《おおとね》組の野原《のはら》も同期というか、同じ歳だ。

「そう。朝の五時にハマちゃんからいきなり電話が掛かってきてさ。いい迷惑よ。まあ、起きてたけど」

東堂のことだから、きっと何も食わないで動いてると思うんだ。だからさ、是非とも加賀美スペシャルを喰らわして、いや、食わせてやってくれないか。

そんなことを言われたらしい。

「少しでも足を止めるっていうのは、大事だって伝えてくれってさ。まったく、ハマちゃんもいい上司してるじゃない。そんなの聞いたら断れないしさ」

心遣いが染みる。ということではつまり、逆らうわけにもいかないだろう。

「あの、加賀美スペシャルってなんですか」

「食べればわかるわよ」

そのまま連れていかれたのは、署長室だった。

入室したところで解放される。

加賀美は空いた手で、応接テーブルの上を示した。

風呂敷に包まれた、少し厚みのあるなにやらが載っていた。

開けてと促され、恐る恐る、開ける。

現れたのは本漆《ほんうるし》螺鈿《らでん》竜虎《りゅうこ》の、重箱だった。

本物よ、と加賀美は胸を張った。

「そうですか。――でも、螺鈿竜虎の弁当箱って」

「そこは気にしないで。私の趣味だから」

「はあ」

開けてとまた促され、嫌々開ける。

「おっ」

予想に反して、彩りも豊かな、ちゃんとした弁当だった。

加賀美スペシャルとは、加賀美お手製のお袋風スペシャル弁当のことらしい。

男の胃袋鷲掴み弁当、のはず、だと、加賀美は満腔《まんこう》の自信を、覗かせた。

とはいえ、とはいえ、だ。

「この肉じゃが、どう？」

「ちょっと薄いです」

「このきんぴらは？」

「だいぶ太いですかね」

「そ」

とはいえ、量は有難かった。浜田が言うように食事は昨日の昼頃、開業医の金城の医院から勤務医の小笠原のところに回る途中、駅の立ち食いでかけ蕎麦《そば》と握り飯のセットを食べたきりだった。

加賀美は自分の席に座って頬杖《ほおづえ》を突き、夢中で食べる絆に憂《う》げな視線を向けた。

「あのさ。あんたの住んでる湯島のビルにさ。最近、ちょっと年配の人が住み始めたんでしょ」

「あ、よくご存じですね」

「まあね。その人とさ、君はよくご飯とか行く？」

「そんなには。でも、来福楼とかは行きましたけど」

「あ、私もそこ、この前観月と行った。クリスマス会の下見で」

「へえ。クリスマス会。そんなのやるんですね」

「やるわよ。明日が本番」

「え。今日じゃないんですか」

「それはまあ、大人の事情ね」

「そうですか。俺はもう、ずいぶんやってないなあ。署長のクリスマス会は、小田垣管理官と二人でですか？」

「それじゃ寂し過ぎるでしょ。違うわよ。生安の増山《ますやま》課長とかさ」

「ああ。例の」

妖怪の茶会、という俗称は、少し焦げて苦い卵焼きと一緒に飲み込む。

「何？　例のって？」

「いえ。それより、年配の人がどうかしましたか」

「ううん。別に。ただ、よくご飯行くなら、何食べてるのかなって」

「わかんないですけど、消化にいい物が好きみたいですよ」

「え、消化？　胃が悪いの？」

加賀美は急にデスクから身を乗り出した。

なんだろう。

変に心配させても悪い。

生でも食えるソーセージを飲み込んでから、ゆくり首を横に振る。

「まあ、老化ですかね。それこそ、昔よりはだいぶ、食も細くなってるみたいですから、あの年齢の相応ってことじゃないですか。大丈夫。心配は要らないと思いますよ。年が明けたら、部屋で野菜でも漬けようかって言ってましたし」

「漬物？　料理得意なのかな」

「どうでしょう。金がないって言ってましたから節約ですかね」

「でも、ついこの間、任期満了金が出たはずだけど。そんなにすぐ使っちゃったって。何に使ったのかしら」

「わかりませんけど。そもそも、任期満了金ですか？　そんなのないでしょ。ＫＯＢｉＸ

の和歌山製鉄所は、ずいぶん前に辞めてるはずですよ」

加賀美の動きが一瞬止まり、潮が引くように身体も引いてゆく。

署長の椅子がかすかに軋んだ。

「――ねえ。東堂君。それってさ。どこの誰の話」

「どこの誰って、小田垣管理官が湯島のビルに、最近になって連れてきた凄腕爺さんの話ですけど」

「あ、そ」

「あれ？　なんか違いました」

加賀美は肩を竦めた。

取り立てて、この件に対しても言葉はない。

「炊き込みご飯はどうだった」

「硬いです」

「さ、仕事しよ」

手をひらひらと振り、すでに関心を失ったように椅子ごと横を向く。

ちょうど、絆も重箱の中身を平らげたところだった。

腹は量で満ち足りた。量だけでも十分だった。

「ご馳走様でした」

手を合わせ、署長室を出る。
署内の気配は、先ほどから さほど増えてはいないように観えた。
日曜、クリスマス・イブ。
あるいは働き方改革。
どれにしても、今の絆とは無縁だったろう。
それどころではない。いや、それには不満はない。
外に出て、大きく伸びをした。
腹が満ちると、それだけで元気が出るものだ知る。
肌触りで、改めてこの日の天気に気付く。
無風でやけに底冷えがして、厚く垂れ込めるような曇天《どんてん》だった。
「うわ。寒っ」
と――。
震えではなく、絆のスマホが振動した。
「おっ」
液晶に浮かぶ名前は、絆にとって待ち人のものだった。
すぐに通話にした。
――おおい。きな臭い噂の有無と分類。終わったぞ。

「うわっ」

デジタルを通してもでかい声は間違いなく、奥村金弥のものだった。

五

赤坂から地下鉄に乗る前に、絆は取り敢えず浜田にメールを打った。

そのまま中野の自堕落屋に向かうことに、加賀美への朝食の依頼の礼を添えて。

すぐに返信があった。

〈お腹《なか》は壊さないと思うから〉

浜田も分かってはいたようだ。試し、試されたことがあるに違いない。

それで一応、無害であることは知っているのだろう。

特に言葉は返さず、そのままメトロに乗った。

中野に到着したのは、午前十時過ぎになった。

自堕落屋の〈移動式〉社長室で、奥村は待っていた。

待っていたと分かるのは、秘書に近い和《かず》ちゃんに案内された社長室を開けるなり、奥村がこちらを向いていたからだ。

モニターに向けた顔を上げないのが奥村の通常運転だ。だから細身で癖毛の白髪で、というところまでを知る人間はそれなりにいるが、高い頬骨となお高く尖った鼻梁《びりょう》を持ち、二重のドングリ眼を持つという詳細まで知る者は限りなく少ない。

絆はその数少ない一人で、今日の奥村はその絆を、待っていたと言うことになる。

「素早いな」

奥村はいつもの、絆より三メートルくらい後ろに話し掛けるようなでかい声でそう言ったが、素早く来ないと臍を曲げるのはどっちだろう。

とも思ったりするが、言わない。言うと長くなって面倒臭いという、デメリットだけが残るからだ。

逆に、それで、と先を促す。

和ちゃんが珈琲《コーヒー》を持ってきてくれた。

絆は礼を言って、立ったまま飲む。〈移動式〉社長室には来客用の椅子がないのだから、これで正式だ。

奥村もカップに口を付け、「うん。和ちゃん、美味《うま》い」といつもの定型文を口にする。

その後、これだ、と言って奥村は、絆にファイルされた数枚の資料を差し出した。

「紙、ですか」

意外な気がして、絆は思わず聞いた。

奥村はもうひと口珈琲を飲んだ後、二重のドングリ眼だけを動かした。

「目を通す、という言い方は正しい。理解の深度という意味で、瞬間的にはアナログがデジタルを凌駕《りょうが》することもある。特に、お前のようなアナログ人間の場合はな」

異論はないので黙っておく。

「まあ、最後にデータのコピーは渡すが」

「了解です」

奥村が黙ったので、絆はファイルにざっと目を通した。

資料は三部構成になっているようで、一部の表題は〈シルバーグレイ〉になっており、二部と三部にはそれぞれ、〈グレイ〉と〈アイスグレイ〉と書かれていた。

「全部で二百人はいる。まあ、医者に、真《ま》っ新《さら》な奴などほとんどいないからな。至極真っ当なデータだろう」

「それ、私見ですよね」

「それはそうだ。だからほとんど、と取って付けたつもりだが」

「なるほど」

「どうだ。言い得て妙だろう」

「そうですね。わかりやすい気はしますが」

褒めると奥村は鼻を鳴らした。

奥村は気難しい反面、わかりやすい男でもある。

絆はファイルの一番上を軽く叩いた。

「じゃあ、このシルバーグレイが一番グレイだと」

「そうではある。だがシルバーは輝くグレイのイメージでつけたからな。目立つグレイがお前の仕事に結びつくかどうかは、さてな。どうだろう。はなはだ疑問だ。目立つグレイの行きつく先は黒だから」

「――どういうことですか」

「見ればわかるが、シルバーグレイは全員が、複数の事件の起訴や控訴の打ち合いで現在も係争中だ。いい言い方をすれば、忙し過ぎて新たな案件の入る余地などないだろう。お前の狙いが関わる余地、とでもいうか」

「なるほど。じゃあ、グレイ」

「と、考えるのが素人だな」

「はあ?」

「グレイはグレイなのだ。グレイという色が付いている。言い換えれば、ネット上ならもう、染まり始めていると言って過言ではないということだ。そこいらのオンブズマンや目敏いライター、鼻の利く刑事辺りなら、目を付けてもおかしくはない。功取り合戦で密やかな監視や尾行が付くなら、まずこのクラスだろうな。つまり、一か八《ばち》かでも実際に人が動くレベルだ」

「なるほど」

聞きながらページを捲《めく》る。

梶山の名を探せば〈アイスグレイ〉に分類されていた。

「総合病院の理事長は、あまり表に出ないからな。そういう連中を分類から中長期に推論するなら、〈アイスグレイ〉の先はいきなり〈シルバーグレイ〉、主に医療事故や医療過誤絡みの訴訟の、被告側の理事長として登場することになるだろう。それか脱税だ」

絆が説明を聞きながら〈アイスグレイ〉のリストに人名を確認していると、とあるページに差し掛かったとき、奥村は手を伸ばしてある一部を指さした。

「因《ちな》みに、北村と河西も簡単な分類はここで、名前はそこにある」

「あ、ご存じですか」

「そのくらいは知っている。殺人事件としてネットニュースにもなっていた」

それでな、と言って奥村はキャスターチェアを回し、キーボードに向かった。

「殺されるには理由があるだろう。因果応報《いんがおうほう》。因縁と果報ということも出来る。だから、三人のデータに因縁を条件付けして、トリモチを使った」

トリモチは、汎用型検索エンジンとは比べ物にならない優れ物だ。

――国内のダークサイトやウェブなど、俺に言わせれば一般公開に近い。

鼻息荒く、奥村は危ないことを自慢した。

トリモチは優れ物ではあるが、危険と違法の汀《みぎわ》を撫でるような情報収集が可能という意味では、際物でもある。

ファジーを極限まで排除した多階層な条件付けにより、検索は何処《どこ》までも深く潜ることが出来るという。その分、条件付けが難しく、明確に整わなければＥＲＲＯＲが出るらしい。曖昧過ぎると、ときに起動すらままならないようだ。

融通の利かない優秀なデジタルハウンドドッグだと、そんなことも奥村は言っていた。

「因縁、ですか」

絆が繰り返せば、奥村はそうだと言って頷いた。

「ドラッグ。それしかないだろう」

奥村はエンターキーを叩いた。

「視認するだけだ。とっとと見ろ。長く留まると電子のミサイルが飛んできて、身動きが取れなくなる」

「おっと」

言われるままにモニターを覗き込む。

二分割のモニターに、何やらのホームページへの導入画面が現れた。

「三人だと〈トリモチ〉は上手く起動しなかった。だが組み合わせでな。とある二人にしたらこれがヒットした」

ＭＤＭＡと大麻、それぞれの仮想販売所だと奥村は言って画面を閉じた。

「このそれぞれの中に殺された河西と北村の名前を見つけた。いや、違うな。このそれぞれに触った二人を見つけた、だな」

「なんです？ どう違うんですか」

「難しいことは分からないだろうし、それは俺と〈トリモチ〉の術だが、簡単に言えばダークウェブに潜ったところから、フラットに表層を見上げた格好だ」

「つまりは」

「裏から表に触手を伸ばす。分かるか」

「いえ」

「だろうな。ただし、これらすべては仮想であって現実における確認も確証もなく、たとえ現実に売買があっても、捜査手段はそれ以上に高度に違法だ」

だから紙にはしないし、データも記録しない、と奥村は言った。

「はあ。では使えない、と」

「使うか使わないか、どう使うかの判断は俺の範疇《はんちゅう》ではない」

「なるほど」

「まあ、とにかく、きな臭い噂の有無に因る色分類。〈シルバーグレイ〉と〈グレイ〉と〈アイスグレイ〉。これで言われた仕事は済ませた。時間が掛かったからな。最後のはおまけだ。お代は要らん」

「あ、そりゃどうも」

差し出される手の上に五万円を載せる。

この金額は、前使用者の金田の頃から変わっていない。金額ではなく繋がりなのだと、最初の頃に金田が教えてくれた。

有難いと思いつつ、多くは言わない。

簡単に礼を言って自堕落屋を出、アーケードを駅に向かう。

この時間になると風がだいぶ強まっていた。曇天もますます、重い色を濃くしてゆくように思われた。

とにかく、寒かった。

ＭＤＭＡと大麻、その報告と向島署に向かう旨を浜田にメールすると、スマホがすぐに振動した。

その浜田からだった。

――寝てないだろ。今日は上がりでいいよ。

「え。いえ、大丈夫です。問題ないですよ。ひと晩くらい」

――東堂。昨夜はやっと、ああ、出来てきたなあと思ったけど、君はね。人を頼むことをもっと覚えないといけない、と浜田は言った。

——赤坂からも人が入ってる。向島署は本庁と所轄が入り混じって大所帯だ。行っても効率は良くないよ。

「でも、隊長。群馬の方からもパーティーは俺に任されてるわけで」

——それがどういうことか、分かってる？　悪く言えばその身体が、針の先に掛けた餌みたいなもんじゃないか。ねえ、だから君は、昨日も襲われているんだよ。大丈夫は、何を指して大丈夫なんだい。人の命に絶対も大丈夫もないよ。

言葉はなかった。

これは、自信と慢心の境界線の話だ。

——今日は上がりなさい。命令だよ。それにね。

「はい」

——大阪から五条国光が帰ってきてるよ。火曜日だ。

「えっ」

——バカみたいに無指向な君のアンテナが、パーティーに絞られちゃってる？

「それは」

その通りだった。

——今日はクリスマス・イブだよ。しかもホワイト・クリスマスになるってさ。心が落ち着く。

いい上司だ。

掛け替えのない、いい上司。

頭《あたま》を下げ、いや、頭《こうべ》を垂れ、そのまま帰路に就く。

荒天予報のせいか、中央線も千代田線も車内は空《す》いていた。

湯島に着く頃に、メールが一本入った。

高崎の三枝からだった。

バイクの盗難届が出た、とあった。

「ふうん」

思わず、そんなひと息が口から洩れた。

盗難にあったのはまたあの、T福祉大学の学生だった。

六

雪のクリスマス・イブの明けた、二十五日の月曜だった。

前夜は路上を白く染めるほどに雪が降った。その残滓《ざんし》は翌朝、道路の隅で茶色く固まった残骸に如実だった。

とはいえ、この日、クリスマス当日はよく晴れて、午前八時には前夜の夢の跡もすっかりと溶けて路上から消えた。

降雪及び積雪が多ければ大渋滞も予想されたが、実際には普段より交通量が少なく、道はどこも空いているようだった。

国光はこの日、午前十時近くになってから、東京竜神会事務所に顔を出すべく、マンションから外に出た。

思うより陽射しが温かく、冬らしくない気持ちのいい陽気だった。

ただし、迎えのベンツには、雪の名残が濃く残っていた。車体の側面には特に、泥撥《どろは》ねの汚れが強かった。

「なんや、来る前に洗ってこんのか。気が利かんのう」

マンション前からベンツに乗り込む前にそんな文句は口にしたが、特に運転手からの返事はなかった。

薄ら笑いで頭を下げるだけだった。見るからに頭の悪そうな男だ。

この日の迎えは組の新型ベンツだったが、運転手はいつもの若い衆ではなかった。八王子《はちおうじ》の大山組の誰かだということはわかるが、まあ、誰でもいい。覚える気もない。どうでもいい。

とにかく〈自前〉のベンツは、匠栄会の旧型より遥かに乗り心地がよかった。それだけでいい。

ただ、欲を言えば車内に残る香りが、まったく国光の好みではなかった。〈自前〉とはいえ、貸していた物を返してもらった感じは強い。土曜のうちに一度、徹底的な車内清掃を掛けさせたが、それくらいでは抜けないもののようだった。

（芳香剤？　コロン？　ポマード？　なんにしても、木下の悪趣味、アクの強さかい。これじゃあ、高橋のオンボロベンツの方がまだましやな）

その匠栄会の高橋は、ゴルフに行くと言って東京竜神会事務所を出たきり、先週の火曜のうちから顔を見ない。

その火曜の夜に、会長の真壁が自宅で倒れて救急車を呼んだとか。

結局、翌水曜のゴルフは中止になったようだ。

お陰様で一命は取り留めましたと、掛かってきたどうでもいい報告で高橋が言っていた。

いや、国光の方から聞いたんだったか。

――ほな。ゴルフは中止か？　キャンセル料が勿体ないのう。

そんなことを言った覚えはあるが、高橋からの答えはなんだったか。

これもまた、どうでもいいが。

あれやこれやと、どうでもいいことが多過ぎる。

（それにしても木下の奴、いつまでこっちにおる気や）

国光は上野毛に向かうベンツの車内で足を組み、車窓に道行く人流を眺めた。

金曜夕方の、事務所からの帰り際のことだった。

「東京代表。あれや。もう車も運転手も結構ですわ」

北山や島崎ら、大阪の連中と麻雀卓を囲む木下に、そんな言葉で軽々しく呼び止められた。

「なんや。いきなりやな」

「へえ。長々と借りましたが、大体は把握しましたんで」

「ふん。ならもう、大阪に帰ってもええんやないか。物見遊山も仕舞いやろ」

「いえいえ」

麻雀牌を摘《つ》まみながら、木下は首を左右に振って、おそらく笑った。

「大体て言いましたやんか。陽の当たるとこの大体、明るい道の大体や。こっからぁ陽影《ひかげ》を生むとこの大体、裏街道の大体になりますんで」

卓を囲む他の大阪の連中も笑った気がするのは気のせいか。気の迷いか。

「さよか。結構なことやが、道に迷うても泣き入れんなや。しらんで」

そんな遣り取りがあって、ベンツが国光のもとに帰ってきた。

そうして、昨日のことだった。

曇天の中、国光が事務所に到着したのは午後のことだった。

雪の予報でマンションから出ることも躊躇われたが、国光が出なければその分、事務所に木下の匂いが濃くなる気がした。

ベンツのように。

それで、萎える自分の心を叱咤《しった》して腰を上げた。

それにしても、底冷えのする一日だった。

――お早うっす。

事務所に到着すると、いつもと変わらない野太く揃った声が出迎えた。寒々しさを助長する。

「ふん。こんな日は余計、辛気臭いわ」

誰に言うわけでもなく吐き捨てる。

上野毛の事務所の一階は、国光の吐いた唾のような言葉が至る所に染み付いているようだった。

奥の方から、東京代表の到来を意に介そうともしない鼻歌が聞こえた。パターマットを敷き、一人パット練習をする木下がいた。

「耳障りやな」

また一つ、言葉を吐き捨てる。

表の大体を把握したという木下は、夜も精力的に銀座、新宿、六本木に足しげく通っているらしい。自腹だから何をしようと構わないが、どれくらい使っているものか。五百や六百ではきかないだろう。

最近では新宿の女が店を辞めて、誰の金かは知らないが自分の店を構えたとかで、上野にもよく顔を出しているようだ。

そうして、日替わり週替わりで女を連れて関東圏のゴルフ場や温泉、東京ディズニーリゾートにも行っていると聞く。

この辺の情報は、木下にベンツと一緒に貸し出した運転手から仕入れている。

特にゴルフで言えば、木下は今月に入ってからは、旧沖田組の重鎮連中の組はもとより、それ以外の二次組織にも顔を出すようにしているらしい。

大阪者が何を、と思わなくもないが、

――挨拶、挨拶。大阪者は礼儀を知らんて言われたら、五条会長の顔に泥塗ることになるしなあ。

と、もっともらしいことを訳知り顔で、何かの折に言っていた。

「ああ。せや。東京代表」

階段を上がろうとすると、パターマットから顔も上げない木下に声を掛けられた。

「なんや」

「ええ。私が向こうで発注しとった車が、本部の方に納車になったらしいんですわ。色んな店のけったいなクリスマスも終わりましたしな。せやから、正月に掛けて取りに行ってきますんで、明日の午後からおらんようになりますわ」

「さよか。別に断らんでも、勝手に行ったらええがな。そんで、──まあ、ええわ」

行ったら帰ってくるな、とは言いたくとも、宗忠から預かった手前、口が裂けても直接には言えない。言わない。

「せやけど、自前の車っちゅうんは結構なことや。それで、何を買うたって?」

「アウディS8のセダンですわ。昔から、私はアウディが好きでして。それもセダンに限るっちゅうもんで。高級セダンの後部座席。そこを独り占めするっちゅうのは、間違いようのない出世の証や。そこからこう、ああせいこうせい、何やっとんねんて指示を飛ばしてな。それこそが、立身出世の醍醐味《だいごみ》っちゅうもんでっしゃろ」

「ふん。ええ趣味や」

「おおきに」

そんな会話が、昨日あった。

つまり、自前の車を購入したということで、ベンツは戻ってきたようだ。

そうして、取りに言ってくるという以上、新たな車の駐車場が必要で、木下はまだまだこっちにいるということだ。

(難儀なこっちゃ)

大山組の運転手が組事務所への到着を告げ、国光は組んだ足を解いた。

――お早うっす。

事務所の一階に響くのは、いつもの連中だった。見る限り木下の姿はなかった。

近寄ってきた島崎に聞くと、北山が木下を迎えに行っているという。

木下は手回りの荷物をまとめ、一旦は事務所に寄るが、すぐにそのまま、北山の車でJRの品川に向かう予定らしい。

新幹線の切符は、すでに手配済みということだった。

「ふうん」

どうでもいい。

ろくな返事もせず、階段に向かう。

今日は夕方に、いわき湯本のなんたらいう組の若頭が挨拶に来るという。元沖田組の二次だったところで、近々の代替わりを願い出ていた。

それにしても、祇園狸《ぎおんだぬき》や金獅子《きんじし》会のようなごたごたはない。健全にというのも変だが、実際の親がボケ始めたので、息子が跡を継ぐという。

笑う程に平和だ。

関東の田舎《いなか》の温泉地らしいと言ったら、誰か笑うか。誰が怒るか。

西の緊張感は、いずれ五条宗忠の威光を以て、この平和ボケした東日本にあまねく浸透するだろう。

そのとき、どれほどの団体が泣くか、笑うか。

（そんときは兄ちゃん。また大勢集めて、エグゼを配るんかな）

結束の証。

決別の爆弾。

はたまた、宗忠のマジックの基本、仕掛け、フリ。

そのときまた、国光も翻弄されるのか。

（これはこれで、難儀なこっちゃ）

そんなことを考えながら、国光は三階の東京代表室に入った。

七

「エグゼ、な」

そう呟き、やおら、東京代表室に入った国光は座ることなく奥に進んだ。

壁のわずかな隙間に掘り込んだ、指紋と虹彩《こうさい》ダブル認証の隠し金庫に、自分のエグゼを確認する。

黒一色で、型押しされた飾り文字が表面に浮かぶ小箱。

「イー、エックス、イー」

国光はそう囁いた。

宗忠から貰った、オールドタイプのティアドロップ・エグゼだ。

実際の完成品はトップカット式の小さなスポイト型の十連で、使い切りタイプになっている。

そのことを知る者は少ないはずだ。宗忠と国光と、さて。

木下は知っているのだろうか。

その他には、さて。

竜神会の秘事ではある。

秘事と言えば、他にもある。

「劉仔空か」

国光と血の繋がりのない、兄の本名。

生まれたときからの記憶を持つ異才、それが劉仔空。

――そんな名を知っても、お前は私を、兄ちゃんと呼んでくれるやんか。私にとって、人生の真実は大して多くないんやけどなあ。それこそなあ、私が応えなければならんことの一つや。何を置いてもな。だからお前は、大丈夫なんや。

四条畷の別荘で、宗忠は国光の目を覗き込んでそう言った。

「大丈夫て一体、何が大丈夫なんや。兄ちゃん」

国光が宗忠を兄ちゃんと呼ぶのは、ついこの前までは血の繋がった兄だと思っていたからだ。

だが、ここ最近、宗忠をそう呼ぶのは、怖いからだ。

この差を、宗忠は大丈夫とするのだろうか。

血の繋がり。

恐怖での支配。

胸のざわつきが、汗になって国光の背中を流れた。

冬の寒さは関係ない。室内の空調のせいでもない。

この日は何か、初めから調子がおかしかった。

雪は思ったより積雪もなく、早く止《や》むし。

そのせいで幹線道路に、予想した渋滞はないし。

その割に、新型ベンツは泥汚れが激しいし。

「いや。考えんこっちゃ」

考えれば手も足も止まる。

東京竜神会東京代表は、お飾りの肩書きではない。しなければならない仕事はある。

まずは、大阪の竜神会本部から送られてきたメールや書類に目を通す。戻さなければならない物にはサインをして送り返す。中には、二月の〈東のコンペ〉に関する提案書もあった。

東西の間を取って、静岡辺りでどうかというものだった。幹事は浜松の、砂川《すながわ》連合の佐《さ》治弦蔵《じげんぞう》が引き受けるという。

砂川連合は過日、ボーエン・劉博文が前組長を殺ったところだ。竜神会の中で、佐治弦蔵が名を売りたいと言ったところか。

渡りに船といいたいところだが――。佐治は四条畷の別荘で宗忠の指示に因り、ティアドロップ・エグゼを下げ渡したときの、国光に向ける目の不敵さが気に入らない男だった。

（さて、どうするか）

そんな思考と作業に没頭してると、すぐに昼近くになった。

一階に降りるのが億劫《おっくう》だった。昼は店屋物を頼むことにした。

〈五目きしめんとかやく飯〉

東京の蕎麦屋は、蕎麦をうどんにしてくれと頼むと、なぜかきしめんになる店も多い。

事務所の近くの店がまさにそうだった。

暫時、そのまま仕事を続けていると、代表室のドアがノックされた。

昼飯を運んできたのは不動組の島木だった。

食って、応接のソファで仮眠を取った。

起きたのは、部屋のドアがノックされたからだろう。時刻は一時五十分だった。昼飯の器を下げるためだろうと推測は出来る。

ドアの向こうから顔を見せたのは、ほぼ一週間振りの、匠栄会の高橋だった。

「なんや。真壁は、もういいのか」

伸びをしながら身を起こす。

「へい。お陰様で」

「死んだんか」

「いえ。今死ぬ命じゃなかったようなんで」

「さよか」

「病室じゃあ、元気が有り余ってるようで。昔の知り合いやら仲間やら、千目連の竹中組長にもお見舞い頂きましたが。病人が一番騒がしくして、看護師に注意されてます」

「見舞いか。辛気臭いで病院は好かんが、その分、あとで包む物は包むわ」

「有難うございやす」

と頭を下げつつ、高橋は部屋に入ってきた。

「本部本部長は一時過ぎにやってきて、半頃に出発したようです」

部屋に入り、高橋は後ろ手でドアを閉めた。

すぐに出て行く気はないようだった。

「真壁の報告でも、店屋物の器を下げに来たわけでもないようやな。なんや」

そう振ると、いえね、と言って高橋はソファに寄ってきた。

「鬼のいぬ間、じゃねえですが、聞きますか」

「ああ？」

少し雰囲気が妙だった。

固い。いや、硬い。

「もう一回言います。——聞きますか」

次第に滲む気配は、不退転か。国光でも分かる。その目が血走ってても見えた。

聞くか聞かないか。

遠い隔絶。

彼岸《ひがん》と此岸《しがん》。

いや——。

彼岸と此岸に、どれほどの差がある。

寝酒と目覚めの一服とやら。

そこにどれほどの違いがある。

口はゆっくりと、けれど思うより軽く開いた。

「構わん。言えや」

「そんでは」

高橋は対面のソファに座り、そのまま上体を倒して国光に顔を寄せた。

「木下本部本部長っすけど」

ノガミのチャイニーズんとこに顔を出してまっせ、と高橋は低く言った。

一瞬、何を言われているのか分からなかった。

ノガミのチャイニーズ、――魏老五。

東京竜神会が関東を掌握するために、いずれは潰さなければならない男の一人だ。

「なっ！」

驚きと怒りがない交ぜになって声になりそうだった。

だがそれは、さらに続く高橋の言葉で封じられた。

「お尋ねのパーティーですが」

チャイニーズドラグーン、と高橋は言った。

聞いたことはある。知っている。

「だから、なんや」

人伝《ひとづて》の話ですが、と高橋は続けた。

〈同級生〉やら〈同窓会〉やらの分派に飼われた死すべき命、散るべき拳。

それが、パーティーという群れだという。

「そんで、組対の東堂が言っていたそうです」

竜神会、と。

「はっきりとはしませんが、パーティーの発注者は竜神会みてえです」

「発注？　阿呆。俺は知らんで。なんのいつの話や」

「群馬の方の捕り物で東堂が。上野駅だけじゃなく、そっちにも別のパーティーが出たみてぇで」

西崎の大学で大麻やってた馬鹿がパーティーに、と高橋は続けた。

「そんだけじゃなく、今も都内と群馬とで、パーティーがブンブンブン、小蠅《こばえ》みてぇに煩えって。それにしても、この一連。東京代表が知らねえってことは、やっぱ本部っすよね」

「なんやなんや」

立て続けに聞けば混乱も錯乱もし、眩暈がした。

ただ、分かることはあった。腑にも落ちる。

死すべき命、散るべき拳。

「死兵」

思わずの呟きが漏れた。

――私が欲しいんは死人やない。ひと声で簡単に死んでくれる、いわば死兵や。

少し前に四条畷の別荘のテラスで、月光の下で宗忠に聞いた。

また国光の知らない所で、宗忠がマジックを使っているのか。
──パーティーにマジックは付き物やし。マジックはパーティーの花形やし。
そうも言っていた。
宗忠と私兵と、マジックとパーティーと。
また遠い隔絶。
生と死。
光と影。
国光と木下。
いやいや──。
東京竜神会と竜神会本部。
関東と関西。
国光と宗忠。
太陽の東、月の西。
宗忠の東、国光の西。
高橋に迫られる自分は何者か。
関東にいる関西人。
関東に飛ばされた関西人。

兄に逐《お》われた弟。
そもそも、今自分が立つのは彼岸か此岸か。
生と死の境界線。
踏み止まって生、踏み越えて死。
いや、踏み止まっても死、踏み越えてこそ生。
眩暈がするようだった。
この日は本当に、朝から調子がおかしかった。
雪は思ったより積雪もなく、早く止むし。
そのせいで幹線道路に、予想した渋滞はないし。
その割に、新型ベンツは泥汚れが激しいし。
眩暈がすぐには止まらなかった。
グルグル回って一周する。
太陽が昇れば、月は沈む。月が昇れば、太陽は沈む。
国光の身体から、知らず力が抜けた。ソファに深く沈んだ。
高橋は何も言わなかった。だがその観察するような視線は、痛いほど感じた。
自分は一体、何者か。
（どうやろなあ。どうなんやろなあ）

ゆっくりと顔を上げ、壁のシャガールを見る。

（なんやこら、キモいわ）

家族の中に、国光は自分を見なかった。

「ええ情報や。高橋。いくら欲しい」

高橋は目を瞬いた。

「いえ」

「なんや。金やないんか。ならなんや。組の中での立場か。ええで。北山や島崎より上にしたるわ。組の安泰も確約したろか」

「いえいえ。そうじゃないんで」

「なんや。回り諄いで」

東京代表、と高橋は刺すように言った。

「このままでいいんですかい。東京竜神会」

ああ。

ああ。

腹の底に、何かが落ちた。

硬い、石のようなものだった。
冷えて、重い、石のようなもの。
関東と関西。
宗忠の東、国光の西。
「任せるわ。今後も頼むで」
へい、と頭を下げて立ち、高橋は店屋物の器を持って階下に去った。

第四章

一

火曜は前日と打って変わって、また肌寒い一日になった。

絆はこの日、午後になって横浜市の鶴見《つるみ》に向かった。

絆の名刺を持つ者達の身辺警護を、土曜に浜田を通じて各署に頼んだ。

昨日の月曜からこの火曜は、その実施の確認と、ある意味〈お礼〉を最優先に動いた。

前日はまず、向島署の捜査本部に顔を出し、指揮官のエダカツに礼を言った。

横溝、伊藤、三井に関しては、この捜査本部から警護の員数を出して貰っていた。

エダカツの機嫌はあまりよくなかったが、それは事件そのものの捜査があまり進んでいないからららしい。

――寝ないでやれってよ。酷ぇもんだ。

そんな愚痴《ぐち》を、向島署の亀岡から聞いた。

午後に入ってから、絆は荒川を超え江戸川を越えて千葉に向かった。

まずは県警本部に顔を出し、藤田警備部長に礼を言った。

藤田は笑って、「それ、本人達に言ってやって。私の直接の部下じゃないから」と答えた。

それで、JRで新検見川《しんけみがわ》に移動した。朝日ヶ丘にある病院の篠上をガードする、刑事を労《ねぎら》うためだった。

病院を訪ねると、救急外来の入り口付近に、絆と同じような歳回りの男が立っていた。

その辺にいるだろうということは分かっていた。

が、これは気配を観たり探ったりということではない。絆でも待機するなら、同じ辺りにするという経験則からだ。

警護対象の篠上は、救急科専門医の資格を持つ内科医だ。外であっても、決して離れているということにはならない。壁一枚内側の救急救命室で、篠上は今も他人の命を前にして働いているのだろう。

「あ、これはっ」

寄り来る絆を認めた男は、最敬礼で迎えてくれた。

男は絆より三歳年下で、県警本部の刑事部捜査一課に勤務する、藤崎《ふじさき》という巡査部長だ。

藤崎はもう一人の同僚と、千葉北署の同期と三人で、交代で見守ってくれているらしい。

県警本部で藤田が、モニタ上に三人のデータを並べて、そう教えてくれた。

だから、すぐにわかった。

藤崎は体型は少し緩いが短髪で、目つきの鋭い男だった。

相手に緊張が観えた。

「ご苦労様。ああ。そう緊張しないでいい、んだけど」

苦笑しつつ近付いて、ホットの缶コーヒーを渡す。

絆も飲みつつこれまでの様子を聞くが、その間、藤崎は終始緊張したままだった。缶コーヒーも手に持ったままだ。

「いつまでと言えないのが心苦しいけど、とにかく、一般市民の命が掛かってると思って。この後もよろしく」

「はいっ。——あの」

その場を離れようとすると、藤崎が一歩前に出た。

「成田の、道場にその、お邪魔してもよろしいでしょうか」

「お邪魔ってほどのとこじゃないし、いいけど。そのさ」

缶コーヒーを持ったままの、藤崎の拳を差す。

「そっちはメインじゃないけど」

藤崎の手には、見事な拳ダコがあった。空手か、それに類する武術に覚えがあるようだ。

「はい」

だが、それくらい鍛えた者だからこそ、藤崎は弁えているようだった。

「正伝一刀流は古流だからこそ、百般の武芸に通じるとお聞きしました」

ならいいよ、と絆は笑った。

「けど、爺ちゃん。ああ、十九代は隻腕《せきわん》だから。俺がいないときにはお手柔らかに」

言えば藤崎は首を左右に振った。

「それでも、私などではとても。教えを請うのはこちらです」

気持ちのいい若者だった。こうしてまた、師弟の縁が増えてゆく。

再度、後を頼みつつ、病院から離れたのは四時になる頃だった。

翌火曜のこの日は、池袋の特捜隊に顔を出してから前日と同様、練馬《ねりま》署と荻窪《おぎくぼ》署に回った。実際には、荻窪署は午後になった。

それぞれに、金城と小笠原の警護を頼んでいた。

まず署長に挨拶し、それからどちらも大部屋に顔を出し、刑事組対課の課長と担当に礼を言う。

——人手不足は今に始まったことじゃないが。

等々、何人かはそんな不平を口にした。分かり過ぎるほどに分かるから、かえって何も言えなかった。ただ、礼の頭の角度を深くした。

荻窪署の後は、最後に横浜市に向かった。目指す駅はＪＲの鶴見だった。東口から旧東海道を超え、東口中央通りを通って、三百メートルくらいの場所だ。鶴見税務署を過ぎれば背の高いマンションが林立する区域に出る。

目見当だがどのマンションも、五階から上の部屋なら、鶴見川の流れが見えるだろう。

中でも一番背の高い十五階建ての最上階に、ガードを頼んだ最後の一人、八木千代子の部屋はあった。

この日がシフトのない、完全休養日だということは昨日のうちに把握していた。

その真正面の一角に、公園とも呼べないささやかな緑があり、埋もれるように一人の男が佇んでいた。気配を沈めた、いい隠形《おんぎょう》だった。冷たい川風が噴き上がる場所に身を置き、微動だにしていなかった。

やおら手を上げ、絆は男に近づいた。

この千代子のガードだけは、浜田や捜査本部の指示による手配ではなかった。太いスジにして、女友達の一人という関係を尊重して、Ｊ分室の猿丸に声を掛けた。

最初は、許可が出ない、などと渋った。そのときは、猿丸が遥か長崎の地で入院しているとは絆は知らなかった。

――その代わり、別のを行かせる。俺ら以上に今、無聊を託っている奴だ。

そうして猿丸から手配されたのが、目の前にいる男だった。

公安第三課の、剣持則之《けんもちのりゆき》警部補だ。

階級こそ絆と同じだが、年齢は絆より五歳年長の三十三歳になる。ブルー・ボックスのアイス・クイーンと同じ歳だ。

「どうも」

「どうも」

絆と剣持の、下げる頭はほぼ同時だった。

こちらは年齢に対して下げる頭だが、向こうはなんに対してだろう。

「やめてください。同じ警部補じゃないですか」

笑って手を振る。

「いえ。私の昇任は遅れました。新参者です。それに、修羅場《しゅらば》も」

新参者に近いです、と剣持は言った。

「それこそやめてください。修羅場が多いと、いずれなんて呼ばれるか知ってますか」

「いえ」

「死神です。──ああ。剣持さんを指名した猿丸さんのとこにも死神はいますが」

「では、私も死神の眷属《けんぞく》です」

剣持はさっきより深く頭を下げた。

「年明けから、分室勤務を命じられましたので」

「えっ。――うわっ」

さすがに、この発表には意表を突かれた。

お気の毒に、というのとも違う。何を言えばいいのだろう。とにかく驚いた。

「じゃあ、移動の準備で忙しいでしょうに。すいません」

「いえ。任務らしい任務は久し振りです。異動前にいい身体慣らしをさせてもらってます。

――ああ。こちらの先生に、特に異常や異変はありません。今のところ、ですが」

「一人で大丈夫ですか」

「先生が診療中は、診察室奥の処置用ベッドを一つ、使わせてもらってます。なので問題ありません。ちゃんと寝てますよ」

「ん？　先生って。診てもらったことがあったりして」

そう聞くと、剣持は口元を綻ばせた。

そのとき、植栽の木々の梢《こずえ》が鳴った。風がさらに強くなったようだ。

絆は、マンションのエントランスに目を遣った。ラフな格好の千代子が立っていた。

「お茶くらい出すわよ。剣持君をこの寒さの中にずっと立たせるのは、主治医として認め難いし」

そう言えば、剣持が大怪我をしたと聞いた気がする。猿丸からだったか鳥居からだったか。とにかく今年の七月だった。ただ、千代子が診たとは知らなかった。

千代子に誘われて、十五階に上がった。

和紅茶というものを淹《い》れてもらった。

待つ間に、部屋内を眺めた。

3LDKは、千代子一人には少し広過ぎる気もするが。

ベランダからは案の定、鶴見川の水面が見えた。

アンティークのテーブルがあり、サイドボードには幾つものフォトフレームにポートレイトやら、記念写真やら。

「へえ」

端の方に、梶山と千代子が一緒に写っている写真があった。N医科歯科大学の学園祭か。後ろに写ったアメフト部の模擬店に、そんな文字が見えた。

十数人での記念写真のようだ。真ん中で若かりし頃の梶山に肩を抱かれ、同じように若く輝くような笑顔の千代子が写っていた。

絆は暫時、その写真を注視した。

見て、観て、千代子に声を掛けた。

「梶山さんの若い頃ですね。学園祭」

「そう。二〇〇五年だったかな。メインはアメフト部の同窓会だったみたいだけど、その頃は学園祭に合わせて同窓会も開催されてたから、一緒に行ったのね」

キッチンから千代子が答えた。

「ここにある以外にも、他にありますか」

「あるけど」

紅茶の支度の後で、アルバムを見せてもらう。気になった写真が他にもあって、何枚かを借り受ける。

その間、和紅茶を飲みながら千代子は剣持に身体の調子を聞いていた。

さすがに主治医、ということか。

「ねえ。東堂君。このなんか分からないけど、身辺警護っていつまで」

写真を選び終えると、千代子が聞いてきた。

「申し訳ありません。先はまだ不透明です。ただ、普段の生活の妨げにはならないようにと。まあ、この辺は、こちらはプロですから」

「大変ね。でも言っておくけど、年末年始は私、日本にいないわよ。友達何人かで脱出するから。和子も一緒」

「え、どちらへ」

「モルジブ。去年の夏にさ、どこかの誰かさんと行きそびれて以来、念願だったのよ」

「はあ」

「いいでしょ？　ていうか、行くけどね」

千代子は艶冶に笑った。

さて、と一考はするが、日本にいるよりはいいかもしれない。場合に拠ったら、それこそJ分室の親玉に頼む手も、有りゃ無しゃ。

それからは雑談になった。小一時間ほど滞在して、部屋から辞去した。

外に出ると、風は柔らかくなっていた。

「明日からガードが代わります。ちょっと用事があって、この先は立て込んでくるもので」

植栽の脇に立って、剣持がそう言った。

代わると言っても、公安第三課の人間ではないだろう。もうあと数日で異動の身の上だ。

用事も同様で、あるとすればJ分室の何かだろう。だから特には聞かない。

J分室の何かは聞くと、面倒に巻き込まれる恐れがある。

じゃあよろしくと、警護の場を離れる。

駅までの道すがら、ふと思うところがあってスマホを取り出した。

電話の相手はノガミの、魏老五だった。

留守番電話にもならなかった。電源が切られていた。

その足でそのまま、鶴見から上野に回ってみた。

夜は始まっていたが、ビルの七階のインターホンを押しても、事務所にさえ魏老五はいなかった。

――旅行だよ。勝手に来んじゃねえ。

「いつ戻るんだ」

――知らねえよ。馬ぁ鹿っ。

蔡宇の苛立《いらだ》たしげな声だけが、インターホンから聞こえた。

二

翌二十七日は風もなく、空が透き通って高く、十二月らしい一日になった。

町はどこに行っても人が多く忙《せわ》しなく、押し迫った感はまさに師走特有のものだったろう。

通り掛かる神社仏閣はたいがい、屋台骨の設営に捩《ね》じり鉢巻きの男衆が、寒空の下で汗を流していた。

絆は、千代子の部屋から借り出した写真に対する〈思うところ〉に従って、この日は忙しく動いた。

ワーカホリックの自覚はあり過ぎるほどにあって、特に師走だから、ということは絆に限ってはないが、言葉にすれば東奔西走《とうほんせいそう》、いや、北奔南走《ほくほんなんそう》といったところか。

年の瀬の人の流れに、自身も上手く乗せてもらった形だ。

まずは向島署の捜査本部に顔を出し、捜一の斉藤に、梶山の母・久子と北村の妻・沙代《さよ》里《り》に連絡を入れてもらった。

絆にとっては〈一つの案件〉だが、根っこは同じでも梶山征一と北村浩司の殺害事件は、帳場が立って刑事部の刑事らが捜査を担当している。加えて今回は、絆が面会をした梶山に関わる参考人達の警護も、中から横溝、伊藤、三井の三人に二十四時間の人数を割いてもらっている。

特捜隊所属の絆は一人でも動くが、義理と礼儀は弁えている自覚、いや、つもりはあった。勝手なことは出来ない。

だから、捜一の斉藤に頼んだ。何かとバーターで動く斉藤に頼むと後が怖い気もする。というか、その裏で暗躍しそうな公安の分室長の姿が見え隠れするが仕方がない。

地の利もあるから向島署の亀岡に頼んでもいいところだが、捜査本部全体を主導するのは捜一のエダカツで、その真下で睨みを利かせるのは捜一第二強行犯捜査第一係の真部係長だ。万が一にも、所轄の亀岡が動きづらくなる状況にはしたくない。

真部の覚えめでたい部下の斉藤なら、問題なくこなすだろう。絆から見ても斉藤は捜一のなかでも、そのくらいに上手く立ち回る刑事だった。

ただ、頼んだ結果は、今のところあまり芳しいものではなかった。夫を亡くし、立て続けに一人息子を亡くした傷心の久子は、鹿児島に住む久子の妹に勧められ、そちらに行っているということで、現在墨田三丁目の自宅マンションにはいなかった。

年が明けたら今度は妹が、征一の四十九日法要について久子の手伝いをするということで、一緒に戻ってくるようだ。

この征一の四十九日は、一月二十四日が当日になるが、それなりの数が集まることになるようで、それで土日を選んで、前倒しで執り行うことにしたらしい。その場合、二十一日の日曜日が仏滅《ぶつめつ》に当たるということで、考えることもなく、二十日の土曜日に予定が決まったようだ。

久子は、その法要の打ち合わせもあるということで、年初の連休も明けた、一月十一日の大安に、東京に戻ってくるらしい。

絆は斉藤から、そんな内容の話を聞いた。

北村沙代里については、この日から職場に復帰しているということで、夜六時なら自宅に戻っているという許可を得た。

沙代里は自宅近くの会計事務所で働いているという。

「半々は空振りではないし、電話二本だけのことだが、一回は一回だ。きっちりな」

道理ではある。いやな顔をすると次はないぞ、という話でもあるだろう。

「いくらですか」

胸を張ってそう聞くと、何故か斉藤には鼻で笑われた。

「お前を振っても小銭しか出ないと聞いてるぞ。そんな物は要らない。そんな物で動くほど、みみっちくはない」

「みみっちくてすいませんね」

と、皮肉のつもりで言ってみたが、果たして通じたかどうか。

「とにかく一回は一回だ。一回分を預けておく。どう使うかはまあ、じっくり考えさせてもらおうか」

「怖いですね」

「怖くはないさ。きついかもしれないけどな。ま、お前なら何を頼んでも大丈夫だろう」

ということになり、斉藤とはそんなバーターで、この件については終わった。

梶山家のマンションを訪れるつもりでタイムスケジュールを組んでいたが、肩透かしを食らった格好になった。北村家に向かうにも時間があり過ぎる。

それで、思い切って高崎に回ってみることにした。

飽くまで梶山や北村の所より〈先に〉ということになるが、目的は、殺された河西の住まいを訪れることだった。

こちらは三枝に頼んで、同じ高崎市内に住む河西の父親にアポイントを取ってもらった。離婚して以降、一人暮らしだった河西の遺品は、賃貸マンションの中に手付かずのようだった。

北村の両親は共に健在だったが、どちらもまだ、息子のマンションには近寄れないらしい。

悲しみが強すぎて、と口を揃えて言っていたと、絆は北村のマンション前で待ち合わせた三枝からは聞いた。

マンションの部屋の鍵は、三枝が北村の実家から借り受けてくれた。

低層マンションの部屋の中は、会った日の印象以上に、綺麗《きれい》に片付いていた。鑑識や捜査陣の手が入った結果か。

遺留品や証拠品や手掛かりの収集は、えてして掃除という名の、結果を生む。

「おいおい。なんの家探しだい。見落としはないはずだが」

苦笑と共に三枝の口から出る疑問は、プライドの言わせるものだったろう。

だが、絆の探しているものは現状、鑑識や捜査陣のアンテナに引っ掛かるものではなかった。あると断定して絆も探しているわけではない。

そこを疑っているわけでも、当然ない。

「ありました」

絆が目を光らせたのは、リビングの本棚の端から取り出した一冊のアルバムを開き、数ページ目を開いたときだった。

なんだ、と三枝は聞いてきた。

「いえ。直接、今回の殺人事件に関係するかと言われれば、もしかしたら遠いかもしれません。けど、俺の方の追っているものには、確実に関係するはずです」

絆はそう言って、開いたページの一枚を指差した。

そこには、八木千代子のマンションにあったのと、同じような写真が何枚も貼られていた。

二〇〇四年のN医科歯科大学で開催された学園祭での、アメフト部の模擬店の写真だった。スナップ写真のようだ。

千代子から借りた写真とまったく同じように見えるが、まったく同じ模擬店を出しているのが理由で、実際には一年前ということになる。

もちろん、こちらは河西のアルバムだから中心は河西ということになる。

この年、西崎や田村と同級生ということは、河西は大学六年生で、現役のアメフト部員だ。

そして——。

千代子の部屋から借り受けた理由と、同じ人物が何枚かに写っていた。

それが大事で、それが欲しかった。

なんの誰だかを、絆は説明した。

「そりゃあ、たしかに。こっちに関係あるんだかないんだか」

三枝は要領を得ない感じで、頭を掻いた。

「三枝係長。これと、他にも色々、お借りしてもいいですか」

「ああ。この部屋の物の扱いは、マルガイの両親から、捜査本部に一任されてる。だから構わないっちゃ構わないが」

許可を得て、絆は部屋中をチェックした。

3LDKはさすがに広かった。一時間以上掛かった。

リビングの本棚、収納棚、サイドボード、寝室のクローゼット、和室の押し入れ、書斎のPC、その外付け記憶媒体。

ある程度を確保し、三枝に預けて特捜隊本部に送ってもらうことを頼み、絆は高崎を後にした。駅に着いた段階でもう、三時半を回っていた。

高崎線を使うなら、品川区の北村家へ向かうには頃合いだった。

実際、小山台にある北村家のマンションに到着したのは、六時半を回るころになった。

警察の証票を出して名乗り、そこでも大学以降のアルバムを見せてもらった。

写真には、絆が狙うものはなかったが、北村はカメラが趣味だったということで、デジタルデータが膨大に過ぎるくらいあった。見始めたら間違いなく、絆なら朝になる量だった。なので、画像のデータは借り受け、後で確認することにした。

礼を言ってマンションを辞し、駅に向かう途中でスマホを取り出し、電話を掛けた。

相手はバグズハートの社長、久保寺美和《くぼでらみわ》だった。

時刻は午後八時になるところだった。

夜はかなり、冷えていた。

今頃は、一人息子の大樹《たいき》と差し向かいの夕食を採っている頃か。

温かい食事、団らん。

無粋を邪魔する、と心で詫《わ》びる。

コール音が聞こえた。

と思った瞬間、美和は出た。

――はい。

「あ、えっと。早いですね。食事中じゃなかったですか」

――ううん。まだ事務所。

「あれ。じゃあ、大樹君は」

――友達のとこでゲームじゃない。

「そうですか」

詫びたことを、自分に詫びる。

なんなの、と無骨に聞かれ、寒空の下、気を取り直す。

「お願いしたいことがあるんですけど」

――あら。私は高いけどいいの。

「その辺は応相談で」

――そう。ディスカウント？

暫時、美和は何かを考えたようだ。答えるまでに間があった。

――じゃあ、明後日でいい？　明後日来てくれる？　明後日限定で。

「なんでしょう。出来たら早い方が有難いんですけど」

――明後日なら九割引きにするけど。

「それで結構です」

――じゃあ、九時でよろしく。

通話を終え、夜空を見上げる。

東方の空に、白く輝く寒月が鮮やかだった。

三

二十九日、絆は朝の八時半に練馬高野台の駅に降り立った。

気のせいか、最初は普段より街並みが落ち着いている気がしたが、これはあながち気のせい、気の迷いではないだろう。

前日は官公庁の御用納めだった。年末と曜日廻りの関係で、この年はおそらく、前日の二十八日が一般企業でも仕事納めのところが多かったはずだ。

前日は当然、官公庁の端くれである池袋の特捜隊も、御用納めの日だった。ただ、特捜隊は普段から全員が顔を揃えることすら稀《まれ》な部隊だ。

絆はと言えば、前日は氷川台に住む金城のガードを練馬署の刑事と代わった。

北村浩司、手島五郎、横溝清作、篠上真由美、三井純一、小笠原義明、八木千代子、金城悦史、伊藤和子、河西研次。

梶山の葬儀に集った大学関係者のうち、言い方は悪いが北村と河西は、パーティーという名を冠した殺し屋に殺られ、もうこの世にはいない。

絆が接触していない手島は、縮小されてはいるが高崎署の捜査本部の管轄として、一番早い十二月二十三日の夜から、向こうの手の内に囲われている。

千葉の篠上は、県警本部捜査一課の藤崎巡査部長を始めとする、三人の若い刑事達に任せた。

残る人間は横溝、三井、小笠原、八木、金城、伊藤の六人だが、そもそも八木は伊藤とこの日から十日間の予定でモルジブで、開業医の三井も、言葉は濁したがどうやら家族以外の女性と海外旅行らしい。同じく開業医の金城は、家族で沖縄に里帰りだという。

都外に出るとガードが解ける。このことを絆は浜田と鳩首《きゅうしゅ》したが、遠く離れた方が安全とも考えられ、可能性のみで一般市民の年末年始の行動範囲を制限することは、強権の発動に等しいという浜田の意見が採択された。

絆にも、それはもっともだと思われた。

そもそも、二〇一八年の年初は成人の日が月曜日の八日ということで、長い人ならこの二十九日から、有休を使わずとも十一連休ということになる。都内に大人しくしていて、都外に出るなという方が、もしかしたら難しいかもしれない。

残る横溝と小笠原のガードは、横溝に関しては向島署の刑事組対課と絆とで行い、小笠原には交代で荻窪署の刑事組対課と、公安外事第二課の漆原英介《うるしばらえいすけ》警部補が当たった。

──明日からガードが代わります。

そう言った剣持の代わりに、漆原は二日前から八木千代子のガードに入った男だった。

対象の千代子がモルジブに出掛け、手が空いたということで、これは絆から頼んで、荻窪署が担当になっている小笠原の方に回ってもらった。

漆原は少し笑って頷くだけで、ただのひと言も文句を言わなかった。そんな気配すら皆無だ。

与えられた任務を、全うする。

公安マンの鍛え、揺るがない鉄の意志は流石《さすが》だ。

絆は漆原とは、サ連の事件で存在を知り、全焼した沖田組本部の瓦礫《がれき》の中で知遇を得、自身でも何かあれば直接にであっても話が出来る関係だった。その部下の高遠《たかとお》や土方《ひじかた》は、正伝一刀流における絆の直弟子でもある。

年末年始の警護を遺漏なく配置し、絆はこの二十九日の朝、練馬高野台にやってきた。

㈲バグズハートは駅から徒歩で約十分、石神井《しゃくじい》川と笹目《ささめ》通りのほぼ中間にあるマンションの一階に、テナントとして入居していた。

バグズハートは元警視庁公安部所属の、今は亡き白石幸雄《しらいしゆきお》が退職後に作った会社で、現在は唯一の社員だった、久保寺美和が後を継いで代表取締役を務めている。

バグズハートは清濁《せいだく》と明暗と表裏の間を擦り抜け、情報の売り買いを生業《なりわい》にする会社だ。

美和自身もかつては、白石幸雄の身辺に放たれたオズの潜入捜査官だった。危険が伴いかねない仕事だが、そんな自分にこそ天職だと、割り切りと覚悟を持って笑い、美和はバグズハートの経営を引き受けた女性だ。

マンションに辿り着き、絆は『㈲バグズハート』の、アルミ製のドアをノックした。

――開いてるわよ。

さっぱりとした声は良くも悪くも、久保寺美和という女性の特徴ではあった。

入室すると、事務所スペースの中央に事務デスクがあり、椅子から立ち上がった長身の女性がいた。

丸眼鏡にショートカット、赤いツナギ。

それが久保寺美和だった。

「時間通りね」

「そうですね。色々と時間通りに生きてるつもりですが、そうすると休みがなくなるって、不思議ですよね」

絆は言いながら、入ってすぐに設置された応接セットのソファに座った。

もうずいぶん出入りした、勝手知ったる部屋だった。

「で、今日限定ってことでしたけど。なんですか」

バグズハートは、各地の菜園や農園の新規申し込みから運営までの一切あるいは部分委託管理をするという表の社業も持っている。

近くでは〈第三石神井区民農園〉だけで、バグズハートが手伝っている区画が十四区画あった。

絆もよく手伝わされるが、十二月のこの時期だ。呼ばれた理由は、流石に農作業ではないだろう。

「そう。まあね。改まってどうのってことじゃないんだけど」

美和はデスクの上のファイルをまとめ、立ち上がった。

「ちょっとここのところ忙しくて、ギリギリになっちゃってさ」

大掃除、と美和は言った。

「家の方もね。男手は助かるわ」

普段見たことのないような笑顔だった。

さて――。

「でも、今日って縁起が悪いんじゃ」

「なんで」

「なんでって、二十九日ってたしか、〈二重苦〉とかって。大掃除なら明日の三十日の方が無難なんじゃ」

「何それ。洒落《しゃれ》？　駄洒落？」

「いや。伝統というか風習というか」

「あ。もしかして、逃げようとしてる？」

「いえ。まあ、得意じゃないのは事実ですが」

「福よ」

美和は腰に手を当て、右手の人差し指を絆に向けて突き付けた。

「え」

「二と九で福。うちの実家ではそっちだったから」

「ふ、く。なるほど」

「ついでに言うなら、三十日は旧暦なら大晦日《おおみそか》だし、三十一日は今、実際に大晦日だし。

それはそれで一夜飾り、一日飾りで神様に不敬よ」

「はあ」

よくは分からない。ただ断然、大掃除はするのだという強い意思は感じられた。

美和の携帯が九時のアラームを鳴らした。

大掃除のスタートだった。

「いくわよ。こっちは後。向こうの方が大変だから」

ということでまず、美和の自宅に連れていかれた。南大泉の2ＬＤＫのマンションまでの約五キロメートル、美和はママチャリで、絆はランニングだ。

どうにも年末まで、よく走る年になった。

「あれ？　手伝いが来るのは聞いてたけど、またお前か」

戦隊ヒーローのバックプリントも鮮やかなジャンパーを着た少年が、すでに掃除を始めていた。目の綺麗な、〈お母さんカット〉の少年だった。

口は、美和に似てか、少し悪いが。

「とうとう家まで来たって？　おい、お前。ママに手を出してないだろうな」

それが美和の一人息子の、大樹だった。母を懸命に守ろうとする一人息子だ。

久保寺母子の指示の下、絆の担当は主にベランダ回りと窓と風呂掃除だったが、午後三時過ぎまで掛かった。

報酬は美和の〈手料理〉の、昨日のカレーだったろうか。

「他じゃ食えないからな」

大樹は自慢げにそう言った。

それからまた事務所に移動し、今度はバグズハートの大掃除になった。ただし、こちらは美和のマンションよりも狭い2DKで、事務所に使っているリビングともう一部屋、今も白石の記憶を留める六畳間しかない。

特に白石の部屋は使っていないので掃除という掃除にもならず、さほどの手間にはならなかった。

「お疲れ様」

それでも、美和から労《ねぎら》いの言葉と共にコーヒーを淹れてもらったのは、夜に入ってからになった。六時半頃だ。

「で、何?」

ここからが絆にとっては、本題だった。

持ってきたUSBを美和に渡す。

「取り込んだ画像が入ってます。その人物の確認と、そうですね。二〇〇四年から二〇〇五年頃の、向こうとこっちでの動き」

「むこうとこっち?」

「N医科歯科大医学部に関わってます。おそらく」

「え? じゃあ」

「ええ」

絆は頷いた。それだけで分かるくらい、美和が聡《さと》い女性だということは理解していた。そうでなければ情報ブローカーなど、名乗りは上げられても続きはしない。

「西崎次郎に関わってる可能性があります。たぶん。いえ、それだけじゃなく、もっと広く、深く」

「誰?」

「あなたも知ってますよ。きっと」

美和はノートPCを立ち上げ、USBデータを読み出し、目を細めた。

「これって」

「調べてない、わけはないですよね。バグズハートの社長が」

「まさか、郭英林《かくえいりん》。いいえ。郭英林よね」

「そうです」

ノートPCの画面に映っているのは、八木千代子から借り受けた写真だった。

アメフト部と大書されたカラフルな模擬店中心に、左右に二列になって大勢が写る記念写真だ。

そのほぼ中央の一列目に、恥ずかしげに笑う千代子と、その肩を抱いた自信満々な梶山が片膝をついて写り、右の一番外側の二列目に、若き日の郭英林がひっそりと写っていた。

「私が調べるの？」

「お願い出来れば」

「そっちでも調べられるんじゃない？　一回は調べたんでしょ」

「それは、まあ」

前回、郭英林が董事長《とうじちょう》を務める上海王府国際旅行社については、絆自身の伝手《つて》で、同期がいる外事に調べてもらった。ただ、劉博文の連続殺人事件があり、東京竜神会の五条国光とティアドロップ・エグゼにも繋がり、ことは彼のときと違い、簡単な調べものでは済まなくなっていた。

たとえ同期でも外事をまた使うと、――危うい。

「複雑に絡んだ一件になりました。手の内を晒したとして、外事だと今度はそのまま、潜る可能性があります」

「ふうん。ま、いいでしょ。大掃除も手伝ってもらったし。今年最後の受諾案件ってことで」

有難うございますと礼を言い、美和の、

「良いお年をね」

「そちらも」

「うちは当然よ。大樹が小学校入学だもの」

ああ、そんな歳かと思いながら、バグズハートを後にする。

池袋に戻った段で、八時を回っていた。腹の虫が大いに鳴った。

いつもの〈マグニン〉に立ち寄って夕飯を食うことにした。

〈マグニン〉は御用納めに関係なく、この時間になると組対特捜隊員で盛況だった。

久し振りに見る先輩隊員の顔もあった。

食って、出る。食うために、来る。

「よぉ。東堂。良い年をな」

「今年は流石に、もう見納めだろうな。良いお年を」

良い年を、良い年を——。

パーティーを警戒して対象を警護する者達には年末年始などない。もちろん絆にもだ。

本当に、良い年になるのだろうか。

そんなことを漠然と考えていると、

「お待ちどう」

マスターの手によって、トリプルサンドイッチセット（サラダ＋ドリンク）が運ばれてきた。

目の前の現実に、苦笑する。

四

一月四日、御用始めの朝は全国的に、広く冬晴れだと言うことだった。

絆はこの日、午後二時を回る頃になって池袋の特捜隊に初出勤した。

が、――。

勤務先である特捜隊本部警視庁第二池袋分庁舎を前にして、ふと考える。

初出勤に、なるのだろうか。

本部が入る警視庁第二池袋分庁舎は、ＪＲ池袋駅西口から右方に約六百メートルの場所にあった。マンションや都営住宅、町場の中小企業が混じり合う一角だ。

つまり――。

世の中的には大型連休となるこの年末年始の、一月四日などはど真ん中にも等しい。いつもなら雑然とした周囲の住民や企業の営みが、音も気配もほぼ皆無と言ってよかった。人そのものがおそらく、いないのだ。

静かなものだった。カラスの鳴き声がよく通って聞こえた。

（初出勤、ね）

思わず苦笑が漏れ、そのまま溜息に変わる。

実際、休んだ日はないし、大晦日も元日も出てきた。昨日も出てきた。

それどころか、時間があれば隊に顔を出して、掻き集めたスナップ写真の類や画像データのチェックをした。なかなか終わるものではなかった。

郭英林の姿を追うだけならまだしも、梶山の葬儀に顔を出した大学関係者の、学生当時や同窓会での相互の関係の有無を探るべく、広く何人もの写り込みも確認しつつのことだ。画像のチェックは遅々として進まなかった。

それでも初出勤に――。

（まあ、なるんだろうな。一応。法律で決まってんだから）

『行政機関の休日に関する法律』に拠ると、

〈十二月二十九日から翌年の一月三日までは行政機関の休日とし、行政機関の執務は原則として行わないものとする〉、とある。

原則と言うところが引っ掛かるが、決められている以上、拠らなければならない。

昨日までは休日出勤で、今日は初出勤だと腹に据えて庁舎のロビーに入る。

本部庁舎や池袋署に比べれば、無人と言って差し支えない静かなロビーだが、これは正月だからではなく、いつものことだ。

もうすっかり馴染んだ守衛と掃除のオバちゃんが、奥から絆に手を振ってくれた。入館時のルーティンのようなものでもある。

ただし、

「あ、おめでとうございます。今年も宜しくお願いします」

いつもなら軽く手を挙げて応えるだけだが、立ち止まって挨拶をする。馴染んだ相手にこそ時節の礼儀を欠いてはならないと、これは祖父典明からの教えでもある。

――こちらこそ。

――よろしくねぇ。

新鮮な気持ちに、ならなくもない。

こういう遣り取りがあって、その積み重ねがなるほど、御用始めという区切り、仕切りなのかもしれない。

一人小さく納得しながら、二階の特捜隊本部に上がる。

ロビー同様、特捜隊本部は静かなものだった。

隊長の浜田と隊員に、内勤の事務職まで加えても十人はいなかった。印象としても閑散としている。

大部屋だからというだけではない。どの部署でも、特捜や機捜と言った執行隊とはそういうものだ。

各人と年始の挨拶を交わし、隊長席の浜田の前に立つ。

「明けましておめでとうございます」

「はい。おめでとう。でも、今日は大丈夫だったの？」

「ええ。夕べまでは俺も交代要員でしたけど、いろいろ手を上げてくれるところがありまして。今日からは、俺はほぼ通常営業でいけそうです」

御用始めのこの日から、警視庁も当然ながら通常営業となる。

そのスタートに当たって合わせて、身軽な者達がそれぞれのスケジュールを調整してくれた。

第一に、公安外事第二課の漆原が部下であり、絆の弟子でもある高遠らを動かしてくれた。

赤坂署でも、加賀美署長が香取や吉池《よしいけ》に、向島署の捜査本部に出向という形で、警護に加わる許可を出してくれたようだ。

その他、新宿署や築地《つきじ》署でも、短期でいいならと交代要員を手配してくれた。

順次、旅行からも帰って警護対象の人数が元に戻り始めている。

当初はその辺がネックだったが、ガードはとにかく各署の協力を得て、足りないということだけはなくなった。

守らなければならない一般市民の命が、少しは担保される。

それだけでも、肩の荷の下りる思いだった。

「まあ、その代わり、本当に通常営業なんで、呼ばれるようにもなりましたけどね」

この夜はまた、渋谷署からの依頼で、裏カジノの摘発に同行する手筈になっていた。

渋谷署の下田が言うには、

――年初が大事でな。年明け一発目で締めると締めないとじゃ、年計の摘発の数が全然違うんだ。

ということらしい。

逆に言えば、毎年増えこそすれ、減らないということでもあるだろう。

その集合時間まで、自分の席で奥村が整理してくれた〈アイスグレイ〉の資料や、終わりの見えない画像データを睨む。

睨むだけで取っ掛かりは見えないが、黎明《れいめい》に辿り着いたとき、光を摑まえるためにはこういう地道な作業が必要だということは身に染みてわかっていた。

夜になって、渋谷に向かう前に〈マグニン〉に寄る。

御用始めに関係なく、〈マグニン〉は組対特捜隊員で盛況だった。

食って、出る。食うために、来る。

「よぉ。東堂。おめでとさん。お互い、頑張ろうな」

「なんだ。今日から顔を見たら、今年はずいぶん合うことになりそうだな。宜しくな」

おめでとう、今年もよろしく、おめでとう――。

そんな声。

年末の繰り返しか。

いや、特捜隊の業務は過酷だ。笑って柔らかい言葉だが、これらは隊員の今年に向けた、決意の第一声だったろう。

サンドイッチと決意の声で腹腔《ふっこう》を満たし、絆も今日の作業に向かう。

夜の渋谷署で簡単な年始の挨拶を交わし、ガサ入れの支度をする。打ち合わせもだ。

この夜の摘発現場は、〈いつもの〉裏渋と呼ばれる辺りだった。道玄坂《どうげんざか》から少し入った辺り。懲りない面々の、懲りない場所だ。

そこの八階建てのテナントビルの最上階が、今回の狙いの裏カジノらしい。

臨場して所定の場所に立ち、耳にPフォンをセットしたのが、およそ午前二時のことだった。

絆の指示された場所は、左隣の古いマンションの屋上だった。狙いのテナントビルは向こう側の同様のビルとは高さが違ったが、こちらのマンションとはエレベータ機械室の天井が、ほぼ同じ高さに並んでいた。厳密にはこちらがやや低かった。

ビルとビルの隙間は三メートルもなく、向こうからその気になれば、飛び移ることは決して難しいことではなかった。

そうして悪いことに、マンションの反対側に隣接した別のテナントビルは、屋上がマンションよりさらにやや低かった。非常階段もそちら側にあった。

そんな関係上、屋上を逃走ルートに選ばれたら、こちら側には住民の安全面のこともあり、非常階段やエレベータの数、さらに奥のテナントビルのこともあって、現行犯を取り零《こぼ》す可能性は大いにあった。

といって、一般住民が住むマンションの屋上に、摘発の捜査員を大々的に配置することは憚《はばか》られた。

そこで、白羽の矢が立ったのが絆だった。

予め、管理組合から屋上の鍵は渋谷署が借りていた。

屋上に出ると、真闇《まやみ》にかすかな光があった。

やおら、絆は夜空を見上げた。

正確にはもう五日ではあるが、何もこんな御用始めの日に、裏カジノを開帳することもないように思われるが。

これはこれで勤勉なのか、怠惰なのか。

見上げる夜空では、十五夜を過ぎた月がほぼ真上にあった。

（月星《つきほし》も、ご照覧）

白い息が叢雲《むらくも》のように月に掛かった。

そんな絆のＰフォンがかすかな音を立てたのは、およそ三十分後だった。

下田からで、打ち合わせの通りだ。

――五分後に入るぜ。東堂。よろしくな。

了解、と答え、透明な夜気を吸って吐き、吐いて吸う。

それで凍夜にも拘わらず、全身に熱い血潮と闘気が巡る。

いつなりと、いつでも。

常在戦場の心の下拵《したごしら》えは万全だった。

絆はゆっくり屋上を移動し、エレベータ機械室に上がる階段の下に一孤の影となった。

それから五分が経った。

Ｐフォンの中の世界が慌ただしくなった。

テナントビルの屋上への鉄扉がけたたましい音を立てたのは、Ｐフォンの中の世界だったか。それとも現実だったか。

とにかく大いに人の乱れた気配があった。絆にはそれが観えた。

それからさほど間を置かず、かすかな足音が近寄ってきて、わずかな躊躇がありつつも決断が観えた次の瞬間、絆のほぼ直上、エレベータ機械室の上に雑多な音がした。

月影だけの屋上に、荒い息遣いが降ってきた。邪気も観えた。

まずは一人で、都合三人がこちら側を逃走ルートに選んだようだった。

だが——。

そこは鬼門だった。東堂絆という、邪気を断つ鬼の領域だ。

姿を現し、振り出した特殊警棒の先端に有りっ丈の剣気を集め、放つ。

「おおっ！」

それは間違いなく、鍛えのない人間を居竦ませるには十分、いや、圧倒的な気の総量だった。こちらに気付いた者達の顔に、驚愕《きょうがく》の色が浮かぶ暇《いとま》すら許さなかった。

刹那、絆は風を巻いて三人の間を流れた。

唸りを上げ、逆巻くような風だった。

肩を打ち、脇腹を打ち、首筋を打ち据える。

絆が吹き抜ける瞬間、せめて苦鳴を上げられた者は、しかし皆無だった。

吹き抜けて後、その場に立っている者も然《しか》りだ。

しばしの残心を経て、絆は特殊警棒を屋上スラブに打ち付けて縮めた。

大きく長い、ひと息を吐く。

（月星、ご笑納）

それで終わりだった。

月影が、絆の孤影身《こえいしん》を讃《たた》えるように映した。

三十分後、狙いのテナントビルの前に渋谷署のワゴンとＰＣが列をなした。

裏カジノの逮捕者は、胴元側だけで十人を数えた。

そろそろと、ぞろぞろと。

葬列のような並びを見送る絆の横に、下田が立った。

「減らねえよな」

「そうですね」

「減らねえけどよ。なあ、東堂。いい年にしてえな」

ああ。そういう考え方もあるか。

「そうですね」

「煙草な。今年こそ止めようと思ってんだ」

「ああ。いいですね」

「おや。またですかって言われると思ったが」

「いいえ。今から、って言わないところに現実味があっていいです」

「そうかい？　うん。そうだよな」

まんざらでもない顔で腕を組む下田に向後《こうご》を任せ、絆はその場を離れた。

そのまま道玄坂に出て、思うところがあって神泉《しんせん》町の交差点方面に坂を上る。

そのとき、絆のスマホが振動した。

液晶に浮かぶ名前は、自堕落屋の奥村金弥だった。

五

歩きながら、絆はスマホを通話にした。

――気になった。

「え？」

あまりに唐突なので聞き返したが、思えば奥村はそういう人間だった。

時間は午前三時を大きく回っていたが、まったく関係がないという意味でも、奥村はそういう人間だ。

――自分で言っておいて、因果という言葉が気になった。それで、あの二人のデータに新たな因縁を条件に付加して〈トリモチ〉を使った。

「新たな因縁、ですか」

――そう。殺人だ。ドラッグと殺人。だが、これだとERRORが出た。それで広く、〈死〉にしてみた。今度は、おそらく曖昧に過ぎてトリモチは起動すらしなかった。だからそこに、分母をある程度絞り込む意味でN医科歯科大学を加えた。これでもERRORだった。だから、一瞬だけまた、トリモチのアルゴリズムに触ってセキュリティの質を落とした。少しだけな。

絆は黙って聞いた。奥村の言葉の意味するところは分かっていた。

ゴーストライダー・田中稔《たなかみのる》について調べてもらったときも、奥村はトリモチのセキュリティレベルを下げたと言っていた。

十段階の六、だったか。そうすることによってトリモチは、より高度なセキュリティを構築する相手先にも侵入を開始するという。

ただしこれは、こちらの身元が割れる危険性も十分考えられる諸刃《もろは》の剣だった。一か八《ばち》かの賭けともいえる。

ハッキングに関して飛び抜けた才能と情熱を持つ奥村にとって、実は恥ずかしい話なのだと、前に聞いた。

知られることなく知る。悟られることなく還る。

それがどうやら、一流のハッカーというものらしい。

――河西と北村のフルデータ、それに殺人、ドラッグ、N医科歯科大学。加えてセキュリティレベルを七。ここでようやくトリモチは起動した。そうするとな。

聞いて驚け、と奥村は鼻息を荒くした
――昨年の、しかも八月以降で、N医科歯科大卒の奴らが、日本各地で九人引っ掛かった。老衰はいないぞ。九人ともが期や年齢は違うが働き盛りで、しかも薬学部も歯学部もなし。全員が医学部卒だ。

「えっ。九人ですか」

さすがにそれは意外だった。思わず聞き返した。

――そうだ。データはすぐに送る。ただし、これも〈トリモチ〉だから引っ張り上げられたというか、全国の巨大病院やちょっと警察署、国公立や私立別なく各大学、市区町村や果ては葬儀社のホストの中にまで潜り込めたというか。

「わかりました。全部言わないでください。こっちが引っ掛かります」

――ん？　おお。そうだった。

奥村は咳払いで会話を繋いだ。

――とにかく、自殺が一人、心不全という名の不審死が七人。一人は胃癌《いがん》だというからまあ、これはお前の欲しい答えに必要なのかどうか。いや、予断は禁物だな。しかし、ここからが面白いところだが、全員が危険ドラッグ絡みのなんらかの噂があったようだ。少なくとも〈トリモチ〉は拾った。自殺の一人などは、ＭＤＭＡの常習者だったらしい。これは堂々と表だ。表の話だ。それで進退谷《きわ》まって、逮捕寸前で首を吊ったようだ。

一気呵成《いっきかせい》に奥村は語った。ひと息ついた。

それで話したいことは語り終えたようだ。電話口からも伝わる、熱気のようなものが消えた。

そうなると、

――それにしても、何時に掛けても出る男だな。お前は。呆れたものだ。

などと、自分のことは棚に上げる男でもある。

――もうすぐ四時になるぞ。

「もうすぐ四時でも掛けてくる人がいるからです」

――ん？　おお。その通りだ。じゃあ切るぞ。夜も遅いからな。いや、朝も早いからか。

ああ、そうだ。忘れていた。

明けましておめでとう、とバタバタと言って、奥村は電話を切った。

内容は内容として深刻だが、苦笑が出る。

これが奥村の人柄だ。

いいところ、とまでは言えないが。

すぐにスマホに着信があった。奥村が言っていたデータだった。

立ち止まってざっと目を通した。

自殺は岐阜、心不全は静岡、奈良、広島、愛媛、福岡、宮崎、沖縄、胃癌が徳島。
「ふうん。岐阜は六車《むぐるま》組、それから砂川《すながわ》連合、祇園狸、神舎《かんじゃ》組、金獅子会か」
ボーエンが組長を殺し、跡目相続に棹《さお》を差した竜神会の二次団体が多い気がする。
そう思ってみると、竜神会の影響の強いところばかりだ。
なら、愛媛と宮崎と沖縄は、徳島は――。
〈死とドラッグ〉の因果応報。
なんの偶然。
あるいは符号。
偶然の必然。
まさかバーター。
なんのバーター。
さすがにこの先は深過ぎる。
今は考えない、考えまい。
「さて」
スマホを閉じ、ポケットに仕舞い、月を見上げるように背を伸ばす。
「マグニンを出たとこからですよね」
そのままゆっくりと振り返る。

影のように、遠くを尾《つ》いてきている男が二人いた。殺気はなく、それほどの腕もあるようには見えなかった。ある意味では普通だ。

普通の半グレだ。

街灯の下に、二人で並んで出てくる。

「へえ。聞きしに勝るってやつかな。凄え」

言ったのはスカジャンを着た、金髪の男だった。三十歳にはなるか。四十にはならないだろう。

取り敢えず、誰だと聞いた。〈同総会〉と答えたのは、金のネックレスを付けた、同じような歳回りのツーブロックだった。

肩を揺らしながら、ツーブロックが一歩前に出た。

「あんまり、ゴチャゴチャさせない方がいいよ。さもないと」

「なんだよ」

絆はその場を動かなかった。

「正月早々、葬式になるよ」

「誰のだよ」

「さあ。でも、あんたじゃないことはたしかだよ」

「ふうん」

睨んでみる。

〈同総会〉は二人とも、怖え怖えと、まるで遊んでいるようだった。それなりの修羅場の数は、間違いない。

「ねえ。あんたもさあ。実家の爺さんとか死んだら、悲しい？」

一瞬だけ目を細め、次の瞬間、絆は愕然《がくぜん》とした顔で目を見張った。

「なんだと！」

「うわ。そんなに驚くんだ。へえ。化け物も人の子、いや、人の孫ってこと？」

何も答えなかった。ただ睨みつけた。

二人はまた、怖え怖えと手を叩いた。

「動かないでくれればさ。こっちもあんたには何もしないよ。どう。悪くないだろ？」

喉の奥から唸りのような声が出た。

「——やれるもんなら、やってみろ」

絞り出す声だった。

「あれ。強がり？　二十四時間、見張れる？」

絆は拳を握った。全身が震えた。

男らは逆に、楽しげだった。

「ま、よく考えることだね」

立ち尽くす絆を残し、その場を離れてゆく。

やがて気配が、絆をして観えなくなった。

絆は、左腕のG‐SHOCKを見た。

首を回し、絆は大きく息をついた。

「こっちはこっちで、乗ってくれれば御の字だけど」

やおら、スマホを取り出し呼び出した番号に電話を掛けた。

相手はすぐに出た。

出るのはわかっていた。

老人の朝は早い。

逆に、陽がすっかり顔を出す時刻の方が、道場に出て繫がらない可能性があった。

――ずいぶん早いな。本来なら、正月も帰ってこない孫からの電話などに出る時間ではないが。

成田の典明だった。

「どうせ起きてただろ」

――起きていたか起きてないかは問題ではない。いや、起きていなかったらそれこそ問題だが。とにかく、出てやるか無視するか、そこが問題なのだ。

「陽も出てないうちから面倒だな。要件を言うよ」

近々、気を付けて。

そこだけは力を込め、真っ直ぐに言った。

伝わるものはそれだけでも伝わる。

祖父と孫だ。

——何がある。

「分からない。何もないかもしれない。ただ、殺気のない刺客みたいなのが行くかも」

——なんだ。それは。

パーティー・ツー、乃至《ないし》パーティー・スリー。その説明を簡単にした。

ただし、長く詳しくはしない。

先入観は心身を縛る。これは絆が、遠い日に典明から教えられたことだ。

——パーティーか。祭みたいなもんだな。

「えっと。まあ、どう理解してもいいけどさ」

——成田の正月はそもそも、どこを回っても祭のようなものだ。喧嘩は祭の花でもある。付き物だ。

「油断はしないで欲しいけどね。この間の劉博文みたいなのが行くかもしれないし」

そう言うと、典明はあからさまに聞えよがしな溜息をついた。

——お前。一対一で俺が負けたと思うか。

「思わない。八十を超えたら思うかもしれないけど。あれは俺の未熟のせいだ」

──なら、余計なことは言わないことだ。

「では、よろしくお願いいたします」

──心にもない言葉も使わないことだ。浮いてるぞ。

「了解」

通話が切れる。

頼もしい限りだ。だからこそ、〈同窓会〉の二人に撒き餌のような狼狽《ろうばい》をして見せた。

絆はそのまま、こういうときに付き物のもう一人に電話を掛けた。

──明けましておめでとうございやぁす。

綿貫蘇鉄《わたぬきそてつ》だった。

こちらは典明よりさらに、この時間に起きていて当然の男だ。

大利根組は成田山新勝寺《しんしょうじ》界隈《かいわい》の揉《も》め事《ごと》一切を引き受ける代わりに、山内で屋台を開く香具師《やし》の手配を任されている。

正月の成田は典膳の言葉ではないが、蘇鉄の働き場であり、書き入れ時だ。

──どうしやしたぁ。

声がすでに元気なのは、大利根組の一日が始まっているからだろう。成田山の一日が始まれば、特に大晦日から豆撒きまでの一か月と少し、大利根組は山内にあって、僧侶のように寝起きする。

「爺ちゃんを頼む」

――ええっ。大先生に俺が出来ることなんかねえですけど。

「そりゃそうかな。じゃあ、千佳の家の方をそれとなく気にしてやってくれないか」

――なんすか？

パーティーの説明をこちらにも簡単にする。それと、典明とはまた別に頼みたいことも。

――おっと。そいつぁ。了解っすわ。松が明けりゃあ、豆撒《まめま》きの二、三日前まで組の連中は交代っすから。野原でも東出《ひがしで》でも張り付けときまさぁ。

「くれぐれも、気取られないように」

――来るんすかね。

「常在戦場、だよ」

――おっと。わかってまさぁ。

それで、成田の手配りは終了だった。

「さぁて。じゃあ、釘を刺された分、警護でもなんでも、出来るだけ派手に動きますか」

絆は、神泉の駅に向かって歩き出した。もうすぐ始発が動き出すはずだった。

その間も、取り留めもなく、下手な考えが浮かんでは消える。

奥村から聞いたばかりの話を、どう考察するか。

〈同窓会〉の男のことは成田の化け物とその眷属に押し付けたからまあ、当面はいいとして――。

明後日の七日には、羽田空港にモルジブから伊藤と千代子が返ってくる。

その警護は帰国ロビーでの出迎えから、絆の役目だが。

さて、さて。

思考はまるで、弾けやすい泡沫だった。

下手の考え、休むに似たり。

「駄目だ」

取り敢えず特捜隊に戻る。

まずはそこまで。

そこからのことは、

「寝てから考えよう」

神泉駅への足を、絆は早くした。

六

一月も九日からは、何もかもが通常運転になる。大型連休も前日の成人の日で終わった。

松の内も日曜までで、もう明けた。いきなり主要道路の渋滞も始まった。

主に、関東では。

あるいは、関東に迎合する地域、会社、組織では。

（あくせくとな。阿呆らし。小正月まで待てんところが、関東者らしいて）

上野毛の東京竜神会本部だった。

昼過ぎに出てきた国光は、そのまま三階の代表室に入った。

「ああ。小正月は向こうの風習で、こっちには十日戎《とおかえびす》も、女正月もあらへんかったな」

国光は一人納得し、そんなことを呟いた。奥の窓から差す冬の薄い陽が、床に染み込むようだった。

国光は年が改まって早々に出国し、昨日まで優奈とオーストラリアにいた。

古臭い組織なら、特に三が日などは正月の挨拶回りに賑やかしく往来する。旧沖田組に関わる連中が国光の前に顔を見せ始めたら、三が日が五日あろうが一週間あろうが足りないだろう。その間、国光は身動きが取れなくなる。

そんな煩わしさから、すっぱりと逃げ出した格好だ。

爺《じじい》連中のしかつめらしい顔また顔ばかりを見て苦い酒を呑んで、そんなもので初春など迎えられるものか。

と、これは大阪の竜神会本部でも、会長の宗忠が国光に漏らしていた言葉だ。

——馬鹿らしいやな。古漬け齧《かじ》ってボジョレ・ヌーヴォ舐めるようなもんだわ。それで、こっちからお年玉やらなあかんて、そんなん不条理以外の何ものでもないわ。私は金輪際ご免やな。

それでも、初代・源太郎の一周忌もまだな現状では、流石の宗忠も逃げ出すわけにもいかなかったようだ。全国に忌中の案内を出してかわそうとしたようだが、文句を言いながら勝手に出てくる重鎮連中が多くいたようで、四条畷の別荘に代わる代わる詰め込んで、三が日だけは相手をしたらしい。

——ホンマ、かなわんで。ええなあ。国光は。私もフロリダに行きたかったわ。

フロリダには宗忠の妻子、妻の菊江《きくえ》と一粒種の竜樹《たつき》がいる。

この〈行きたい〉という言葉がそのまま〈会いたい〉という心情を表すのかは、宗忠の場合は疑問だが、取り敢えず三が日の愚痴として、国光は四日にケアンズで聞いた。

来年からは絶対に止めるとも言っていた。

——まあ、今年来た奴らは覚えたからな。無理に止めって言わんでも、その前に辞めとるやろけどな。くくっ。お年玉がそのまま、香典になるかの。それなら条理以外の何ものでもないわ。惜しくはないで。

宗忠の場合、本気と冗談の境は誰よりも曖昧だ。

お年玉を欲しがらなければ、香典も出ない。

お年玉を欲しがれば、香典で返る、か。

宗忠の本気と冗談の隙間は、国光でも難しい。

そんな難しい本気と冗談の隙間を、国光も泳がなければならない。

劉仔空。

宗忠は国光とも五条源太郎とも血の繋がりのない、劉家の男だ。

兄ちゃんと呼んでいる限り、大丈夫だと劉仔空・五条宗忠は言う。

国光にとって〈兄ちゃん〉は延命の呪文、あるいは退魔の経文のようなものか。

あてにはなるだろう。逆に言えば、呪文、経文を唱えているうちは。

「それでも、な」

上野毛の、東京竜神会本部。

敷地面積で百五十三坪、築二十八年のＲＣ構造の三階建て。最終売買金額は六億二千三百万円。

その三階のひと部屋。約三十畳のスペース、領域。

東京竜神会代表室。

五条国光の執務室。

五条国光だけの部屋。

王の部屋。

「ここは、大阪とちゃうで。俺がおるから正月が来る。松も明ける」

来た以上、国光が守らなければならないのは、まずはここだ。ここだけだ。

関東に睨みを利かす。沖田の後を再編する。

竜神会の名を闇の中まで浸透させる。五条の名を雷鳴のごとく轟《とどろ》かす。

そうして、東京竜神会の〈商売〉の根をしっかりと張り巡らす。

網の目のように、竹の根のように。

強靭《きょうじん》に、盤石《ばんじゃく》に。

それが為れば、東京竜神会のパワーで自身を強化するのだ。いずれ〈兄ちゃん〉の呪文も経文も、劉仔空・五条宗忠が言う大丈夫の言葉も、必要ないほどに。

いや、それを超えて、それさえ超えて、自分の足で関東に立つために。

宗忠は自身の覇道をパーティーになぞらえる。自分をパーティーに付き物のマジシャンだとも。

翻弄して、嘲弄して。

実を言えば、国光はあまり好きではなかった。

国光は昔から不器用だと、自分自身で分かっていた。

年末年始で溜まった書類に目を通し、途中で下から若い衆が持ってきたコーヒーを飲む。

少し温く、少しだけ甘いコーヒーだ。

国光の好みは言わなくとももう、少なくともこの城の中には浸透していた。

三時を過ぎて、小腹が減ってきた。気分転換も兼ね、外に出ようかと身支度を整えてドアを開ける。

すると、

「Uターンに嵌《は》まらんとこ思たけど、なんや、向こう出てすぐな。ごっつい事故があってな。大渋滞やて。そんで結果がこの有様や。ホンマ、かなわんわ」

そんな声が階段下から三階にまで響いてきた。

木下が大阪から帰ってきたようだ。

(ん？　帰ってきた？　ちゃうわ。阿呆か)

そう思う自分に突っ込み、国光は自嘲した。(それにしてもや)

また煩くなるのか。

いや、煩いなら煩いで好都合かもしれない。

調子に乗った土産《みやげ》話の中からでも、その気になればいくらでもアラが探せる。

パーティーのマジック。

パーティーとマジック。

右と見せて左。左と見せて右。

いや――。

右のものは右に、左のものは左にあればいい。

「ありゃ。東京代表。今から上《あ》がろ思てましたのに」

一階に降りると、木下が近寄ってきて頭を下げた。

「遅ればせですけどな。明けましておめでとうさんです。今年もな、よろしくお願いしますわ」

「ふん。ということは、よろしくしなきゃならんほど、まだまだ長くこっちにいるいうことか」

「さて。そこはわかりませんけど。会長には、もう少しこっちにおれ言われて来ましてん。会長のもう少しは、私らなんかには計り知れませんからな」

おどけて肩を竦める木下を、眉ひとつ動かすことなく国光は見た。

「勝手にしろ。どう転ぼうと、私には責任のないことや」

「おや」

そのまま動こうとすると、木下が塞ぐように前に回ってくる。

「おやおや」

低く背を丸めて、下から見ようとする。

いやらしい目付きだった。

「なんや、お人が違うたようですなあ。私のいぬ間に、なんやありましたか」

左と見せて右。右と見せて左。

いや――。

左のものは左に、右のものは右にあればいい。

「別に。お前の喜ぶようなことはなんもないわ。なんもない、詰まらん正月や」

手で木下を脇に退ける。抵抗はなかった。

その代わり、質問があった。

「で、東京代表。どこかへお出掛けでっか」

「おう。深川の神々葉《ししば》組がな。シマ内の料亭で馳走してくれるらしいわ。たまには付き合うてやるのも、必要やろ」

木下は手を叩いた。

「へえ。驚いた。なんや知らんけど、一皮剝《む》けましたやん」

「放っとけや。お前に批評される筋合いのもんとちゃうわ」

「へえ。で、へえのへええ、や」

外に向かえば、金魚の糞《ふん》よろしく、木下がついてきた。

と――。

事務所の真正面に堂々と、アウディS8のセダンが止まっていた。西に傾いた陽を浴び、シルバーに輝く車体が眩《まぶ》しかった。

その後ろに、押し退《の》けられるようにして止まっていたのが国光の東京竜神会のベンツだった。

事務所から出て、国光はふと足を止めた。

アウディの車体やベンツの停車位置が気になったわけではない。

アウディの脇に、何をするともなく立っている男がいた。西陽《にしび》に目を細め、国光が外に出ても気にする素振りもなかった。

やけに大柄な男で、国光の見たことがない男だった。

「ああ。東京代表。特に紹介はせんけど、この男にな、向こうからこっちまで、この車を運ばせたんや。私が行ったら、本部でボーッとしとってな。元々こっちの男で、正月の間だけ向こうにおったらしいわ。会長存じおりの男らしいんやけど」

「存じおり？　どういう関係や」

「さあて」

木下はまた大仰に肩を竦めた。

「会長が口にせんことは、私にはよう聞けしませんな。会長は付き合いの幅も、私には計り知れんし」

それから大柄な男に顔を向け、木下は、もうええで、と言った。

男の顔が初めてこちらを向いた。

目の揺れない光。

奇妙な男だった。

「うん？　もうええでってことは、帰っていいってことかい」

木下は右手を上げた。

「おう。ええで。――せやけど、どやった。大阪は。初めてやろ」

男は黙って、真っ直ぐに木下を見た。

気持ちの悪い目の光だった。

人を見ているようで見ていない。

いや、人を人とも思わない――。

それを堂々と受け止めて動じない木下の、その胆力は褒めてもいいだろう。

「忖度《そんたく》なしでいいかい？」

「ああ。ええで」

「じゃあ、言うけどよ。もう俺は、色んなものに飽きてんだ。あんたらの一生分の五周くらい飽きてんだ。どこに行こうと何をしようと、大して代わり映えなんてしねえさ。ただ、あの会長だけは面白かった。いや、怖かったかな。初めてだぜ。それが面白かった」

男は背を向け、大きく伸びをした。

もともと大柄な身体が、さらに大きく膨らんで見えた。

「あーあ。疲れた疲れた。帰って寝るか。いや、暴れるかな」

太い眉、太い鷲鼻の下で、口元から牙のような犬歯が覗いた。大いに笑っているようだが、全体をまとめる四角い輪郭や乱髪と相まって、獣のような男だった。

大柄なツー　モノローグ

上野駅で死んだパーティーと、俺は同期だ。いや、同期というのもおかしいか。まあい い。他に話したことのあるパーティーはいないのだから仕方ない。

俺は今年で三十四歳になるようだ。

もう十分生きた。

これ以上生きても、同じ繰り返しの毎日があるだけだろう。

生きるということは、実は死ぬことによく似ている。

なら、死ぬことも生きることに似ているのだろうか。

別に哲学でもなんでもなく、哲学者になろうなどと考えたこともないが、そんな哲学めいたことを考える時間は、これまでの人生の中に腐るほどあった。

上野駅で死んだパーティーにも、そんな疑問をぶつけたことがある。

どうでもいいとあいつは言っていた。

それを知ると、俺達は何者かになれるのかとも言っていた。

そうでないなら愚問だとも。

あの男に俺は、シンパシーは感じた。俺を俺として見てくれたのはあいつだけで、あいつをあいつとして見たのは、間違いなく俺だけだった。

じゃあ、他の誰もが実際、俺達をなんだと思って見ているのか。それは分からない。

道具、家畜、虫、ゴミ。

なんでもいい。どれにしたところであまり大きな違いはない。取り敢えず、人以外だ。

ただ、あいつにとって俺は、俺にとってあいつは、少なくとも同類ではあった。この世に二人しかいない同類だ。

あいつが逝ったなら、ますますあの世は甘美だ。あの世があるのなら。

あるのだろうか。

これも愚問だとあいつなら言うだろうか。

言うあいつはもう、この世にはいないのだが。

もう十分生きた。生きるということの楽しみは、反吐《へど》が出るほど経験させられた。これ以上は要らない。

この世でしたいことはもう、闘うことだけ。

ギリギリの、命の賭け事。

痺れるのもそれだけ。

誰に命じられてもいい。誰が親でも雇い主でもいい。

俺に舞台を整えてくれるなら、そいつが親だ。そいつが雇い主だ。どうでもいい。

このことにはあいつも、絶対に同意するだろう。

ただし、つまらない生より、壮絶な死は甘美だ。これは変わらない。俺達には絶対の真理だ。

打ち上げ花火のように、大きく輝いて散る死を夢にさえ見ることがある。

つまらない生も、雌伏の時間だと思えば生きてもいられる。

怠惰にでも生きていればやがて、〈遣《や》り甲斐《がい》のある〉死のチャンスは来る。

そう。

誰に命じられても、誰が親でも雇い主でもいいが、些事に俺の命を使わないで貰いたいと切に願う。

生き方に贅沢《ぜいたく》は言わないが、死に方は選んでいいなら選びたい。

死生は五分五分、フィフティ・フィフティと言いたいところだが、無駄死にだけは言葉遊びでも冗談ではなく、死んでもご免だ。

大きく死ぬことが大きく生きたことだと、それくらいの我《わ》が儘《まま》は許してほしいものだ。

第五章

一

一月十二日の木曜日は、六曜にいう大安だった。

この日は、梶山久子が鹿児島の妹の家から、墨田三丁目の自宅マンションに帰ってくる日だ。

絆は捜一の斉藤を通し、羽田空港から自宅までの移動手段として、警察車両に乗ってもらうよう頼んだ。

――いやよ。何か悪いことをしたわけじゃあるまいし。

最初、久子はそんなふうに断ったらしいが、一緒に鹿児島から出てくるという妹が、

――いいじゃない。滅多に乗れるもんじゃないわよ。楽ちんだし。

と、この提案に大いに乗り気で、渋る姉を説得してくれたようだ。

羽田空港第二ターミナルの到着ロビーには、絆も斉藤らと一緒に立った。

もちろん、この空港到着時から再び、二十四時間体制の警護は再開される。

警護のこともさりながら、絆の場合は、そのまま同行して自宅に向かい、征一のアルバムや画像を確認させてもらうのが主な目的だった。場合によっては借り受けることもある。

久子とその妹ら一行の乗った鹿児島空港発のＡＮＡ機の到着は、午後一時二十五分の予定だった。

絆は斉藤と一緒に、〈出会いの広場１〉の、バス乗車券売り場の近くに立った。送迎用の向島署の車両は、その場所からすぐ外の、リムジンバス乗り場近くに停車中だった。

一行のロビーへの出口は、一番と二番ということだった。手荷物のみなら一番、受託荷物がある場合は二番だ。

斉藤の部下がそちら側で、出口を挟むように左右に一人ずつ立っていた。

例年のことなのだろうが、年末年始の大混雑も終わり、その反動か、空港自体にはやけにゆったりとした空気が流れるようだった。

「なあ東堂。今、小日向は何してるか知ってるか」

待つ間の徒然《つれづれ》に、隣に立つ斉藤が声を掛けてきた。

「公安のすることは知りません。まして、あの分室長は神出鬼没ですから」

「まあ、そうだな」

ロビーの空気に乗せられた格好だろうが、実際、到着ロビーは飛行機が到着しなければ人の往来も少なく、することもない。

「なあ東堂。小日向のところに、新しいのが入ったようだな」

「あ、それは知ってます。公安第三課の、剣持警部補です」

「剣持か」

「ご存じですか？」

「知らん。——優秀か？」

「あの分室に選ばれた人です」

「そうか」

「綽名《あだな》は、カブになったらしいですよ」

「どういう意味だ」

「知りません」

「今度、俺が聞いておこう」

と、そんな他愛もない会話をしていると、絆達の左方、喫煙室前のエスカレータから降りてくる男があった。

真っ直ぐ絆に流れてくる剣呑な、しかし、雑味の多い気配。

金のネックレスを付けた、ツーブロックの男だった。

「同窓会か」

絆の呟きを受け、斉藤が〈仕事モード〉に入るのが分かった。

絆と斉藤まで十メートルくらいを残し、ツーブロックの男は立ち止まった。

「あのさぁ。動かないでって頼んだじゃない。あんた、何やってんの？」

ロビーを往来する人の数がさほど多くない分、雑踏に紛れることなく、男の声はやけに響いた。

近くにいた者達が皆、怪訝《けげん》な表情で男を見た。

斉藤がすぐに動こうとしたが、それは絆が止めた。

「事件に関わっている証拠も、痕跡も何もありません。今手を出したところで、逃げられるのが落ちです。それに――」

絆の視線が、斉藤を誘うように右方、一番出口へ動いた。

固まって長い気配が動いていた。到着便からの搭乗客が出てくるようだった。

十人、二十人。

三十人くらいが溢れるように出てきたところで、斉藤の部下が動いた。

久子と、おそらくその妹が出てくるところだった。

斉藤もそちらに駆け寄り、三人で周囲を固めるようにして、一旦この場から離れるように〈出会いの広場2〉の方向に向かった。

目を細め、ツーブロックの男はそれを眺めた。

「やれやれ」

溜息をつき、絆に視線を移す。

「あんたが動くからさぁ。あの連中だって、どうなるか分からないよ」

「脅しか」

「さてねぇ。なんにせよ、素人殺すのだって、そんな簡単じゃないんだぜぇ」

言いながら、もう一度斉藤達に目を移し、そして――。

ツーブロックはかすかに笑った。

その視線を辿り、絆は愕然とした。

〈出会いの広場2〉の方に、フライトジャンパーを着た猫目の男がいた。パーティー・スリーだ。

「ま、出来ないわけじゃないけどな。そのための拳だ。俺たちの」

ツーブロックが、到着ロビーに響き渡るような指笛を吹いた。

「行けぇぇえっ」

合図を受け、パーティー・スリーがゆっくり、ジャンパーの内ポケットに右手を入れながら動いた。

反射的に絆も動く。

「捕まえられるもんなら捕まえて見ろよ。はっはっはっ」

ツーブロックの高笑いを背に聞くが、構ってなどいられなかった。

「パーティー・スリーだ！　その男に近付くなっ。離れろ！」

絆の心底に響かせるような声に、到着ロビーに居合わせた群衆が大いに慌て、道を開けるように散らばった。

斉藤が部下に指示し、近くの自動ドアから外部へ久子達を誘導する。

斉藤自身は残って、盾になるつもりのようだった。燃え立つような気概が観えた。

寄り来るパーティー・スリーを、迎え撃つように斉藤も動いた。

と――。

パーティー・スリーが何故か、それ以上進まずにその場に立ち止まった。

相変わらず気配になんの揺らぎもない。

何をする気なのかは、動作から断ずるしかなかった。

「うらぁっ」

先に接触した斉藤がパーティー・スリーに仕掛けた。

斉藤も百戦錬磨の、本庁捜一の猛者《もさ》だ。制止する気は絆にはなかった。

パーティー・スリーがポケットから何かを取り出した。小さいが金属のようだった。

その手首を左手で摑み、斉藤は右手を横襟に伸ばした。

「おおっ」

間髪容《い》れずに身体を寄せ、左前回りに体を捌《さば》いて肩越しにパーティー・スリーを投げる。

それは、絆が見ても隙のない、綺麗な袖釣込腰《そでつりこみごし》だった。

そのまま斉藤はパーティー・スリーを離さず、上に乗り掛かるようにして抑え込んだ。

パーティー・スリーは大いに暴れたが、解けるはずのない抑え込みだった。

「確保ぉっ」

斉藤の声が響いた。

絆もその場に辿り着くと、遠巻きに群衆の輪が出来た。

その輪の外に、ツーブロックの男がいた。

(なんだ)

絆は眉根を寄せた。

ツーブロックは、笑っていた。いや、現実には奥歯を嚙むほどのかすかな動きだったかもしれない。だが、間違いなく気配は揺れ、笑みに観えた。

(余裕なら、なんの余裕だ)

それにしても――。

何かがおかしかった。

斉藤らに抑え込まれ、暴れるようにしている猫目の男を見る。いや、観る。

そうかっ。

「お前、誰だ」

絆は低く、そう言った。

気の色が、以前相まみえたパーティー・スリーのそれと違った。

にも拘わらず同じ顔だった。

途端、パーティー・スリーが動きを止め、無表情になった。

パーティーという〈生き物〉から初めて見る真顔は、まるで人形のようだった。

「一卵性だな」

「ちっ。残念」

パーティー・スリーの片割れは、本当に残念そうにそう言った。

「捕まえてくれれば面白かったのにな。化け物には通じないか。——あの、重いんだけど。刑事さん」

斉藤の身体の下でパーティー・スリーの片割れが、もぞりと動いた。

「馬鹿言うな。お前は銃刀法違反で」

「何？　銃刀って、これ？」

パーティー・スリーの片割れは、手首を抑えられたままの右手を振った。

その手の先にあるのは、電子タバコのデバイスだった。

「くっ。いけねえよ。おい。電子タバコも喫煙所に行けって、だからあれほど注意したのによ」

ツーブロックが言いながら寄ってきた。

同じ顔というだけで、片割れを押さえておく理由はどこにもなかった。

蹴るようにして斉藤を退《ど》かし、片割れは立ち上がった。

「ま、これはこれでいい運動になったよ。面白かった」

片割れはその後、ツーブロックと連れだって到着ロビーを後にした。

「今日は遊びだが、先に動いたのはあんただからな。俺達に二度はねえし、知らねえよ」

これは、ツーブロックの捨て台詞だ。

「いいのか」

と斉藤は言うが、手の出しようはなかった。

「放っておきましょう。というか、手はありません。おそらく、まだ何もしてないはずです。同じ顔ってだけで、一般人ですし。捕まってもってことは、戸籍も完璧なのかもしれません」

それより、この日の目的は他にあった。今は〈同窓会〉その他に、曖昧にかかずらう場合ではない。

向島署のワゴンに久子や斉藤と同乗し、梶山家のマンションに向かう。

久子の許可と斉藤の黙認を経て、征一のアルバムとPCやスマホの画像データをざっと確認する。

そちらの方が遥かに大事だった。収穫もあった。

ただし――。

(さっきのは、あれか。余裕の表れか。だが、余計な余裕は隙を生む、かもな)

やおら、ポケットからスマホを取り出し、絆は典明に掛けようとして、ひとまず手を止めた。

「今日はたしか、木曜日か」

典明が赤十字病院から帰ってからの道場は、木曜から土曜までが連休だといっていたような。

おみっちゃんを筆頭とした一般組の勇ましい老婆らはいざ知らず、年少組の子供達が休みなのはいい。

今日から三日間、成田の東堂家は手を出そうとするなら、フリーにして鉄の砦《とりで》だ。

典明に掛けるのを止め、新たな番号を呼び出す。

ツーコールですぐに出た。

「ああ。親分」

掛けた相手は大利根組の、綿貫蘇鉄だった。

二

金曜日、この日、絆は定時に池袋の特捜隊に出た。珍しいことだった。

だが、珍しいね、と言うはずの浜田はいなかった。

事務方の女性が言うには、今日は出張ということになっているらしい。

どこへ、とは聞かなかった。

今日中に帰ってくることは分かっていた。昨日の夕方に、浜田から絆の携帯に連絡があったからだ。

――明日、ちょっと遠出してくる。頼まれたもの、貰ってくるよ。

ちょうど一週間前だった。五日のことだ。

その日の午後、仮眠から起き出した絆は浜田に、奥村から貰い受けたトリモチの情報を開示した。

「死亡者は全国に散らばってます。俺の方じゃなんともなりませんので、全国でもなんとかなる方々の方でなんとかなりませんか」

「この九人？」

「ええ」

「そのアルバムとか画像データだって？」

「はい。大学以降で構いません」

「何が出るの？」

「郭英林」

「そう都合よく出るかな」

「一人からでも二人からでも。いや、出なくとも、もしかしたら一人目と五人目とか、三人目と六人目とか。とにかく無関係でないことの関係が見つかれば、こちらの考えが補完されます」

「そうねえ」

「いつまでもガードを付けて、ただでさえ少ない捜査陣の手を借りておくわけにはいかないでしょう」

「そうだねえ」

なんだか煮え切らなかった。

そんな浜田に棹を差す意味で声を張る。

「隊長っ」

「まあ、間違いなく表から正々堂々と手を回したら、いつになるか分からないよねえ」

「あ、狸の方で考え中でしたか。すいません」

「ん？　狸って何？」

「なんでもありません」

「ふうん」

それから、頭をかすかに、振り子のように動かした浜田が出した答えが、

「じゃ、ちょっと頼んでみようかな。様子も気になるし。見舞いがてら行ってくるよ」

ということだった。

どこへ行くのかと尋ねたら、名古屋だと言った。

「同期がさ。入院してるんだ。結構大変らしいよ。あ、でも、ちょっとやそっとで死ぬような玉じゃないけどさ。昔からターミネーターみたいな奴だからさ。頑丈でね。繊細なこともあるんだけど、言うと怒るんだよね。けど義理堅い奴でもあるからさ。ここはひとつ、見舞っとく一手だよね」

誰のことかと尋ねたら、国テロの氏家だよと言った。

意外に見えるが、浜田と氏家と赤坂署の加賀美は同期だ。

そんな浜田から、頼んできたよ、と絆が聞いたのは翌六日の夕方だった。

「元気そうだった。皮膚移植だってさ。病院着を着て本読んでたかな。額に汗を浮かせてさ。僕が行ったから我慢してるのが見え見えでさ。あいつらしいなあって」

と楽しげに言った。

そのときの氏家情報官の回答が、おそらく今日だった。

ちょうど一週間を長いとみるか短いとみるか。

入院中で皮膚移植中の人に頼むのを非情と見るか、非常識と呼ぶか。

絆が溜まった庶務を片付け、昼食を挟み、梶山家から持ち出してきた画像データを確認していると、

「ただいま」

非情と非常識の上司が出張から戻ってきたのは、午後三時過ぎだった。

手に提げているのは名古屋土産の紙袋だけだったが、浜田はまず絆の前に来て、上着のポケットから取り出したUSBをデスクの上に置いた。

「こんなデータ、メールで送らせるって言われたけどね。あいつにまとめを頼んだんだ。顔を見るのが大事だからさ。行ったら行ったなりに、愚痴くらいは聞いてやれたよ。やっぱりさ。術後は苦しいって言ってた。あと何回あるかと思うと憂鬱になるってさ。やっと言ったっていうか、言わせた。それでもあいつが口に出すくらいだから、よっぽど辛いんだろうけどねえ」

そうですか、という程度で流したが、頭が下がる。聞けば、デスクの上のUSBがなにやら、重みを増そうというものだ。

その中には、氏家が各県警に頼んでくれた、九人分の画像データが入っているはずだっ

た。

氏家がオズのかつての部下を使ったか、国テロ情報官としての別のルートがあるのかは知らないが、そこはどうでもいい。というか、知らない内が花かも知れない。

「データには、写真も言われた分を全部、スキャンで取り込んであるってさ。打てば響くって言うか、芸が細かいよね。そういう奴が出世するって言うか、そういう奴の部下って大変だなあってつくづく思う」

浜田の同期自慢と部下の恐怖を聞きながらフォルダを開く。

九つを全部軽く開き、すぐ閉じる。

それぞれのデータ量が、溜息が出るほどだった。

携帯電話が普及して以降、カメラの需要は激減したというが、それはプリントも同様だろう。その場で消去も保存も自在に出来るデジタルデータの利便性が大いに勝ったようだ。

勝っただけでなく、凌駕したと言っていいかも知れない。画像データはかさばらない。

梶山然り、葛西然り、北村然りだ。梶山に至っては大学時代だけで千枚を超えていた。

それでも、高々三人の写真に郭英林が映っているかどうかならかろうじて絆一人でもなんとかなる。一枚見つければいいのだ。

いや、なんとかなった、が正しいか。見つかったことが僥倖《ぎょうこう》だったかもしれない。

それを今度は、郭との関係だけでなく俯瞰《ふかん》で見る。

この作業に、〈観法〉は無意味だ。

「仕方ない」

絆は、その場にまだ立っていた浜田が提げていた土産の袋を覗き込んだ。

長登屋のまるや八丁味噌《はっちょうみそ》まんじゅうと、小倉トーストラングドシャと、板角総本舗《ばんかくそうほんぽ》のゆかりと――。

「この八丁味噌まんじゅう、貰っていいですか」

「いいけど。一人で食べるの？」

「一人で食べる人のところに持っていきます」

「――ああ」

それだけで浜田にも通じたようだ。

絆は特捜隊本部を後にして、葛西に向かった。

警視庁が誇る証拠品・押収品の超巨大集中保管庫、ブルーボックスに絆が到着したのは、午後五時少し前だった。

目的のアイス・クイーン、小田垣観月管理官は二階の、総合管理室にいた。

他に係長の牧瀬広大《まきせこうだい》警部と、馬場猛《ばばたける》巡査部長がいた。ちなみに馬場は、絆の同期だ。

「東堂君さ。キング・ガードの〈一班〉って知ってる？」

聞く前に聞かれた。が、この手足の長い管理官が引っ掛かる疑問やら案件は、絆にはどうにも縁遠くてたいがいが分からない。

「いえ。なんですか」

「ううん。知らなきゃいい」

なので、深くは聞かない。聞いても絆に出来ることは少ない。

湯島の関口貫太郎の弟子筋になるらしいが、素手で立ち会って勝てる自信は絆にもない。

それだけでなく、超記憶などという化け物じみた能力も、絆にはあるわけもない。

「お忙しいですか？」

忙しくない警視庁職員などいないと知りつつ、一応聞く。

社交辞令のつもりだ。

「そうねえ。近々、忙しくなる予感。ねえ係長」

ええ、と牧瀬が曖昧に頷く。

社交辞令なので、そうですかと頷くに留めて本題に入る。

絆は観月の前に、二本のＵＳＢと二枚の写真を差し出した。

ＵＳＢは氏家情報官からの物で、もう一本は梶山以下、殺された三人の分で、写真は若き日の郭英林の正面と横顔のアップだった。絆がピックアップして拡大鮮明化したものだ。

この男が、九個のフォルダに隠れているか否か。

九個のフォルダにそれぞれ、関連があるか否か。

フォルダには、それぞれの氏名をタイトルとしてつけたが、それ以外の情報は付加していない。郭の写真に至っては氏名すらない。

出来るだけ先入観なく、画像だけでの判断が欲しかったからだ。

ただし、梶山以下殺された三人のことは観月も知るはずだ。どんなに忙しくとも警察官としてのアンテナに、三人のニュースが引っ掛からないわけはない。

それが最大限の情報にして、最小限のリークだ。

「見てもらえませんか」

と聞く前から、観月の視線が絆の手元に注がれていることは分かっていた。

少ない〈資源〉は、最大限に生かすに限る。

ゆっくりと掲げ、ゆっくりと差し出す。

「これ、つまらないものですが」

「なぁに」

「まるや八丁味噌まんじゅうです」

「うわぁ。つまらなくなんかないわよぉ」

無表情だが、声は明るい。気配を観るに、喜色はマックスのようだ。

「でも、これだけ？　三人でこれだけ」

「普通は十分だと思いますが」

会話の背後で、牧瀬係長が両手を大きく交差させる。

バツ、か。

ということは――。

足りないということだろう。

こういう場合のプラスアルファは決まっている。

「馬場をまた道場で」

ええ、なんでいつもそうなるんだよぉ、という声はいつものことなのですでにＢＧＭのようなものだ。

早くも八丁味噌まんじゅうを開封して口に入れ、

「わかった。いつまで」

と観月は言った。

「なる早で」

絆は席を立った。

「すいません。バタバタして。後に予定があるもので」

「あ。そう。じゃ、手ぶらで返すのもなんだから、これ持ってって」

手を叩き、やけに大きな紙袋から何かを取り出す。

「私の帰省土産。もうこれくらいしか残ってないけど、ふた箱あげる」

堂島ロールで有名なモンシェールの、バラのフィナンシェの詰め合わせ、〈エタニティローズボックスL〉を、ふた箱。

断ると後が面倒だ。

有難く頂いて、ブルーボックスを後にする。

今夜も、新宿署での、歌舞伎町《かぶきちょう》の一斉摘発に呼ばれていた。時間が迫っていた。

西葛西《にしかさい》の駅に着いたとき、スマホが振動した。

新宿署の苫米《とまべ》からかと思ったら、さっき別れたばかりの観月からだった。

「なんでしょう」

――分かったわよぉ。

「――えっと」

意味がよく分からなかった。

「あの、何がですか」

――何って、あなたが知りたがってたこと。たぶん、全部。

そういうことか。

そういう人だった。

「戻ります」

――えっ。予定はいいの？

「そっちの方が大事そうです」

絆は回れ右で、西葛西の駅から外に駆け出した。

三

翌十三日の、土曜の夜だった。

いつものように、蘇鉄の運転するベンツで駅前のキャバクラに行った典明は、十一時には店を後にした。

昔に比べればだいぶ早いが、退院後はこんなものだろう。

「かあ。大先生。いつも言ってんでしょうが。車内灯は駄目だって。前が見づれえんだから」

蘇鉄が運転しながら、助手席の典明に文句を言った。

「仕方ないだろう。名刺だらけなんだぞ。こっちこそ、ひと晩寝ると、名前と顔が一致しなくなるといつも言ってるだろうが。今のうちに仕分けしないと、誰が誰だか分からなくなるんだぞ」

あ、これは俺より歳上かも、と呟き、典明は一枚を後部座席に投げ捨てた。

「あっと、それも駄目だって。年末に大掃除したばっかなんですぜ。そんときにだってシートの隙間から三枚は出てきたんだ。誰が乗るかわかったもんじゃねえんだから」

「ふん」

この晩は少し、典明の機嫌は悪かった。原因は、先ほどのキャバクラの名刺だ。

「ブルーバンビにピンクパンダにアシカイエローにゴールデンコアラに――。なんじゃこりゃ。今年初で行ったら、いきなりこれか。駅前は変な動物園か」

「知りませんよ。新しい店長の方針だってんだから。本人達は、可愛いでしょって言ってましたけどね」

「そこだ。――これは、可愛いのか？」

「どうですかね」

「そもそも覚えられん。というか、顔と名前が一致せんぞ」

「文句は、新しい店長に言って下せえ」

「お前が言え」

「ヘイヘイ。じゃあ、今度ね。――着きましたぜ。お迎えも出てますよ」

「何っ」

ベンツのドアを開け、外に出る。

通り過ぎた渡邊家の前に、本当に仁王《におうだ》立ちする、仁王がいた。

「うお。迂闊」

「何が迂闊よ」

愛らしい顔立ちで目を吊り上げている仁王は、隣家・渡邊家の娘、千佳だった。

千佳は典明の世話を、母の真理子《まりこ》と交代で見てくれる娘だ。近所とも東堂家の地主ともいう関係に加え、絆の元カノという少し複雑な間柄だが、よく東堂家に顔を出し、典明が退院後は特に気に掛けてくれている。

だから、そっと帰ってくるつもりだった。

押畑《おしはた》の山道に蘇鉄のベンツが入ったのは分かっていたが、愚痴にかまけて、渡邊家のずっと手前で降ろしてもらうのを忘れた。

それが、口走った迂闊の理由だ。

「あのだな。千佳ちゃんは、まだ起きていたのかな。今日はそうか。土曜日か。休みか」

「起きてたも何も、帰ってきたばかり。仕事柄、土曜だから休みってことはありません」

「おお。そうだった、かな」

「典爺。今、何時だと思ってるの？　あ、お酒も呑んだでしょ。ううん。それがいけないって言ってるんじゃないわよ。時間と量。日赤の先生も言ってたでしょ。規則正しい生活って」

こういう場合、反抗は愚の骨頂で、頭を下げる姿勢の一手だ。

わはは、と蘇鉄が他人事《ひとごと》を笑い、「親分もよっ」と千佳の怒りに触れる。

ベンツのライトの中、大の爺が五分はたっぷりと若い娘の説教を食らう。

そのうちには、周囲の雲行きが怪しくなってきた。

酒は呑んでも、呑まれることはほぼなかった。常在戦場は典明の、骨の髄まで染み込んだ生き方そのものだった。

「千佳ちゃん。すまん。十分わかった。で、そろそろいいかな。寒くてな」

千佳のボルテージがだいぶ下がってきたのもある。会話の隙に言葉を差す。

「ああ。そうよね。これこそ身体に悪いわね」

ということで〈お開き〉になる。

といっても、千佳は典明が鍵を開け、玄関に入るのを見届けるまで動かなかった。

――親分もね。まっすぐ帰るのよ。

そう念を押して、千佳は帰っていった。

いい娘だ、とつくづくと思う。

典明は台所に入って電気をつけ、水を一杯飲んだ。

ひと息吸い、ひと息吐く。もう一息吸い、ひと息吐く。それでいつもの典明だった。

いや――。

いつも以上に、その目には炯々《けいけい》とした光があった。

道場に回って裸電球を灯《とも》し、長押《なげし》から選《よ》ってひと振りの竹刀《しない》を持ち出す。

型稽古《かたけいこ》なら手に馴染んだ木刀だが、最近では、掛かり稽古のときは竹刀もよく使うようになった。それはそれで使い勝手はよかった。刃筋は乱れるが、現代では軽さは武器だろう。

ましてや、実戦においては。

典明は竹刀を左脇に挟んで縁側に進み、庭に面した蔀戸《しとみど》を一枚、ゆっくりと開けた。

果たして、月影もない夜の闇の中に、一人の男が立っていた。

道場から洩れる裸電球のかすかな光で、両手に大振りのサバイバルナイフを持った、大柄な男だということは見て取れた。

それにしても、気配は虚《うつ》ろだった。いるということは最前から分かっていたが、何故いるのかは不明だった。

目的の思考が気配に乗らないというのは絆に聞いていたが、それが不気味だということを、典明も初めて知った。

剣気を丹田に下ろし、熱に変えて庭に降りる。素足の裏から、大地の清々とした気を吸い上げる。

それで典明は剣士、いや、剣聖だった。

「へえ。聞いてはいたけど、本物かよ。化け物なんてそんなにいるわけねえと思ってたが、世の中は広いねえ」

パーティー・ツーとかいう男は、口元から牙のような歯を見せて笑った。

「いや。狭いぞ。絆の警視庁だけでも三匹以上はいるしな、湯島にも一匹、いや、信念と覚悟だけなら化け物以上の怪物もいる。お前の目が節穴なだけだ」

「おう。言う言う。言うじゃねえか」

と――。

いきなりパーティー・ツーが地を蹴った。

見た目よりはるかに身軽なようだった。

典明から三メートルも離れないところで、星影と裸電球の光に二本のサバイバルナイフが閃《ひらめ》いた。

と言って、典明が動じることはなかった。

左からの振るような初撃は左足を引いて数センチで避け、被せるような右下からの二撃は右手でその手首を打って押さえた。

パーティー・ツーは一瞬顔を歪め、三歩飛び下がって左手首を回した。

「やるねえ」

この期に及んでも、一切の殺気や怒気、邪気の類は感じなかった。

「なるほど。気の種類が読めないのは、思うより厄介だな」

「じゃあ、死んじゃえよ」

パーティー・ツーは笑みを深くした。

だが、

「厄介だが、それほどではない」

やおら、典明は左脇から竹刀を抜いた。

柄元《つかもと》を握り、右半身で差し足に重心を掛けてやや沈む。

本来なら小太刀《こだち》の位取りだが、隻腕の典明はそれを応用した。

木刀ではなく竹刀を手にしたのも、威より速を選んだ結果だ。

臨機応変にして千変万化は、正伝一刀流の、未だ目指す高みでもある。

燃え立つ剣気を剣尖《けんせん》に集めて睨めば、さすがにパーティー・ツーも笑いを収めた。

「けっ。ご立派な構えだが、そんな竹刀で俺をどうにか出来るとでも」

「やってみせようか」

言い終わる前に、すでに典明の身体はその場になかった。

音もなく糸を引くような足取りで出る。

「おう！」

パーティー・ツーも合わせて出るが、ひと呼吸の前に典明は右に開いていた。

パーティー・ツーにはただ、典明の姿が消えたように思えたことだろう。

開きつつ振り上げた典明の竹刀は、体勢十分だった。

雷の一撃がパーティー・ツーの無防備な左手首を打つ。

「ぐっ」

たまらずサバイバルナイフを取り落とすが、体勢を崩しながらも下がらず、パーティー・ツーは前に出ながら右手のナイフを突き出した。

死を厭わず、戦いを楽しむ。その為せる業だったろう。

だが、希望に向かわない戦いに光はない。

光こそ、あらゆるものを封じる力だ。

「遅いっ」

手首を打った竹刀の剣尖は、反動を利してすでに天に回っていた。これも竹刀を使う理由の一つだ。

雷は再び地上に降った。

サバイバルナイフを手放さなかったのはパーティー・ツーの流石だろう。

ただし、典明の雷は地上からも迸《ほとばし》る。

前に出て残した竹刀に身体を添わせ、典明は猛然と燕返《つばめがえ》しの剣尖を天に振り上げた。

風が唸った。

「んなろっ」

パーティー・ツーが大きく後ろへ退《ひ》いた。

それで――。

位置を入れ替えるようにして、二人の間合いは五メートルになった。

「けっ。最後のは避けたぜ。こっからだ」

唇を舐め、パーティー・ツーはその場で軽く首を回した。

「本当にそう思うか」

典明は剣尖を下段に落とし、うっそりと立った。

「なんだ」

パーティー・ツーは眉を顰《ひそ》め、ふと手を自分の鼻に当てた。

当てて放し、初めて愕然とした顔を見せた。

鼻血だった。

典明の竹刀は確実に、パーティー・ツーの鼻を挫《くじ》いていた。

「ここからが本番だ」

剣尖を上げ、典明は右半身で差し足に重心を掛けてやや沈み、また小太刀の位取りになった。

ただし言葉通り、全身から噴き上がるような剣気は段違いだ。

パーティー・ツーが表情を歪めた。

そのときだった。

玄関口の冠木門《かぶきもん》から母屋の外を回って庭に出てくる一団があった。

「大先生っ」

先頭は蘇鉄だった。以下大利根組の野原と川崎《かわさき》と立石《たていし》が一緒だった。

川崎がスカジャンを着た金髪の男を、立石がジーンズの坊主頭をそれぞれ後ろ手に決めて押さえていた。

スカジャンとジーンズは、大いに暴れた。

「なんだ。その二人は」

「そいつの雇い主らしいですぜ」

蘇鉄はパーティー・ツーを指差した。

――パーティーの方は無理はしないように。けど、おそらく何かがくっついてくると思う。

そっちは出来たら。

と、絆に言われていると続けた。

「ふん。人使いの荒い孫だな」

典明は位取りをほどき、竹刀を肩に載せた。

「おい。こら。助けろ馬鹿っ」

スカジャンの男が喚《わめ》くが、背後を一瞥するだけで、パーティー・ツーはなんの反応も見せなかった。その意識は典明にのみ注がれていた。

「オラっ。誰が育ててやったんだ。無視すんじゃねえっ。ゴミ虫がっ」

パーティー・ツーが意識を散らし、溜息をついた。

殺気がないのは今まで通りだが、楽し気ではなく、むしろ悲しげでさえあった。

頭を掻き、いきなり背後、蘇鉄らの方に走った。

気の方向が読めない分、その動きに典明は遅れた。瞬間的に爆発するような筋力はさすがに、望むべくもなかった。

「手を出すなっ。喰われるぞ」

典明は蘇鉄以下に檄《げき》を飛ばした。

大利根組の全員が庭を回りこむように動いた。

その一瞬の隙を突き、スカジャンとジーンズが川崎と立石の縛《いまし》めを振り解く。

まず、ジーンズの方がパーティー・ツーに近かった。

何かを言おうとしたが、それは無理だった。

パーティー・ツーが無造作にナイフを振るった。

ジーンズの首筋から血の花が咲いたのは、その直後だった。

スカジャンの男の目が驚愕に見開かれた。

降り注ぐようなジーンズの男の血飛沫《ちしぶき》の中に、パーティー・ツーは立った。

「足引っ張るなら切れ、だろ。あんたらに教えられたよ」

「！」

「それに、悪いな。少し前からさ」

パーティー・ツーは、血まみれで笑った。

「俺はもう、あんたらだけの拳じゃないよ」

囁くように言って、スカジャンの首筋にナイフを突き立てた。

典明も誰も、間に合わなかった。

膝から崩れるスカジャンもそのままに、パーティー・ツーは東堂家の表の、闇の中に溶けていった。

四

この東堂家での一件は、死傷者も出たことから蘇鉄によって成田署に通報された。

スカジャンの男は即死で、ジーンズの男は運ばれた赤十字病院の救急治療室で死亡が確認されたようだ。

成田署によってすぐに緊配が掛けられたが、逃走したパーティー・ツーの消息はつかめなかった。

絆には、そんな一連が失意のうちにひと段落した頃、典明から連絡が入った。

午前二時近くのことだった。

——またですかとな、冗談交じりか皮肉たっぷりかは知らんが、成田警察署の刑事課長に言われたぞ。まあ、ボーエンの一件以来、旧知の課長ではある。良いやら悪いやらだがな。

電話口でそんなことを言われた。返す言葉はなかった。

最上で逮捕、手掛かりで上々、悪くて取り逃がし、あるいは肩透かしとは考えたが、東堂家の敷地内でまた血が流れるとは慮外《りょがい》も慮外、最悪の結果だった。

光明はただ、流れた血がこちら側の人々のものでなかったという一点だ。

もっとも、典明だけでなく蘇鉄や野原達の技前や胆力には、全幅の信頼を置いている。だから任せたというのはあるが、後味の悪い事件にはなった。

それにしても——。

東堂家でのパーティー・ツーの振る舞いは結局、仲間割れのような格好になるのだろうが、その後の緊配を掻い潜っての逃走は、絶対に一人で為し得るものとは思われない。

ということは、死んだ二人以外の、別の仲間が協力したものか。

〈同級生〉、〈謝恩会〉。

絆が知るだけでもチャイニーズドラグーンの大きなグループは〈同窓会〉以外にもあるが。

——俺はもう、あんたらだけの拳じゃないよ。

このパーティー・ツーの言葉が大いに気になる。

〈同級生〉、〈謝恩会〉。

だけじゃないとはそちらを指す言葉か。それならまだ狭い。想定内だが、さて。

それが広く外に零れ出すなら、例えばキルワーカーのような金で雇われる存在になるということか。

と、そんな辺りは押さえておくが、成田の件に関する思考はここまでだ。先に進むには流石に、判断材料が足りなかった。

ティアドロップに関しては先週、浅草と四谷のがさ入れでブルーとレッドの押収はあったが、エグゼに関しては噂さえめっきりだ。絆が観月から引き継いだサンプル以外では、子安翔太とボーエンこと劉博文が口にした物以外、まだ一度も発見されていない。

そこへ持ってきて、例の上野駅で押収した〈エグゼもどき〉の汚水が効いている。

警視庁及び警察庁上層部はもう、ドラッグとしてのエグゼの存在意義を疑い始めているという。これは組対の大河原部長から漏れ聞いた情報だから、疑いようはない。

N医科歯科大学に関する事件については、絆の思った通り、梶山征一の遺品、主にアルバムによって、大いに進展がありそうだった。

まだ奥村の分析その他との擦り合わせが必要だったが、全体像としてはだいぶはっきりしてきた気がした。

そうして、さて、これからの動きは、と考え始めた矢先のことだった。

しばらく音沙汰のなかった、大崎署の柴田班から連絡があった。

――〈同窓会〉な。やっと見つけた。

喜色を隠さない、そんな連絡が柴田からあった。

――偶然だ。いや、執念だな。

ご苦労様と労った。

刑事が口に出す言葉は、重い。音沙汰がなかった間、砂を食らい石を齧り、泥水を啜《すす》って潜行していたのだろう。

刑事の執念は、凄《すさ》まじいのだ。

それから綿密に予定を擦り合わせた、十五日の夜だった。

大崎署へ集合し、そこからチャイニーズドラグーンのひとつの拠点に向かった。主に月曜の夜、中でも〈同窓会〉の数人が情報や〈物々〉の交換に集まるという。

場所は、芝浦ふ頭にある古い貸し倉庫だった。厳密に言えば、すでに偽名と調べがついている個人が借り上げている倉庫だ。

判明してみれば灯台下暗し、だったろうか。

すでに死亡したエムズの戸島健雅が主催した、〈爆音Vo.20〉で使用したイベントスペースのすぐ近くだった。このイベントスペース自体が、そういえば古い倉庫を改修したものだった。その近くのどうにもならない廃墟《はいきょ》のような倉庫が、〈同窓会〉の連中に使われていたようだ。

イベントスペースの華やかさ、煌《きら》びやかさの影、隠された闇、のような場所だったろうか。

管轄のこともあり、大崎署からは柴田班が出て、三田《みた》署の刑事組織犯罪対策課からは大《おお》川《かわ》班が臨場することになった。エムスを含むティアドロップの流通阻止の件で、絆は大川ともすでに旧知だった。

午後十一時を回ってから、JR田町《たまち》駅前辺りに三々五々集合し、そこからふ頭を目指し、潮路《しおじ》橋を渡る。

警察車両で押し掛けることはしない。〈同窓会〉は何人が集まるかもわからず、実際にはこの晩に集まるかも不明だった。

イベントスペースの表の照明が眩しいほどだった分、目指す貸し倉庫はその広さも相まって、まるで廃墟のようだった。周囲の壁の数か所には穴も開き、ネズミどころか人間も出入りが自由だろう。借り手がいなければホームレスの溜まり場になったかもしれない。

絆が先頭で入り、全員が続いた。

至る所の穴や亀裂で外光が入り、中は真闇《まやみ》ではなかった。それでも、夜目が利く絆には見通せたが、他の者達には裸眼では無理だったろう。

真っ直ぐな広い廊下の両脇には埃を被ったパレットや木箱が積まれ、その奥は広間というか、見通せないが倉庫のスペースになっているようだ。

まずは侵入したその場に佇み、絆は呼吸を整えた。

吸って吐いて、それで絆の鍛えと天稟は自在だった。

気配を探る。

気の流れを辿る。

絆の目に、爛《らん》とした光が宿った。

無言で一同を制し、自分が前に出た。

五メートル、十メートル。

十五メートル進んだところで、左側の木箱が音を立てて崩れた。

「うらっ」

その向こう側から現れた男が、いきなりナイフを突き出した。

いるのは分かっていた。緩い気配から、力量がチンピラ程度ということも把握していた。

絆は動じることなく、伸ばした左手でナイフを迎えた。

突き出されたナイフを人差し指と中指の間に通し、その背後の拳全体を摑む。

三センチの見切りが出来れば造作もない。チンピラということも分かっている。

摑んでそのまま、外に捻って真っ直ぐ押し込む。

「ぐがっ」

それで男の肘は間違いなく、伸びたか外れたか、そのどちらかだ。

地べたで藻掻く男を捨て、さらに三メートル進む。

同じような男が右からも出てきた。

獲物が鉄パイプということだけが違った。

「んのやろっ！」

振り降ろされる鉄パイプを鼻先に落とし、地面に着いたところで強く踏む。

「おわっ」

たたらを踏んで前に出てくる顔面を掌底で叩けば、男は声もなく膝から崩れた。

そこから広い倉庫になった。

息を潜めた、下卑た気が充満していた。

何もないわけはない。

何かあるなら乗る一手だとばかりに、絆は闇の中を走った。

いきなりのライトが倉庫全体を照らしたのはその直後だった。ＬＥＤ照明のようだ。

目眩ましのトラップか。

「おっほぉ。掛かりやがったぜぇ」

「けぇ。サツカンがよ。舐めんなよ」

「チラチラしやがってよぉ。目障《めざわ》りなんだよっ」

下卑た歓声が上がった。

だが――。

絆は端から目を閉じていた。

瞼《まぶた》をフィルターに光を感じつつ、走りながら背腰の特殊警棒を引き抜く。

そのまま〈観〉に従って向かう先は、正確に男らのいる方向だった。

「お前ら。〈同窓会〉かっ」

声を先に放つ。

「だったらどうした」

「パーティーはどこだ」

「パーティーだあ。そりゃあ」

男らの殺気が凝り始める。

「手前えらによ。地獄を見せたら始める宴会のことだよっ」

何人かが迎え打つようにバラバラと走り出す。

だが、凝ったところで総量の足りない殺気など、物の数ではない。

「おおっ」

気合一声。

紫電は、絆の手によって三閃した。

一閃ごとに、櫛《くし》の歯が欠けるように人が地面に崩れて落ちる。

「どうしたっ。来い！」

倉庫に絆の声が響けば、男らの気配が挫《くじ》けてゆくのが観えた。

柴田班と大川班が、タイミングよく倉庫に突入してくる。

「全員、逮捕だぁ」

「動くなぁ」

闘志に満ちた声は、邪《よこしま》な男達を遥かに凌駕した。

絆はゆっくり、目を開いた。

後は任せても、問題ないだろう。

大きく息を吐き、特殊警棒を縮めて背腰のホルスターに戻す。

それで絆の出番は終了だった。

やがて、その場にたむろしていた全員を、傷害及び器物破損及び公務執行妨害罪等の現行犯逮捕の運びとなった。

逮捕は総勢で十二人で、一人も逃がすことはなかった。

約一時間後、連行の段になって大崎署や三田署の二陣が入り、倉庫内は時ならぬ喧騒《けんそう》に包まれた。

その中に立つ絆は、おもむろに、一人のリーダー格と思しき男に近付いた。一番大人しくしている男だった。

「おい。パーティーはどこだ」

男は一瞥するだけで、そっぽを向いた。

「知らねえよ」

すると、大捕り物に未だ興奮の冷めやらない柴田が激高《げっこう》した。

「嘘をつくなっ」

「嘘じゃねえよ。──あいつら、潜りやがった」

「潜った？」

絆は怪訝な顔を隠さなかった。

「ああ」

「あんたらだけの拳じゃない。そんなことは言っていたが」

「けっ。手前ぇがか。やっぱりな。化け物がいたって？　そいつぁ、こっちの不運だ」

絆の言葉を聞き、男は口元を歪めた。

「はぐらかすな。パーティーはどこだと聞いている」

「知らねえのは嘘じゃねえ。潜ったのも嘘じゃねえよ。気になんなら、他の連中にも聞いてみりゃいいや。誰も知らねえよ。何も言わねえよ」

絆は黙って聞いた。

「だいたい、言ってなんになるってんだ。ええ。今日のこれぁ、化け物のせいでシクったがよ。俺らぁ、それだけだ。パーティー？　なんだそりゃ。向こうに聞けよ。へへっ。生きてしゃべらせてみろよ」

男は捲《まく》し立《た》てた。

「お前っ」

別の警官が胸ぐらをつかむが、男は薄ら笑いを止めなかった。

「俺らぁ、何も知らねえよ。何も言わねえよ。俺らぁ、死ぬのが怖いもんでよ。怖いからよ。だから別に、拳を持ったりしたんでよ」

「どういうことだ」

聞いてからふと、絆は思いついた。

「竜神会か。何を言われた」

「へへっ。知らねえよ。なぁんにもよ」

「おい」

「何も言わなきゃ、どんだけの埃が出ようと、行き着くところは結局、塀の中でぬくぬくだ。知らねえの言葉以外言ったら、死ぬより辛いことが待ってるってなったらよ。さあ、あんたならどっちを取る？」

男は天井を見上げた。

「さあ。お前らならよぉっ。どっちを取るってなあっ」

吼《ほ》えるような男の声が倉庫内に響き渡った。

連行途中の全員の動きが止まった。

一瞬の静寂《せいじゃく》は、かえって不気味なものだった。

止まって、一同はくすくすと笑った。

——決まってらぁ。

誰かが言った。

——口が裂けても言わねえよぉ。

笑いが連鎖し、その中に絆は佇んだ。

五

この大捕り物があった直後、ということになるか。

五条国光は、耳障りな振動音で目を覚ました。

「なんや。煩いわ」

と寝惚《ねぼ》けた声を掛けてから、誰もいないことを思い出す。

去年の十一月に購入した単身者及びディンクス向けの新築マンションが、ようやく仕上がったと連絡が入ったのが、押し迫った年の瀬のことだった。

それから引っ越しの準備を進め、今週の日曜日にようやく入居の運びとなった。

もっとも、優奈のマンションに大した物を置いているわけでもなく、優奈と切れたわけでもないから、特に運び出す物も多くはなかった。

一人の方が何かと便利なとき、あるいは一人になりたいときに寝泊まりするつもりのマンションだった。引っ越しの準備は取りも直さず、新品の購入とその搬入と同意だ。

カーテンだけは間に合わなかったが、近隣でもひときわ聳《そび》えるようなマンションの最上階だから、特に不自由はない。多少、冷暖房の効率が悪くなるのに目を瞑ればいいだけのことだ。

マンションの所在地は、大田区の東雪谷《ひがしゆきがや》二丁目だった。環八を下って補助一二六号線に入り、中原街道に交差する辺りだ。呑川《のみがわ》緑道の近くになる。

単身のねぐらを欲して、さてどこにするかと考えたとき、本当ならもう少し都心に近い方を希望した。

ただ、木下の住む場所には近付きたくもなかった。

そうすると囲碁《いご》の布石《ふせき》のように、木下の住む三軒茶屋《さんげんぢゃや》という場所が効いてきた。

——お前が重宝してた桂が、こっちのときには好んで住んでたとこや。死んだ桂のな。

そう言って木下に預けたときは、〈事故物件〉的な意味合いで一本取った気にもなったが、今思えば、軽挙だったかという後悔もなくはない。

三軒茶屋は東名高速に近く渋谷に近く、六本木にも新宿にもそう遠くないという利便性に富む場所だった。

とはいえ、今更になって木下を追い出すわけにもいかず、とにかく三軒茶屋に近付かないように国光はマンションを探した。

そうして決めたのが、東雪谷のマンションだった。最上階の物件にも拘わらず、契約不履行の出物だという触れ込みもよかった。

ダンピングは破格で、多少の不便さには目を瞑ろうという気にもなった。

三軒茶屋より当然、東名高速や渋谷には遠く、六本木にも新宿にもそう近くはない。

その代わり、上野毛の組事務所や、新幹線に乗る場合の品川に近く、湾岸エリアにも近い。六本木や新宿、渋谷にも、時間を夜に限定すれば三軒茶屋と大きく到着が違うわけでもない。銀座でも同じだ。

一人のねぐらなら、別に見栄を張ることもないという現実も加味し、ここに決めた。

まだ丸二日程度だったが、生活に不自由は何もなかった。

真新しいベッドから、国光はサイドテーブルに手を伸ばした。

しつこく鳴り続けていたのは、国光のスマホだった。暗闇の中で、二つ折りのケースからかすかに明かりが漏れていた。

そのかすかな光で、同じくサイドテーブル上の置時計が見えた。時刻は、午前二時に近かった。

今までなら誰であろうと怒鳴りつけたような時間だが、ここ最近は逆に、誰であろうと気にならなかった。

怒鳴られるのを覚悟で掛けてくるなら、そいつにもそいつなりの、掛けてくる理由があるからだ。

これまでを思い返してみても、怒鳴った後で必ず、驚きも喜びもしたものだ。無関心、無感動だったことは一度もない。

怒鳴った後で驚く。

怒鳴ってから喜ぶ。

どちらにしても、掛けてきた相手からしてみれば、国光のなんと間抜けなことだったろう。

上に立つ者の人心掌握術としては、ビビらせるのもある意味一手だが、恐怖に至らなければただの悪手だ。掌握どころか離反に通じるだろう。

と、思い至ったから怒鳴らないが、いつからでどうしてかは分からない。

ただ、必要があるから掛けてくるのだと、そのことがやけに腑に落ちた。

スマホを手に取り、ケースを開く。

匠栄会の高橋からだった。

「なんや」

飽くまで静かに、国光は聞いた。

――例のチャイニーズドラグーン、〈同窓会〉の連中が手入れを喰らいました。

一網打尽にされたようです、と高橋も時間に相応《ふさわ》しく、夜の静寂に添うような声でそう言った。

「一網打尽。ふん。どうせ東堂がおったんやろ」

――その通りで。

高橋が影のような声で答えた。

（ふん。俺だけやないわ。この男も）

この男、匠栄会若頭の高橋郁《いく》郎《お》という男も、最初の頃の使えない印象が少しずつ変わってきた。

東京者は全員が全員、筋肉がそのまま服を着て歩いているようなものだと思っていたが、そうでもないようだ。

「で、例のパーティーっちゅうんは、どないなったんや？」

――すいません。成田で馬鹿やって以降は、今のところ。

そういえば、高橋はくどくどと多くを言わなくなった。そこもいい。

ピーチクパーチク、喧《やかま》しく囀《さえず》らないのは関東、関西に関係なく、国光の好みだ。

「成田。あの爺いにちょっかいか」

たしかに、東堂典明に手を出すなど馬鹿の所業だ。

短期間だがそこで、それらに囲まれて暮らしたことがある国光にはわかる。

兄宗忠以下、竜神会が夜に蠢《うごめ》く魔物の巣窟だとしたら、成田の正伝一刀流道場は東堂典明以下、陽の下を堂々と歩く化け物達の住処《すみか》だ。

何も考えずに素手を突っ込んで、いいことなど何もない。

チャイニーズドラグーン、いや、〈同窓会〉の連中も、本当に馬鹿なことをしたものだ。

後悔、先に立たず。

結果として、返す刃で自身が斬られた格好になったということだろう。

自業自得、因果応報は世の習いだ。

――東京代表。パーティーは潜ったと、今夜捕まった連中は言ってるようで。

「潜った？」

――へい。それ以外、知らないと。

「嘘臭いな」

嘘でしょう、と高橋は即答した。

――パーティーのことを口にしたら、死よりも辛いことが待ってると。これは連中の本音でしょう。

「そう言ったのか」

――そう聞いてます。

「そうか」

チャイニーズドラグーンなる半グレ以上の存在に恐怖を与えるとなると、国光でもどうだろう。

国光以上、というか、国光が自分の胸に手を当てれば、導かれる答えも人物もそう多くはない。

(兄ちゃんか)

漠然とそんなことを考えていると、

――東京代表。それと、昨日から木下が、ノガミの店で呑んでます。

思考の狭間《はざま》に高橋が明確な情報を差し込んできた。

その方向もあるか。

木下を媒介として、魏老五と五条宗忠。

それとも、木下を媒介として魏老五と、劉仔空。

誰が死兵か。

本当に竜神会が使役しているなら、少なくともパーティーと木下の死兵は間違いのないところだろう。

となると、少し離れた国光は、さて。

思考を飲む。

そうすると、腹の底に力が溜まる。

熱くてドロドロとした、粘っこい力だ。

「高橋」

――へい。

「使えるやないか」

――有難うございます。

「お前、どんだけの伝手があるんや」

なんとなく聞いてみた。

どんだけでも、と高橋は答えた。少し笑っていただろうか。

国光の腹の底の熱い泥が、グズリと動くような気がした。

「ほう。えろう強気やな。匠栄会、そんな人数、おったたっけか」

――匠栄会自体はあんまり、関係ないっす。ただ。

「なんや」

――ここは関東っすから。

そう言って通話が切れた。

国光はスマホを握り、ベッドから立ち上がった。

「ふん。パーティー、死兵。あっちでこっちで、何をバタバタしよるんかの」

考えをまとめるのに、少し酒が欲しいところだった。

スコッチ、いや、コニャックがいいか。

リビングに移動し、カミュのXOをグラスに注いで、ひと口やった。

熱い塊が喉から胃に落ち、そこから香りとともに一気に広がる感じがした。

「年も明けたしな。俺もそろそろ一回、帰って来ようかの」

熱い息に、そう混ぜた。

「俺も俺なりに、働かな。働かざる者、喰われるだけやってな」

ふた口目でグラスを空ける。

熱さは広がるが、酒の味はまったくしなかった。

六

芝浦の逮捕劇から三日後だった。

絆は渋谷署でまた、摘発の手伝いだった。大掛かりなシャブの売買のようだ。

今回の情報は、大崎署の柴田が渋谷署にもたらしてくれたものだった。規模と集まる連中の人数が不明だったので、形としては渋谷署に〈泣き〉を入れた格好だ。恩を売った、と言い換えることも出来る。だから当然、大崎署の柴田班も一緒だった。

柴田が〈同窓会〉の連中から、司法取引に近いような条件を提示して聞き出したものらしい。

パーティーについてはだんまりでも、聞くことが出来る情報は聞く。買う。

それで助かる人間、いや、せめて今いる不安定な場所からさらに深い闇に落ちないよう、手を差し伸べられる弱者がいるなら。

「なあ、東堂。即物的だと思うか。まあ、笑わば笑えって感じだけどよ」

柴田は笑った。覚悟が観える、いい笑みだった。

違いねぇ、と言葉を添える下田もこの摘発の場にはいた。

「チャイニーズドラグーンに、その拳かよ。ずいぶん、引っ掻き回されてるみたいだな」

下田とは摘発の途中で、そんな話にもなった。

摘発の量は多かったが、人数は驚くほど少なかった。肩透かしを食らった格好だ。乗せてきた納品車ごと売るのが、今回の取引のようだった。

少し前に新宿署で摘発した、〈移動売店〉の仕入れのような感じだろうか。

午前二時の摘発は、三時前には終了した。

その後、渋谷署で事後処理を手伝って――。

それから、朝の八時だった。

絆はバグズハートの前で、動き出した一月十八日の朝陽《あさひ》を浴びた。

摘発の最中のことだったが、美和から頼んでいたことに対する回答があった。

――でも、電話だとちょっとね。来られるときに来て。

それで、いわゆる朝イチに来た。

「早いわね。仮眠くらい取った？」

「ゆっくりする方が疲れる体質なもので」

「不幸ね」

「そういう鍛えなだけです」

そんな会話とコーヒーの一杯があった。

大樹の幼稚園バスの時間があるということで、すぐに本題に移った。

南京金陵《なんきんきんりょう》国際カンツリークラブの新崎博《しんざきひろし》だけでなく、別のルートも動かしたらしい。

「いくつかあるのよ。潜って捨てられた人達の国際化って、どう？　君なら笑う？」

「いえ」

その結果、自分から手を上げた男がいるという。

「ちょっと待って」

美和は自分のスマホを操作し、誰かと話した。

それから絆を見て、

「動かした別のルートがね、最近仕事を請け負っている人らしいんだけど。はい」

と、美和は絆に預けるように自分のスマホを差し出した。

通話状態のままのようだ。

「向こうのルートの番号だけど、出ている人は別人」

受け取り、出てみた。

「もしもし」

——ハロー。警視庁のお化け君。

「あの」

——ああ。失礼。僕はね。

リー・ジェイン、と相手は名乗った。

「えっ。リー、ジェインってあの」

アイス・クイーン、小田垣観月管理官の知り合いにして、世界を股に掛ける傭兵集団、サーティー・サタンの一人。

観月から組対に託されたエグゼのサンプルは、このリー・ジェインの〈置き土産〉らしい。

観月の報告書に因れば、そのエグゼは弟思いのクライアントから、リーが日本国内へのルート開発を請け負った〈商品〉だという。

――ははっ。どのかは分からないけど、きっとリー・ジェインだよ。

リーは電話の向こうでクスリと笑った。

如才のない、軽い笑い声だった。

――でもお化け君とは実際、初めまして、になるのかな。僕は、君を見かけるのは初めてじゃないけど。八月末の葛飾の廃倉庫だったかな。銃や実包のオークションがあったよね。

「それって、あれか。スタングレネードの」

――ああ。弾殻を外した、ドイツのDM51ね。ミィちゃんにも言ったけど、別に僕はジェノサイドをしたかったわけじゃないからさ。

「ミィちゃん？」

――小田垣観月、みいちゃん。

たしかに、観月からは古い知り合いと聞いた。

リー・ジェインではなく、磯部《いそべ》桃李《とうり》という名で。

――それで、君が聞きたいのは、郭英林の約十五年くらい前だってね。その前後。

「そうだ」

——まあ、ちょっと調べれば誰でも分かることだった。僕でもね。だから、軽いノリで手伝ってみたんだ。誰でも、少し黄浦江《こうほこう》の泥水の中に手を差し込めばわかる。ただし、運が悪ければ川底に巣食う者達に腕の一本くらいは持っていかれるだろうけど。

「なるほど」

危険だということはよく分かった。

「それで」

——そう。それで郭英林だよね。分かってる。彼はね、死ぬ直前は上海の顔役だった。その当時はまだ駆け出しだったのだろうけど、とにかく、郭は日本のヤクザと誼《よしみ》を通じた、上海黒社会のシンジケートの一員だった。日本に渡ったときのコードネームも分かっているよ。そのときは、陳芳《ちんほう》と名乗ったようだね。

一瞬、絆の脳内で思考がスパークした。

「えっ。陳芳」

口にして、脳が活性化した。

知っている。

意表は突かれたが、その名前は知っている。

亡くなった田村准教授が、西崎次郎について語った言葉の中に聞いた。

——どっちかって言うと、当時この大学にいた外国人インターンのグループでしたかね。

陳なんかは仲良かったのかなあ。この論文も陳と共著だし。

西崎と仲の良かったインターン。

それが陳芳で、陳芳が、郭英林。

郭英林が陳芳。

――東堂。あれがエグゼの男や。東堂。教えたでっ。私を、助けろ！

と彼の日、五条国光は成田の沼辺の、野芝の草地で叫んだ。

郭英林が陳芳で、エグゼの男。

ああ。

ああ。

腑に落ちた。

国光の叫びが、物事の複雑さを教える。

さらには、

――エグゼ、渡さへんで。渡してたまるかい。

小田垣管理官から聞いた国光の情報に、こんな言葉もあった。

出所は東大Ｊファン倶楽部ＯＧ宝生聡子《ほうしょうさとこ》で、銀座を舞う夜の蝶《ちょう》の傍らで国光が呟いたらしい。銀座は宝生聡子のテリトリーだ。

ティアドロップに群がった人間達が、エグゼにも群がる。

陳芳こと郭英林も、五条国光も。

魑魅魍魎《ちみもうりょう》の世界。

束ねるのはやはり五条宗忠か。

いや、考えるまでもない。これは間違いのないことだろう。

魑魅魍魎の世界の、魑魅魍魎の首魁。

絆は大きく息をついた。

少し熱かった。

「何故、わざわざ調べたんだ」

――何故って、さっき手伝いって言ったけど。なんかさ。警視庁のお化け君はずいぶん強気だね。

「悪いが、弱気にはなれない。あんたの作ったルートで死ぬ人も出るんだ」

一瞬の間があった。

――そうね。

そうなんだよね、とリーは続けた。

――駒に使われた感じが少々癪だし。けど守秘義務もあって、ルートについて口を開く気はないし。この後ろめたさの裏返し、かな。ミィちゃんにも詭弁《きべん》だって言われたけど、僕なりに商道徳はあってね。さて。

僕の話は終わりだ、とリーは言った。

——いずれどこかで、君にも手伝ってもらうことがあるかも。

「ありますか。陽の差す中で」

それならば、と思って言葉を改めた。

少し間があって、ないね、とリーは言った。

「じゃあ、金輪際《こんりんざい》手伝わない」

切れる通話の刹那、リーは電話の向こうでたしかに笑った。

絆は、スマホを美和に返した。

「役に立った？」

「ええ。有難うございます。大掃除以上の収穫でした」

美和に礼を言い、バグズハートを後にした。

駅までの道すがら、ふと先日の観月の言葉を思い出す。

——このBさんとCさんはお互いの病院で顔を合わせてるわね。この二人とDさんはツーリング仲間のようね。それで、Eさんは Bさんと学会かな。同じ学会にFさんも参加してるけど、一緒の写真はなかった。でもGさんはCさんと同じ研究室にいたみたい。HさんとIさんはUSB内の誰とも絡んでないけどさ。Aさんを除いた全員がさ。少なくとも三回以上、梶山さんやこの男の人と写ってるよ、と観月は断言した。

この男の人とはすなわち陳芳、郭英林のことだった。

色々あって後手後手に回っていたが、そろそろまとめる頃合いだ。

中でも、

——この人さ。殺された梶山さんとかこの男の人と、割とよく色々なとこに写ってるけど。

何か関係あるのかしらね。

最後に言われたこの観月なりの疑問が気になった。

いや、大いに役立った。

やおら、スマホを手にする。

呼び出した携帯番号に電話を掛けるが、すぐに留守電に変わった。

「東堂です。いつでもいいので電話を下さい。たぶん、電車に乗っている時間以外は出られるはずです。少しだけ、お聞きしたいことがあります」

よろしく、と言って伝言を終える。

その後、今度は奥村に電話を掛けた。

——なんだ。

「お願いした記念誌のメンバー以外に、トリモチに掛けて欲しい人間がいます」

「ほう」

「因縁はドラッグ。人数はそう多くはないです。梶山と河西、北村のときと考え方も掛け方も同じでいいです。セキュリティレベルも」

「何も出なかったら」

「出ますよ。きっと。トリモチなら」

奥村は鼻を鳴らした。

「任せろ」

「今は外なんで、今日中に個人データをまとめて送ります」

練馬高野台の駅に着き、ちょうど電車が来た。

一度隊に戻り、浜田に出来る限りの報告をし、奥村にトリモチ用の個人データを送信してから仮眠を取る。

(眠れるかな)

眠れなくとも横になる。目を閉じる。

それだけで、少なくとも身体的な疲労は抜ける。

それが大事。

それからが大事。

そうして目覚めた後、絆にはこの日の内に行くべき場所が、すでに決まっていた。

猫目のスリー　モノローグ

生きるも天国、死ぬも天国。いや、生きるも地獄、死ぬも地獄。大した違いはない。

なんでも半分。

でも五分五分、フィフティ・フィフティってことじゃない。

僕らの前には、僕らが知る限り十二年前まで九人のパーティーがいた。年齢順でいうならこの間、上野で死んだパーティーが四番目で、ややこしいがでかいパーティー・ツーが五番目だ。この二人の前に三人いて、後に四人いた。僕らが十番目ってことだ。

と言って、それらにブラック・チェインの一夫や二夫のような、順番というか順列を表す呼称があるわけではない。みんながパーティーで、上も下もない関係だ。僕らの前までは、パーティー同士が顔を合わせることもほとんどなかったというから別に困りはしなかったようだ。

僕らが今、五番目のでかい奴をツーと呼ぶのは、警察の連中がそう呼んでいたからに過ぎない。単に僕らと区別するためだ。

少なくとも僕らが知る限りの一番目と二番目は、それぞれ蛇頭《ジャトウ》の仕事で香港に渡ってそれきりになった。三番目は二〇一四年にアクアラインで爆死して、四番目はついこの間、上野駅で死んだ。

五番目、パーティー・ツーは今大いに働いている最中で、六番目と七番目と八番目はだいぶ前に上海に渡って、その後なんの話もドラグーン達から聞かないから、おそらくいつかのどこかで死んだと思う。

九番目はこれもつい先日、アクアラインで三番目のパーティーより少し千葉寄りで爆死した。

僕らの前の連中、特に五番目のパーティー・ツーまではSNSに疎かったというか、携帯を与えられたのは六番目のパーティーと同じときだったらしい。六番目のパーティーがそう言っていた。

僕らもそうだが、僕らの後の奴らも極端に言えば、物心ついたときにはもう携帯を持たされ、SNSに触れていた。連中のスマホを一回でもスキミング出来れば、他のパーティーとの情報交換はパーティー・ツー以前よりはるかに簡単になった。SNSの一般的なグループコミュニケーションアプリはサービス開始当初から使っている。

その結果として、僕らが知る限りの一番目から九番目までの動向は、僕ら以降のパーティーがドラグーン達から洩れ聞いたものを持ち寄り、擦り合わせた情報に基づいている。

例えばパーティー・ツーのことを書き込んだのは僕らだが、九番目の爆死を知らせてきたのは僕らの二人後のパーティーだ。

つまり、アプリに〈パーティーグループ〉は作ったが、内容は実につまらないものだ。ただの存在確認に限りなく近い。僕らのすぐ後のパーティーは死にたい死にたいとそればかりを書いている。三人後のパーティーは、付き合ってられないと書き込んだのを最後に、自分で作ったこのアプリの〈パーティーグループ〉を去年一杯で抜けた。

これからパーティーはどうなっていくか。僕らが考えることじゃないけど、情報は大事だ。携帯がなかったころは、パーティーは常に一人の世界に生きて死んだのだろうから、自分以外のことに興味はなかっただろう。興味を抱くことすら知らなかったかもしれない。けれど今は、情報がある。少なくとも他にもパーティーがいることを知っている。

他人の芝生は青いか。

他山の石、それとも対岸の火事。

さてさて。

僕らに関しては、さてもさて——。

僕らは十番目。十人目じゃない。二人で十番目。

天国も半分。地獄も半分。シンクロニシティ。

それで一組、一人分として生きてきた。

二人で一人。

生きるも二人で一人。

なら――。

死ぬときも二人で一緒なら、一人前の天国、一人前の地獄。

願わくば、人生の最後にはそれが希望だ。

終章

一

同夜、動き出した絆は、ＪＲ御徒町《おかちまち》の駅で電車を降りた。

と言って、そこから湯島のハルコビルに帰るわけではない。

中央通りに出て右折し、足を向けたのは上野仲町通りだった。

仲町通りは、アメ横と並ぶ上野の歓楽街だ。多国籍な飲食と水商売が無国籍に混在し、通りから外れた奥の奥までなにがしかの店が並び、潰れては出来てを繰り返す。

それでいて昼夜の別なく、老若の別なく賑わいを見せるのは、それこそ多国籍で無国籍だからか。

猥雑《わいざつ》な雰囲気は清潔さとは無縁だが、麝香《じゃこう》のように誘うのかもしれない。

ただし、昼の顔は夜に溶けず、夜の顔は昼に馴染まない。

同じ場所、同じ繁華街であって、陽光と電光では見せる顔が違うのもまた、多国籍で無国籍の益であり害であったろう。

渋谷の摘発からバグズハートに回り、その後、特捜隊本部に戻って仮眠室で横になった絆は、いつの間にか意識を失っていた。

泥のような眠りから目覚めると、すでに夜が始まっていた。

G-SHOCKで確認すると、時刻は夜の八時半を回っていた。

いい時間だった。

怪しい店々の電飾にも明かりが入り、闇に生きる者達もまたぞろ、それぞれのねぐらから起き出し、這《は》い出《だ》す時間だ。

それにしても——。

よく眠れたものだと苦笑も出る。

眠れるかどうかの心配など杞憂《きゆう》だった。

目を閉じるだけでも疲れは抜ける、などと思って横になったが、熟睡した。

疲れが抜けるどころか、心気が冴える思いだった。

顔を洗い、まだ席にいた浜田に向後の予定を告げて外に出る。

夕食はいつものマグニンで摂った。気のせいかこの夜は、特捜隊員の姿がいつもより少ないようだった。

その代わり、劇場通りで占用工事があるようで、その作業員で混雑していた。腹に十分な夕食を摂り、それから目指したのが上野仲町通りだった。

正確にはその裏手の、魏老五の事務所だ。

これは組対本部の仮眠室に入る前から決めてあったことだった。

郭英林は、陳芳だった。

馬達夫の来福楼で、魏老五はこの上海王府国際旅行社の董事長のことを、絆に友達だと言った。

――ここから買う時計、私は気に入ってたんだけど。

郭を絆に紹介するとき、魏老五はそんなことも言っていた。

わざわざ上海で、と聞けば、

――高いのがステイタス。それと信用。そんな買い物もあるね。

などと嘯《うそぶ》いていたが、そんな愚にもつかない言葉を真に受けるものではない。

旅行社から時計もないものだ。

この会話は暗に、税制の隙間を縫った消費税免税ビジネスで、上海王府国際旅行社が主に金や高級腕時計を扱っていたことを示すものだったろう。

長江漕幇《チョウコウソウバン》の流れを汲《く》むという魏老五は、長江下流域、揚子江《ようすこう》の河口に位置する上海との関係も深いはずだ。

なら、本人が友達だという以上に、上海シンジケートの顔役でもある郭英林との関係は深いに違いない。

少し前、上海に渡った魏老五は、死んだ西崎の跡を継ぐように、向こうでティアドロップを買い付けたらしい。

それで上海と台湾を直に繫ぎ、〈売〉をするという。

そのためにグループNo.2の陽秀明が海を渡ったのだと、絆は死んだ余智成元巡査から聞いた。

時計どころの話でも、それだけの関係でもない。

エグゼとの関連を思えば、魏老五がティアドロップを買い付けた相手が、郭の所属するシンジケートだという公算は大だ。

となれば当然、十五年くらい前に海を渡ってきた郭英林、陳芳との関係は、ないと考える方が不自然だろう。

郭が陳芳を名乗ったその頃、すでに魏老五はノガミに根付いていた。

来福楼を巡る地回りとのゴタゴタで、魏老五が絆の父、片桐と知り合ったのはもう、三十年も昔のことだ。

右も左も分からない異国の地に、同胞が根付いているというのは心強いものだろう。

パーティーとエグゼのことに直接繫がるかは不明だが、魏老五とは長い付き合いになるはずだ。

皮一枚を斬り、一生消えない傷をその額に残した時、

――ああ。爺叔《イエシュウ》の息子。言っておく。お前と私も、これで血を結んだ。宿縁よ。覚えておくといいよ。

血で真っ赤に染まる顔で、魏老五はそんなことを言った。

血を結んだ宿縁なら、魏老五という男のより深くを知るに如《し》くはない。

持ちビルの七階の根城に、この夜は魏老五はいた。

しかも、すんなり通された。気分がいいからだという。

大阪からの友人が訪ねてきて、紹興酒の杯を重ねたらしい。

「小正月も明けたのでね。本格的に仕事初め。その挨拶よ。さっき帰ったばかりね」

絆を前に、魏老五は珍しい赤ら顔でそんなことを言った。

すんなりと通されたが、別に小正月明けを魏老五と祝う気は、絆には毛頭なかった。

「郭英林」

要件の芯をまず口にした。

「それが、何？」

「その昔、N医科歯科大学では陳芳って言ったらしいな」

「ほう」

魏老五は紹興酒のグラスを片手に目を細めた。

「それを知るか。例の、公安分室の理事官かな」

「真逆だね」

「はて」

「リー・ジェイン」

「あの男か」

魏老五は大きく頷いた。

「さすがに、大いに使える男なのだがね。機嫌を損ねると危険な男だ」

「郭と、本当はどういう関係だよ」

「ふん。それは、リー・ジェインからは聞かなかったのか」

「教えてくれたのは、ちょっと調べれば分かるレベル、だそうだ。少し黄浦江の泥水の中に手を差し込めば、誰でも分かるってさ」

「なるほど。──まあいい。私は今晩、気分がいい。それに」

魏老五は手のグラスを傾けた。

「死んだ男の話。歴史。レクイエム。葬送、祈りになるかね。──一月革命でね。私の父母は死んだよ。一月革命が分からないなら、あとで調べることだ。説明は面倒で、哀しいだけでね」

そんなふうに、魏老五は話し始めた。

「それは、私が七歳のときだったたね。このとき、私を助けてくれたのが魏大力。私の父の妹の夫。そして、生まれたばかりの英林の父親。そういうことね」

それから、紹興酒を舐めながら魏老五の話は続いた。

魏大力が長江漕幇から派生した、より闇に近い青幇《チンパン》の生き残りで、上海黒社会で合法・非合法を問わず手広い商売をしていたこと。

文化革命後の計画出産活動で、魏老五と郭英林が同じ場所で暮らせなくなったこと。

魏大力は義によって老五を選び、英林は郭夫生という、魏大力の朋友の家に養子に出されたこと。

後に呼び戻されても、英林は魏を名乗らず郭で通したこと。

それがおそらく、〈憤〉の表れであったこと。

「私達は、時代に翻弄された。けど、懸命に生きたよ。良いか悪いか。善か悪かは生きる上での基準にはならなかったね。そんなことを気にしたら生きていられなかった。これだけが事実で真実。分かるか、爺叔の息子」

絆は答えなかった。

「そのうちには、日中国交正常化の共同声明が出されたね。そこ、分岐点だったかね。希望を黄浦江の泥の中に探すか、異国の池之端《いけのはた》の泥に咲く蓮《はす》に見るか。私達は別れた。別れて、私はノガミに落ち着き、英林は上海に生きた。それからは、そうね。例えばの話ね。ティアドロップ。英林が日本に売りに来て、ばらまきに来たとして。私は上海に買いに行って、集めに行って、とかね。何度も英林が、日本に来たことは知ってる。けど、私はあまり関係ないね。私は私で、ヤクザの向こうを張って生きるのに必死だったから。それに、十年以上前のノガミなんて場末よ。その当時は銀座裏に、上海黒社会の連中がこっちに来たら、必ず立ち寄る場所があったね」

〈Ｂａｒ　グレイト・リヴァー〉、と魏老五は言った。

「今はもうないけど。当時は、銀座の変わったホステスに潰されたって専らの評判だったかね」

それから魏老五は、郭夫生の息が掛かった沖田に繋がる男がやっていた店ね、とも言った。

「ずっと魏を名乗っている私と、郭を名乗っている英林は、決して交わらない水と油だったかもね」

紹興酒を呑み干し、魏老五は遠い目をした。

「上海に生きて、日本で死んだ。私と英林が交差して交わらない生き方なら、なら私は、いつか上海で死ぬかもね」

最後は、独り言のようなものだったか。

大きく息をつき、魏老五は視線を絆に当てた。

声もなく、虫でも払うように手を動かす。

絆のいる意味はもうなかった。

魏老五の事務所を出、ビルを出た。

たむろする客引きの黒服連中がジロジロ見るが、気にしない。気にもならない。

今聞いた話全部が全部、真実だとは思わない。少なくとも、すべての真実を語っているわけはない。

（魏と郭、か）

雑多にして目くるめくような話の洪水の中から、一握の砂を拾い上げる。

ティアドロップを介して、やはり魏老五と郭英林は関係があったようだ。それが協力か反目かは、今は問題ではない。

ティアドロップに群がった人間達が、エグゼにも群がる魑魅魍魎の世界に、やはり魏老五も関係するか。

郭英林だけでなく、五条国光も、魏老五も。

そうして郭英林が陳芳なら、群馬とN医科歯科大学も大いに気になる。

田中稔を名乗った、狂走連合の赤城一誠《あかぎいっせい》はどうだろう。西崎次郎は――。

（嗚呼《ああ》）

そう思えば、梶山の言葉も腑に落ちる。

——ショボいドラッグなんかに手を出して大魚を逃がす。もう少し待っていればよかったのにな。

ティアドロップを超える、ティアドロップ・エグゼ。

——あいつは馬鹿のテストケースですから。だからこそ、今があるんじゃ。

——N医科歯科大学、アメフト部の未来に乾杯。

——じゃあ、N医科歯科大学に乾杯。

ティアドロップ・エグゼに、医者が多すぎる。

死の薬に群がる医者——。

やはり魑魅魍魎の世界。

ならばそれらも含めて全員が、魑魅魍魎の世界の住人か。

五条宗忠の掌の上で踊る木偶《でく》か。

（いや）

こちらと見せてあちら。

あちらと見せてこちら。

ウロボロス達が絡み合って自分の尻尾を嚙めば、出来上がるのは捻じれたチェーンだ。

五条宗忠といえど、果たしてそれらすべてを御し切れるのか。

絆は白い息を吐き、上空を見上げた。

二日月の空は、星の瞬きが鮮烈だった。

二

その後、裏路地から仲町通りに出た絆は、上野四丁目の交差点方面へ歩いた。

千鳥足の酔客、コンパの大学生、素人顔を装った黒服・キャバ嬢、あからさまな客引き、素面の旅行者、子供連れの食事客まで、夜の繁華街は賑やかにして雑多だ。

往来する人々の隙間を縫うようにして歩いていると、ポケットでスマホが振動した。

奥村からだった。

――トリモチは起動したぞ。

挨拶も話の枕もなく、奥村はそう言った。

トリモチが動いたということは、検索が出来たということだ。

「結果はどうでした」

――上がってきたものは後で送るが、起動した以上、俺には分からんが、きっと回答はお前が思っていた通りだ。

「そうですか」

──それにしても、何時でも出るな。お前。

「この前も言いましたけど、何時でも掛けてくる人がいるからです」

──ん？　おお。そうか。その通りだ。じゃあ切るぞ。夜も遅いからな。ああ、そうだ。忘れていた。

今回のトリモチの情報料は要らない、と奥村は言った。

「えっ。どうしてですか」

──トリモチを信用してくれたからな。信用は金には換えられないものだということくらい、俺も知っているぞ。

「それって、使い方合ってますか」

──それは知らんが。違うのか。

電話の向こうで奥村は笑った。

ありがとう。

そう言って奥村は電話を切った。

いつものことだが慌ただしい。

これが奥村の人柄で、愛すべきところだ。通話を終え、スマホを仕舞う頃には、いつの間にか池之端に出ていた。

東天紅《とうてんこう》や精養軒《せいようけん》の明かりが不忍池《しのばずのいけ》に揺れていた。

間もなく、十一時半になろうとする頃だった。

ボチボチ、上野から他県に帰ろうとする人たちには終電の時間が始まる。

このところ、絆もよくJRの高崎線に乗った。

詳しくもなろうというものだ。

(定期でも買った方が安いかな)

そんなことを考えつつ、池之端の柵に寄る。

名物の蓮が枯れて絡んで、池の中に盛り上がっていた。

「希望を黄浦江の泥の中に探すか、異国の池之端の泥に咲く蓮に見るか、か」

手摺りに腕を預け、水面に呟く。

駅に急ぐ人の流れ有り。

その流れを遡上《そじょう》するように自転車で通る人、ジョギングの外国人、ほろ酔いのサラリーマン、肩を寄せ合って過ぎるカップル。

やがて、ベンチコートの男がやってきて、絆の近くのベンチに座った。

コンビニの袋から出すのは缶ビールか。

寒いだろうに。

プルタブを開ける音が寂し気に聞こえた。

二日月の夜は、空に月がほとんど見えない。そのせいで、思う以上に周囲が暗かった。

外灯の明かりだけが頼りだ。

「なあ、兄ちゃん。飲むかい。あとはワンカップしかねぇけどよ」

ベンチコートの男が声を掛けてきた。

「要らない。貰う謂《いわ》れがない」

絆は、手摺りに預けた身体を起こした。

「そんな用事なら帰る」

「まあ、焦んなよ」

男は缶ビールに口を付けた。

「人がまだ、多いんじゃねえのか」

吐く白い息に混ぜるようにそう言った。

言いたいことは分かった。

「この周囲に問題はないよ。感じる視線は皆無だし、一番ギスギスした気を放ってるのはあんただ」

島木だっけ、と絆は聞いた。

「へっ。怖ぇ怖ぇ。やっぱりあんた、化け物だわ」

仲町通りに出たときから気配はあった。分かっていた。

だから奥村からの電話を受けつつ、誘うように池之端に出てみた。

気配は、五条国光が仮宿にした〈かねくら〉に、監察官室の小田垣管理官と牧瀬係長を伴って乗り込んだときに触れたものとして覚えていた。

〈かねくら〉は、平和島近辺にある老舗《しにせ》の料亭で、旧沖田組の若頭を務めた、黒川登《のぼる》が組長を務める不動組が関わっていた。

絆に馴染みのある気配は、その不動組の若頭、島木吾郎《ごろう》のものだった。

「あっちもこっちもって忙しそうだからよ。取り敢えず、一つのことに目処《めど》を立ててやろうと思ってよ」

絆は答えなかった。

「返事はなしか。ま、別段、褒めてもらおうとか、頭を撫でてもらおうとか思ってるわけじゃねえしな」

バイクの窃盗だがよ、と島木は言った。

「バイク？　群馬のか」

「んだよ。他にも抱えてるなんて言うなよな」

島木はビールを呑んだ。

「高崎からあの辺は、元は沖田組のシマだ。組は三次以下の細けぇのしかねえが、最近は竜神会に尻尾振って、手前ぇの上をないがしろにするのも多くてな。それでも、昔ながらの任侠もいりゃあ、警察《サツ》に息の掛かったのも何人かはいる。こっちで把握している刑事《デカ》もな。だからまあ、居ながらにして知るってやつだ」

「へえ。悪事のサプライチェーンか。らしいけどな」

「言うなよ。だから話せるんだ。バイクのことをよ」

島木はまた、呷《あお》るようにビールを呑んだ。

その後の島木の話は、この一連の流れに楔《くさび》を打ち込むものだった。

N医科歯科大学を芯に据えながらも、たしかに、パーティーとエグゼに引っ張られ過ぎていたきらいはあった。

田村准教授の死とパーティー。

久城伸之の死とパーティー。

何台ものバイクの盗難とパーティー。

パーティーとドラッグ。

なるほど、そういうことか。

そういうことなら頷けた。

「何故教える。何が望みだ」

「ああ?」

島木はビールの空き缶をコンビニの袋に戻し、代わりにワンカップを取り出した。

ふたを開け、ひと口やる。

白い溜息は、やけに重苦しかった。

「別に、手前ぇなんぞに恩を売りたいわけでもねぇよ」

ふた口目を呑み、三口目で空けた。

「おやっさんがよ。もう長くねぇんだよ」

「おやっさん？」

真壁のおやっさんだ、と島木は言った。

──おう。組対。追っ払ってくれよ。西のあいつら。沖田までだ。俺が頭下げんなぁ、沖田までで十分だ。

西高島平の屋敷で聞いた、匠栄会会長・真壁清一の声が耳に蘇る。

「踏まれて耐えるなぁいずれ花だが、掌返しの米搗《こめつ》きバッタってなぁ、不義理が過ぎるってもんだ。俺らにもよ、五分の魂はあんだぜぇ。五分の魂で、せめて送ってやりてぇんでよ」

そういうことか。

島木の心情を讃える気にはなれないが、買わないわけではない。

いや、十二分に買える。

子供の心は、真っ直ぐだ。

「伝えたぜ。じゃあな」

立ち上がった島木に、ふと声を掛ける。

「そういえば、かねくらは今、どうなってるんだ」

「ああ。やってるよ。もう昔通りにはいかねえけどな。――いや、昔通りになるまではってな」

ゴミ箱を見つけ、島木はコンビニの袋ごと捨てた。

「真壁のおやっさんがよ。月イチで大宴会してくれんだ。高橋と二人の大宴会だ。――水曜日によ」

「そうか。――生き残って欲しいな」

島木は特に、答えなかった。肩を揺らして去ってゆく。

その後ろ姿を見送るとスマホが振動する。

バグズハートから練馬高野台の駅に向かう途中で、何時でもいいから電話が欲しいと留守電に吹き込んでおいた相手からだった。

「相変わらず、凄い時間ですね。え、リハビリ中？　入退院？　はあ。それはそれは。知りませんでしたけど、公傷申請してもいいんじゃないですか？　ああ。そうですね。たしかに氏家情報官はよっぽどですけど。――それで、そんなときになんですが、お電話した件について、です」

絆はいくつかの質問をした。

帰ってくる答えは、これも奥村の言葉ではないが、絆の予想通りだった。

「有難うございます。──あの、すいません。──分かります。そういうものですよね。──そりゃあ、俺には俺で、ありますから。色々と。──はい」

絆は強く頷いた。

「飽きるほど聞いて、もう慣れました。いえ、馴染むものだと知りました。──そう信じます。──ええ。分かってます。俺もそう思います──。それは、そうですね。じゃあ」

電話を切る。

夜空を見上げ、絆は大きく息を吸った。

凍るほどの夜気が肺に流れ込み、肺を満たす。

冷たさに覚醒を促され、血潮が巡る。

暖かくはないが、心身が研ぎ澄まされる。

敵も味方も、動くものはすべて手駒。いや、すべてが死兵か。

「そんなことはさせない。そんなことにはしない」

かすかな二日月に闘志と覚悟を誓う。

その後、時間を気にしつつも浜田に電話を掛けた。

──はいはぁい。

そうかも、とは思ったが本当にすぐに出た。

「隊長、いつでも起きてますね」

――人のこと言える？

これはこれで、この柔らかさは救いだ。

救われて勇気付けられ、背中を押される。

いい上司だと、つくづくと思う。

「各署にお願いしているガード、外してもらって構わないと思います」

――あ、そう。わかった。

「えっ。あの」

――何？

「聞かないんですか」

――聞かないよ。夜も遅いし。それにこう見えて私は。

得難い部下のことを信じているからね、と言って浜田は電話を切った。

染みた。

（じゃあ、帰るか）

湯島の事務所に。

今夜はよく、眠れるはずだった。

三

この日、五条国光は大阪にいた。東京からこちらには十七日から来ていた。それから三日目だった。初日にはまず、竜神会本部に顔を出した。

午後二時過ぎのことだった。新幹線で大阪に着いたその足で回った。

竜神会本部は、北船場《きたせんば》の道修町《どしょうまち》通りにあった。

五条源太郎が建てた、築四十年のビルだ。天下の竜神会の本部としては〈ボロい〉が、建て替えないのは金をケチっているからではなく、府警や行政から許可が下りないからだ。

建て替えどころか、源太郎存命時に一度、府警や街作り委員会から移転という名の退去勧告があったようで、そのときは本部ビルの一階から三階をテナントとして貸し出すことで急場を凌いだという経緯すらあった。

テナントと言っても、入居したのは府警の外郭団体や、一部の客を選り好みしない外食産業だけだが――。

とにかくそれ以降、竜神会本部ビルをそう呼ぶのは関係者だけで、地図上もビル名は北船場と道修町それぞれのイニシャルから〈ＫＤビル〉と改名されたが、それで呼ぶ者が何人いるかは定かではない。

〈ヤクザビル〉。

そんな呼称の方がどうやら、テナントの関係者や利用者には浸透しているようだった。

〈堅気〉の上に〈極道〉が存在する竜神会本部ビルのエレベータホールは、ビルの横手にあった。三基のエレベータが設置されているが、使う者はほぼ竜神会関係者に限られるようだ。

テナントが入る三階までは、その当時に正面側から上がるエスカレータが設置され、そちらの方が遥かに便利だった。

〈自社ビル〉にも拘わらず、表からの出入りが不自由だというのも業腹だが、この〈堅気〉との共存が、暴対法以降も竜神会本部ビルを道修町通りに存続させた。

（それにしても、けったいな話や）

そんなことを思いながら、国光は竜神会本部ビルに入った。

エレベータで、竜神会本部への入り口に当たる四階に上がる。

正面は磨《す》りガラス模様の強化ガラスで出来た自動ドアで、左右にはただ長い壁と廊下が続き、その左手の奥にはビルの上下に共通のトイレがあり、右手が非常扉になっている。

この殺風景な長い通路を、ビルメンテの連中が三途《さんず》の川《かわ》とも、賽《さい》の河原《かわら》とも呼んでいるのを耳にしたことがあった。
言い得て妙にして、陽の下で生きている者たちには、それが真実かもしれない。
自動ドアの右脇にモニターとテンキーがあり、その下にカードリーダーがあった。
国光は、与えられているカードキーをリーダーに翳《かざ》した。
音もなく開くその中が〈地獄の一丁目〉、竜神会本部だった。
「おっと。こりゃあ東京代表。お早いお帰りで」
事務局長の若林《わかばやし》が奥の方で立ち上がり、腰を折った。
国光は答えず、一歩入って本部事務所の空気を吸った。
古い匂いがした。思い出に繋がる匂い、とでもいうべきものか。
だが、それだけでもなかった。
どうにも、異質な匂いが混じっていた。知らない匂いだ。
約一か月を無沙汰にしただけで、匂いが変わる。
知らない奴がいて、知らない花が飾られ、知らない業者が彷徨《うろつ》くということか。
それだけで国光を排除するように、ここはもう居場所ではないと密やかに教える。
現に、今の若林の態度がそうだった。
一か月前に顔を出したとき、若林は泳ぐように近寄ってきて挨拶したものだ。
距離にして十メートルの差。

（ほな、いずれ壁を突き抜けるかもな）

そう思えば笑いも出た。出るだけの余裕が気持ちにあった。

竜神会本部の中も変わったが、国光も変わったか。

いや――。

国光が変わったから、すべてが変わって感じられるのかもしれない。

「会長は」

と聞いてみたが、宗忠は生憎の外出中だった。海外ではないというが、外出の目的も戻りの時間も、若林程度では知らされていないという。

「本部本部長に聞けばわかるやろけど」

若林は腕を組んだ。

「東京の木下に？　ふん。阿呆《あほ》らし」

「なら、どないします？　お待ちになりまっか」

「せやな。なら六階で。空いてるやろ」

「あ、六階は」

「なんや」

「埋まってまっせ」

国光が使っていた部屋は木下が、木下が使っていた部屋は若林が、それ以外にも、誰と誰と誰が。

聞いても知らない名前が多かった。

全国の組長が代わる代わるに常駐する詰所も作られたという。そんな部屋も今まではなかった。

今までとはつまり、国光が総本部長として竜神会本部ビルの№2だった頃のことだ。

知らないことにむかついた。

それで、自分の本宅に帰ることにした。

別に、帰ると伝えてはいなかったが、こちらにも人はいなかった。金曜日だから、息子は中学校か。

時間はまだ、午後の三時半くらいだった。

さてどうしたものかと考えていると、スマホが鳴った。宗忠からだった。

――お帰り。用事があって事務所に掛けたら、お前のこと聞いたわ。家やて。

「せや」

――けど、家だって誰もおらんやろ。

「ああ。おらん」

――受験のための親子合宿やて。聞いとらんのかい。こないだの土曜から、二週間は留守やで。

「受験？　ああ。そういえば」

そんなことを言っていた気がする。私立の高校受験が近いらしい。

それにしても、どこを受けるのかを国光は知らない。息子が何になりたいのかもだ。

正義のヒーロー、などと言っていた昔は遠い。

親の仕事が仕事だ。職業選択の自由がかえって不自由なものだと、気付く日はそう遠くない。

（いや。すでに来てるかも知れへんな）

だから塾の合宿に行ってまで、受験に必死になるのだろう。

いい大学に行っていい成績を収め、大手を振って一流の会社、一流の官庁に入れば、正義と悪の〈差別〉などあってないようなものになる。

――国光。一人の家も寂しいやろ。四条畷においで。私も明日には行くわ。

そんな話になり、承諾すると、小一時間ほどで本部の若い衆が運転するベンツが迎えに来た。

四条畷の別荘には、国光が到着するまでに、早くも見栄えのするケータリングが用意されていた。宗忠らしい周到な配慮だ。

気ままに過ごし、翌日になって世話係の若い衆に聞くと、宗忠の到着は夕方になるらしい。

それで、国光は思い立って源太郎の墓参りに行った。新盆も正月も大阪にいなかった。枚方《ひらかた》の御殿山《ごてんやま》の、淀川《よどがわ》の匂いの風が吹く場所に源太郎の墓はあった。まだ源太郎しか眠っていない、真新しい墓だった。

その後に誰が入るのか、誰が入れないのか。

花を添え線香を手向け、近くの割烹《かっぽう》料理屋で昼酒を引っ掛けて戻るが、まだ宗忠はいなかった。

リビングの大型モニタでメジャーリーグの中継を見る。

そのうちには寝入ったようだ。起きるとリビングの隅に、ラフな格好の宗忠が立っていた。

「起きたか。もう七時になるで。腹ぁ、減ったやろ。飯やで」

返事も待たず宗忠の姿がダイニングに消え、国光も起き上がってそちらに向かった。

なにやらいい匂いがリビングにまで漂っていた。

「クエか。兄ちゃん」

「せやで。ここんとこ、結構よう釣れとる聞いたんで、日高《ひだか》に行ってきたんや。爆釣《ばくちょう》やったで。それでな、調子ん乗って少し遅れたわ」

先に席についていた宗忠が満足げな顔で頷いた。

日高とは、和歌山の日高町のことだ。そこで釣れる天然クエをキョウモドリと呼ぶ。

十一月の末にも食わせてもらった。そのときとおそらく同じ料理が所狭しとテーブルの上に載っていた。

皮の湯引き、揚げウロコ、臓物の酢味噌《すみそ》あえ、刺身、蒸し焼き、唐揚げ、鍋。

そして、上等なひれ酒。

特にひれ酒が美味かった。十一月と同じだ。

釣果に関する宗忠の自慢話を聞きつつ、腹を満たす。

それにしても、ひれ酒が美味かった。これも十一月と同じだった。

「まるでリピートのように、まったく同じやな」

「ん？」

上機嫌で宗忠はひれ酒を口にした。それも一緒だ。

「このキョウモドリ、今度こそほんまに兄ちゃんが釣ったんか？　また船団仕掛けたんとちゃうか」

「ほう。なんでそう思うんや？」

「何から何まで同じなんて、長い人生でもそうそうあるわけないやないか。気持ち悪いわ」

「へえ」

宗忠は目を細めた。

「言うようになったやんか。それだけでも、お前を東京にやった甲斐があったわ」

「褒められても、なんも出んで」

「なんも要らん。弟から貰うつもりなどないわ」

けどな、と宗忠はテーブルに両肘を突いた。

「これな、お前は何から何まで同じや言うたけどな。同じやないで。これこそマジック第二段や」

「なんやて」

「このキョウモドリは漁師から買《こ》うた。ようわかったな。けど国光。これ、これ、これもこれも、これもこれも」

宗忠はテーブルの料理を次々に示した。

「兄ちゃんが一人でさばいて、一人で作ったんや。兄ちゃんな。自分で言うのもなんやけど、料理の腕前は玄人跣《くろうとはだし》やで」

「はあ？」

「人の料理を食うんは覚悟がいるからな。昔からあまり好きやなかってん。子供を授かったときから菊江をハワイにやったんも、そんなんからや。子供は欲しかったがな。けど、菊江の作る料理は、本音を言えば嫌やった。美味い不味いやないで。外で覚悟しながら色んな物、食うんや。家の飯くらい、安心安全な気持ちで食いたいやんか」

さすがにこれは、開いた口が塞がらなかった。宗忠が料理を作るところなど、生まれてから一度も見たことがなかった。

「知らんかったやろ。まあ、誰にも特に言うてないしな」

「知らんわ。だから驚いた」

そういうことや、と言いながら宗忠は頷いた。

「な、国光。同じシチュエーションでも、こうして回しを変えれば、マジックは幾通りも使えるんやで」

宗忠は笑った。

笑みに釣られて、疑問が国光の口を衝いた。

「パーティーもかえ？」

「ん？　おお。せや。知っとるんか。やっぱり国光は賢いなあ」

ひれ酒を口にし、宗忠は天井に熱い息を吐いた。

「一つ二つ潰れてもええ。その間に他の一つが育つ。育った一つ二つが潰れてもええ。その間に育った一つがさらに育つ。そういうもんや。それこそが実は、マジックの本質や」

宗忠は国光、と呼びながら視線を戻した。

「まあ、せこせこあくせくせんで、見ておいで。お前は私の弟なんやからな。こう、どぉんと構えとったらええんや」

これも聞いた。十一月に聞いた。

「その分な、私は色々やっとるでえ。そんで今や、フェイクもトラップも自由自在や。易如反掌にして融通無碍や」

これも聞いた。彼の日の繰り返し。

眩暈がするほどだった。

だが、奥歯を噛んで耐えた。

「易如反掌、融通無碍。なんでも簡単なことやっていう意味やな。けど、そりゃ、兄ちゃんやからや。俺は凡人や。悲しいけどやな、悲しいほどに凡人や。せやから、俺には兄ちゃんの思うところは分からん。同じくらい、きっと兄ちゃんにも、俺の足掻《あが》かなやっとられん気持ちは分からんわ。一生や」

それを見て、宗忠はただ、ほう、と言った。

それから夕食は、淡々と進んだ。

仕舞いに国光は、

「明日、帰るわ」

そう言った。

「さよか」

宗忠はそう答えた。

翌朝、国光が目覚めたとき、宗忠の姿はもうなかった。

四

一月二十五日、午後十時五十五分。

絆は、中央前橋行きの最終電車から降りた。

前夜から昼前に掛けてのまとまった雨が嘘のような、よく晴れて明るい夜だった。

もうすぐ西の端に沈む上弦の月がやけに近く見えた。

晴れてはいたが、寒い夜だ。

絆は紺色《こんいろ》のジャンパーの襟首を立て、うつむき加減で歩き出した。

両腕を抱え込むようにして無人駅を出る。他に降りる人はいなかった。

駅前は正面が藪《やぶ》になっていて、左右は駅前とも呼べない、ただの生活道路だった。寂しい駅前で、寂しい道だ。

その道をうつむき加減のまま、絆は右手に進んだ。

低い柵の右手には、今自分が降りた駅のホームがあった。

沿って歩けば、編成の短い上毛鉄道のホームはすぐに切れ、踏切になった。車両通行止めのマークがある、単線の極々狭い踏切だ。

渡って、今度は戻るようにまた右手に上毛鉄道を見ながらホームの反対側を少し歩くと、大きな踏切になった。

そのまま踏切を渡らず道路を横切り、線路に沿った狭い一本道に入る。

そうすると道はすぐに線路から別れ、左右に民家が立ち並ぶ生活道路になった。

見通せる辺りまででも、百五十メートルは真っ直ぐに延びる道路だった。左右に立つ家々は、半分弱が個人の家で残りがアパート。そんな割合だろうか。

道の途中には畑や広い月極駐車場も存在し、さほど圧迫感は感じない。

その代わり、このときも畑から駐車場に抜ける風が、どこか啼くように聞こえた。

一本道の中ほどに差し掛かり、右手のアパートの階段に足を掛ける。

そのときだった。

見通せる道のさらに奥、国道一二二号線方面からかすかなエンジン音がして、やがてライトの明かりがこちらに差し掛かった。真っ直ぐに近寄ってくる。

大柄なシルエットだけでも分かった。

パーティー・ツーだ。

絆は階段から足を降ろし、顔をそちらに向けた。

「待ってたよ」

言ったのはどっちだったか。

ほぼ同時。

だが、どちらにも聞こえた余裕が最後には、狼狽となってパーティー・ツーからだけ聞こえた。

「お、お前」

「動揺が見える。そんなのは初めてだな」

絆は言いながら、素通しの黒縁眼鏡を外した。

「トラップさ。待ち伏せのつもりだったろうけど、引っ掛けたのはこっちだ」

そう。

――太田署の小池《こいけ》って刑事《デカ》な。鬼塚《おにづか》組とツーカーだ。んで、久城の後釜を作ろうと躍起だったんだな。

池之端のベンチで、島木はそう言った。

――久城はもともとジャンキーで、鬼塚組の売人だったたってよ。

久城が逮捕されるという情報を鬼塚組にリークしたのは、つまり捜査に加わっていた太田署の小池だった。

――鬼塚ぁ、この間も言ったが、竜神会に尻尾を振って、東京を鼻にも掛けなくなってきた三次だ。そっからどっかに話が回って、パーティー・ツーのご登場ってことだな。

「よくわかったな」

――ま、馬鹿と鋏は使い様ってことだ。関西に尻尾振ってこっちに取って代わろうって三次がいりゃあ、その三次に取って代わろうってぇ四次もいらあ。特に、北関東はよ。

バイクは、と聞くと、

――足が欲しいって言ったのは向こうらしいぜ。で、用意したのがあの大学の学生だ。ありゃあ、久城の客だったようだぜ。売り掛けがあってよ、鬼塚組に追い込み掛けられてたみてぇだな。それでバイクを取り上げられた。そんでも、頭ぁ悪くなかったようだ。それで、久城の次の売人にって話もあったみてえだな。

盗難届は、言ってみりゃあ保険だ、と島木は言った。

他の連中も同じでよ、多かれ少なかれ久城の客で、売人候補だ、とも言った。

――それにしたって、パーティーの野郎はくれてやりゃぁ乗り捨てる。壊す。何台あったって足りやしねえってよ。次は自転車にするかなんてもな、言ってたってよ。

そこまで聞けば、作戦は自《おの》ずと出来上がろうというものだ。

高崎署の三枝係長をハブにして、捜査本部の上層部と今回のトラップを決めた。

そうして、今日だ。

高崎の捜査本部で三枝から、田沢良太を引っ張ることをいきなり捜査陣に、県警の刑事部長名で発表してもらった。

――明日、二十六日中に在宅を確認し、二十七日の出掛けを狙う。

太田署の小池が捜査に参加しているのは確認済みだ。

小池にしてみれば、まさに寝耳に水だったろう。

昨今は現行犯以外では、昔ほど簡単に逮捕やガサ入れの令状は出ない。綿密な証拠固めが必要なのだ。

実際には、その辺は十二分に進んでいたが、小池には届いていない。

知らぬは本人ばかりなり、でもある。

ということで、小池は仰天したに違いない。

――小池。県警本部から連絡が入るかもしれん。待機してくれ。

と、小池一人を残して全員が本部から外に出れば、小者のすることは決まっている。

――鬼塚、俺だ。大変だ。明日、田沢が捕まる。えっ。知らねえよ。俺だって何が何だか。とにかく、このままには出来ないぞ。パ、パーティーだ。久城のときと同じだ。急げ。で、失敗するな。

盗聴などはしない。それでは証拠能力がない。

これは消し忘れのマイクから捜査本部に使う講堂以外の、全スピーカへの放送だった。

パーティーを引っ掛けるタイムリミットはつまり、この二十五日の夜ということになる。

この日も明日も、田沢はコンビニの夜のシフトに入っていた。当然それも確認済みだった。

パーティーが、無理をして人通りもある西桐生の駅前で襲うことはないと踏んだが、念には念を入れてコンビニの駐車場に若い捜査員を三人乗せたセダンを待機させ、西桐生のホームに二人、待機させた。

終電に乗る直前の田沢をホームで抑えた瞬間、鬼塚組にも、本部に残した小池にも捜査陣が張り付き、田沢を殺しに来るはずのパーティーを一人にした。

それで、そもそも同じような服装の同じような背格好の絆が、田沢と似た黒縁眼鏡を掛けてそのまま終電に乗り込んだ。

案の定、パーティーはツーが刺客として、田沢のアパートにやってきた。

絆は、腕のG‐SHOCKで時間を確認した。

十一時五分。

「時間だ」

絆がそう呟くと同時に、道の左右に点在する駐車場に停車中の何台かが、一斉にライトを点灯した。

絆の背、パーティー・ツーの背側からもパトライトを回した覆面PCが入ってくる。

あらゆる方向からの明かりに、パーティー・ツーの姿が浮かび上がった。

鬼の形相をしていた。

「怒りか。らしくないが」

鬼の形相で、しかし、パーティー・ツーは笑った。

凄まじい笑顔だった。

「ああ。怒りだ。初めてだ。こんな無様な手に乗っちまったのは」

パーティー・ツーはバイクから降り、自分のバイクの明かりの前に立った。

絆の目には黒々としたシルエットとして映り、表情は分からなかったが、溢れ出るほどの気配は観えた。

前後左右の車両から私服警官が降りてくる。

全員が拳銃を携帯しているはずだった。

パーティー・ツーの後方に、三枝の姿があった。

だが、大きく広く囲むだけで、警官達はそのままだ。

手出し無用、と強く言ってあった。

これ以上の犠牲はご免だった。

パーティー・ツーが前に出てきた。

大振りのサバイバルナイフがその手で光った。

「けぇえっ」

化鳥のような叫びが辺りに響いた。

だが、絆は恐れるものではなかった。

パーティー・ツーに、戦うための気が野放図《のほうず》なほどに横溢《おういつ》していた。

気配は、思考より攻撃より先にあらゆることを教える。

絆の正伝一刀流に対して、パーティー・ツーはすでに物の数ではなかった。

やおら、背腰のホルスタから特殊警棒を引き抜き、振り出す。

パーティー・ツーが正面二間に迫っていた。

振り上げられたサバイバルナイフが、四方の光を撥ねて煌めいた。

斜めに降り落ちる銀の線を、絆は鼻先二センチに見切った。

パーティー・ツーは斬ったと思ったかもしれない。

その目が驚愕に見開かれたとき、絆の特殊警棒はその右手首を上から押さえるようにして動いた。

そこから、絆の特殊警棒は紫電となる。

三閃。

唸りと共に天に昇り、激流となって降り落ち、燕の速度で跳ね上がった。

これすべて、瞬きの間の出来事だ。

取り囲む警官でも、一体何人が理解しただろうか。

「ぐあっ」

パーティー・ツーはよろめき、大きく後退した。自分のバイクにぶつかった。

絆はその場で、残心の位を崩さなかった。

顎、右の鎖骨、それに肋骨の数本は砕いたはずだ。

それでも、

「うるあぁっ」

パーティー・ツーは吼えた。

「ほのあら、終あえるがぁあっ」

砕かれた顎では言葉こそ不明瞭だったが、パーティー・ツーという〈人間〉の闘志の爆発だということは分かった。

バイクにまたがり、本物の殺気を伴って絆に突進してくる。

撥ねた、と一瞬、パーティー・ツーは思ったはずだ。

だが、絆は摺り抜けた。

敵の殺気が生む殺意の瞬間。

その隙間を絆は観る。

「おおっ！」

剣気のすべてを、言わば寸瞬の未来に投げる。

剣気の人型《ひとがた》。

幻ではあるが、殺気に亀裂を入れるには十分だ。

以て刹那、対峙する相手の時間軸を揺らす。それで相手は、こちらが二重にも三重写しにもなったように錯覚する。

〈空蟬《うつせみ》〉だった。

摺り抜けざま、特殊警棒の狙い澄ました一閃を送った。

さらに数本の肋骨を砕く手応えだった。

しかし、執念を誉《ほ》めるべきか。パーティー・ツーは止まらなかった。

「ぼあぁぁぁっ」

駅側の警察官の方向へエンジン音も高く、アクセルは全開だった。

——止まれぇ。

——撃つぞぉっ。

そんな声の中に飛び込み、警官を蹴散らすようにして覆面PCに突っ込んでゆく。

それで終わりだと誰もが思った。

だが、パーティー・ツーのバイクは技術か偶然かは知らず、覆面PCのフロントバンパーからボンネットに乗り上げ、そのまま超えた。

——とまれぇぇえっ。

ガンッ。

ガンッ。

S&W社製のリボルバーが火を噴き、時ならぬ銃声が夜の静寂を割った。

たしかに、パーティー・ツーは銃弾をその身に受けたはずだった。

空中で身を震わせはした。見間違いではない。

それでも、パーティー・ツーは止まらなかった。

フルスロットルで踏切を渡り、国道一二二号方面へ長くエンジン音が響いた。

絆は暫時、動かなかった。ちょうど街灯の届かない闇の中だった。

その孤影身をゆらりと、絆が星影の中に晒したのは、パーティー・ツーの乗ったバイク音も遠く、駅側を塞いだ覆面PCが押っ取り刀で追跡を始めた後だった。

「手応えと執念と。――さて」

呟きが夜に溶ける。

結果として、バイクの残骸が見つかったのは翌朝、東雲《しののめ》の頃だった。

日光や足尾《あしお》へ抜ける県道七十号の、福岡大橋に近い辺りで、ガードレールを突き破って渡良瀬川《わたらせがわ》に落ちたようだ。

雨で増水した流れが運んだものか。

パーティー・ツーの遺体は、杳《よう》として見つからなかった。

五

群馬での、高崎、桐生、太田を股に掛けた逮捕劇から二日後の土曜日だった。

この日、絆はS大学付属第二病院を訪れた。

医局を訪ねると、忙しげに立ち働く看護師から、本人は休憩中だと絆は聞いた。

中庭の昼下がりのベンチに座り、前回同様、千代子は紙コップでラテを飲んでいた。

土曜午後一時過ぎの明るい話し声と陽光が、近くのベンチからだけでなく各上階や直上から降り注ぐようだった。

千代子は、光の中にいた。

眩しげに目を細め、絆はベンチに近付いた。

千代子はゆっくりと顔を上げた。

「やっぱり来たのね」

どうやら、絆が訪れた理由を正しく理解しているようだった。

「群馬の事件はネットニュースで見たわ。そこまでかとも思ったけど、それ以上もあるのかなあって」

千代子は、ベンチの袖のドリンクホルダーに紙コップを置いた。

絆は、千代子の正面に立った。

「最初は写真です」

「写真？」

「ええ。あなたのマンションでお借りした写真に、郭英林が写ってました」

「郭？　ああ。その名前で知ってるのね」

「初めはその名でしか知りませんでしたけど。それで気になって、写真をお借りしました」

「へえ。あれはそうだったのか。写ってたのね。あまり気にしたことなかったけど」

「小さくですが。二列目の一番端に写ってました」

「そっか。私があんまり目を遣らない辺りね」

「ああ。それは運が悪かった、ですかね」

「どうかしら。あんまり、運に頼る生き方はしてこなかったから分からないわ」

千代子はラテを取り、ひと口飲んだ。

「でも、あなたは郭を知ってるのね」

「ええ。上野で一度。成田で死に目に一度」

「死に目？　あら。死んだの」

「公安外事が握って情報は公にはなってませんが、俺の目の前で」

「ふうん。でも、自業自得よね」

声は透明無色にして、穏やかだった。

「自業自得、ですか」

「そう。梶山も郭も、私にクスリを教えた男だから」

特に梶山はね、と千代子は続けた。

「あの人は、最初は自分も使ったのよ。それで、私も巻き込まれるようにね。遊び、だったけど。でも抜けられなくなった。あの人は、クスリをやるのは馬鹿だって言ったわ。よく言うわって感じだけど。これが、別れた直接の原因だったかもね」

千代子は梶山と卒業後も、七年ほど付き合っていたようだ。その最後、二〇〇五年の辺りで、梶山に誘われて行ったN医科歯科大学の学園祭で、梶山に紹介される形で郭と知り合ったという。

「学園祭の熱気の中でね。紹介されても、どの関係だかはよく分からなかった。アメフト部？　それとも研究室？　どうでもいいわ。でも、初めましてって、郭、いえ、あの頃は陳芳って言ったわね。あの満面の笑みは忘れられないわ。裏に色々なものを隠し持っていたってね、知った後では悍《おぞ》ましくてね」

「そうですか」

「ふふっ。クスリって言っても、驚かないのね」

「ええ。とある解析ソフトで、痕跡は摑んでましたから」

「あら。調べたの」

「すいません。でも、あなただけではありません。他にも二人、梶山さんの葬儀に臨席したN医科歯科大以外の方々も対象でしたけど。摑んだのはあなただけです。ダークウェブのより深いところでの、上海との遣り取り」

「へえ。凄いわね。警察って、そんなところまで調べられるんだ」

「いや、まあ。そこはなんとも」

絆は苦笑で、頭を搔いた。

「あら、違うんだ」

「そうですね。言うなればその、違法すれすれと言いますか、片足突っ込んだと言っても過言でないような。難しいところです」

「ふふっ。あなたもマゴつくのね。可笑《おか》しい」

千代子はコロコロと笑った。

「ええ。突っ込んだついでに、去年の八月以降、随分N医科歯科大卒の医師が死んでることも判明しました。それでこっちも、なんていうか、大量の甘味で動く人型分析ソフトに掛けました。これは胸を張って言えますけど、合法です」

この解析では、

――この人、殺された梶山さん？　とか、この男の人と割とよく色々なとこに写ってるけど。何か関係あるのかしらね。

と観月は写真の中で笑う千代子と隣に立つ陳芳こと若き日の郭英林を指し、言っていた。

ある意味、これが千代子をトリモチに掛ける切っ掛けになった。

「とにかく、それで判明した結果もそうですが、あなたもよく知る、別の人にも裏は取りましたから」

「裏を取った？」

「はい。分室の警部補に」

「分室？　そう。お猿さんに」

トリモチは三井、小笠原、八木のコンビネーションではERRORになったらしい。

個人でヒットしたと奥村は言っていた。

さして遠い過去の話ではなく、相当〈ヤバイ〉レベルだとも。

それで、猿丸に連絡を取った。重傷を負って入院中だとは知らなかったという恨みはあるが、知っていたとしても気にしなかった、ような気はする。

――なんだよ、関わってんのかよ、と猿丸は言った。

それは千代子がこちらの事件にではなく、絆が千代子に関わっているということだったようだ。

――そう。スジに取り込んだのは十年も昔だったかな。悪いのと付き合っててよ。クスリ絡みでちょっとばかり、S大学付属病院の理事会に伝手が欲しくて接触した。

あの当時は結構なジャンキーだったぜ、と猿丸は言った。

――ヤクの地獄からは抜けたと思ってたんだがな。ダメだったかい？

逆にそう聞かれた。

「君は彼に、なんて答えたの」

「抜けてると思います。そう答えました。相当〈ヤバイ〉レベルの上海との遣り取りは、購入ではなく在庫の確認でしたから。問屋、ですか。もしかしたら今では梶山や、死んだ医者連中に卸してましたか？　いえ、梶山も、あれです」

――西崎ってのは馬鹿だな。ショボいドラッグなんかに手を出して大魚を逃がす。もう少し待っていればよかったのにな。

「そんなことを言う奴も問屋ですか。なら、直接に上海と連絡を取るあなたは、大問屋とか」

「私の家や病院、調べるの？」

「はい」

絆は頷いた。

「病院は手続きに少し時間が掛かりますけど、ご自宅や関係先はこの直後に。まあ、頭のいいあなたのことだ。その辺にセキュリティを掛けてないとも思えないですが。けど、日本の警察も優秀ですよ。捨てたもんじゃない」

「知ってるわよ。お猿さんで十分に」

「そうですか。いえ、そうですよね。——どうです。郭、いえ、陳芳も死んで梶山も死んで、嬉しいですか。もしかしたら、あなたも一枚嚙んでたりして」

千代子は答えず、ただ微笑《ほほえ》んだ。

優しげな、そして妖しげな笑みだった。

「八木さん。大問屋ならエグゼ、どこかに持ってますよね」

絆は切り込んだ。

「さあ。どうかしら」

「それで何をしようっていうんです？　安楽死商売ですか。ああ、死んだ医師達は口封じもさりながら、エグゼの実験台だったりして」

「物騒ね。そんなことしないわよ。私はね」

「私は、ですか」

「ええ。そもそも整形外科って、患者の死から遠い商売だし。私はそんなこと、考えたこともない」

「じゃあ、やっぱり売るんですね。大問屋として」

千代子は紙コップに口を付け、それで自分の口の行方を封じた。

絆は一度、周囲の明るさに目を遣り、大きく息をついた。

「ご自宅の写真。あれはアウトです。何故あんな写真を飾ってるんですか。あの写真さえなければ、俺は何も分かりませんでした」

「そうね。――君に分かるかなあ。あの写真はね。私にとって白と黒の境界線なの。彼岸と此岸。あの写真の私は白で此岸。綺麗に笑ってるでしょ。でもあの夜、黒で彼岸に入るの。悔しいけど、あの写真のときまで、私は前途洋々な、ただの若い医者だった」

組んだ足をほどき、千代子はベンチから立ち上がった。

「もういいかしら。休憩時間が終わるわ」

「了解です。けど、すぐにまた、色々と教えてもらいます。エグゼのこと、死んだ医師達のこと。あなたが知る限りのことを」

絆は一歩引いた。今日のところはここまでだ。

「ああ。そうだ。分室の警部補との話ですが」

「何？」

千代子は小首を傾げた。

「あなたのことを、色々と聞いた後でした」

有難うございます、と絆は電話口に向かって言った。

――礼を言われることじゃねえ。何にもしてねえよ。それどころか、近くにいてやれねえってのがな。

「あの、すいません」

――謝るなよ。礼を言われることじゃねえが、謝られるとなんか辛えや。へっ。少しばかり、情が入ってっかな。スジなんだけどよ。スジを超えてるからよ。

「分かります。そういうものですよね」

――分かるかい？　まだ若えのによ。

「そりゃあ、俺には俺で、ありますから。色々と」

――そうか。そうだな。お前は組対の、異例特例だったっけな。

「はい」

――おっと。全肯定かい。

「飽きるほど聞いて、もう慣れました。いえ、馴染むものだと知りました」

――いずれ悲しみも、か。

「そう信じます」

――まあ、あれだ。何があってもよ。手荒なことは勘弁してやってくれや。きっとあいつは、毅然《きぜん》として受け止めると思うぜ。

「ええ。分かってます。俺もそう思います」

――いい女なんだよ。出会った当時からずっと。癇癪《かんしゃく》持ちだけど、可愛くってな。今思っても、いい女なんだ。

「それは、そうですね。じゃあ」

それで、猿丸との会話は終わった。

「そんなふうに、気にしてましたよ。あなたのことを」

「ふうん」

「いい人ですよね。真っ直ぐで。危険なくらい真っ直ぐで。――あなたはあの人を、どう思ってるんですか」

千代子は手近なゴミ箱に、飲み終えた紙コップを捨てた。

「今思えば、そうね。悪い男じゃなかったけど、いい男でもなかったわね。それが本音。でも、誰よりも優しかったかな。口は悪いけど、分かるもの。身体を合わせれば。情念？本性？　そこに惹《ひ》かれるのよね。ああ。だから梶山にも惹かれたのかな。同じ分類。一つ穴の狢《むじな》。そう言ったら、お猿さんは怒るかしら」

千代子の微笑みは今度は、光を塗して美しいものだった。

たしかに本音、なのだろう。

では、と一礼し、絆は踵《きびす》を返した。

十歩、二十歩。

築山の広場を突っ切るつもりで芝生に足を踏み入れた。
と――。
背後で嫌な風が、ざわりと動いた気がした。
咄嗟に振り返る。
振り返るだけで、絆をして何も出来なかった。
千代子の頭上から、何かの塊が落ちてくるところだった。
絆の目がそれを捉えたのは五階の辺りだったか。
加速度が付いていた。実際に飛び降りた内側通路は、もっと上階だったろう。
落ちてくる塊から、絆にはかすかな喜色さえ観えた。
「いやっほぉ」
「ウッヒョー」
それは肩を組み、ひと塊になった双子だった。パーティー・スリーだ。
「くっ」
絆の口から思わず、歯噛みが漏れた。
落下物がパーティーという生き物でなかったら。
彼らの意識が殺気を孕《はら》まないまでも、少しでも絆に向けられるものであったら。
いやいや、せめてその真下に、絆も一緒にいたなら。

だが――。
絆に出来ることは千代子に向けて、精一杯の声を張ることだけだった。
「八木さんっ。逃げて!」
帰り支度の千代子は、絆に向けて手を上げた。
そこまでだった。
双子の塊は千代子を巻き込み、インターロッキングの地面に激突した。
そのどちらかの手が激突寸前、千代子の頭を摑んで強く地面に押し込んだ。
見えなくともいいものが見えたのは、絆ならではだったろうか。
きっと千代子は、何が起こったかも認識することは出来なかったろう。
――きゃあぁぁ。
――な、なんだよぉ。
時ならず阿鼻叫喚《あびきょうかん》に陥った群衆を分けるように、絆は千代子らに近付いた。
千代子は広がり始めた血と体液の中にうつ伏したまま、もう物言わぬ物体だった。
パーティー・スリーの片割れが、先端の爆《は》ぜ割れた指をもう一方の片割れに伸ばした。
「けっへぇ。い、一緒だなあ。望外、だなあ」
もう一方は血のあぶくを吹きながら、顔だけを向けた。
「本望、だ。し、死なんざこんな、こんなもんだ。ざまあ、みやがれっ」

血のあぶくが大きくなり、やがて止まった。

白衣の者達が駆け寄ってくるところだった。

絆はただその場に立ち尽くした。

彼女と彼らの血と体液が、絆の足元に忍び寄った。

付記

国光が四条畷の別荘から東京に戻り、一週間が過ぎていた。

同じ土曜日の午後だ。

「東京代表。ちょっと回りたいところがあるんですが、いいですか」

ベンツのハンドルを握る高橋がそう言ってきたのは、国光が後部座席に乗り込んだ直後だった。

上野毛の事務所から、買ったばかりのマンションへの帰路になる。

帰ったところで、特にするべきこともない。

いや、そもそも何もせず、誰にも気兼ねしないために買ったようなマンションだ。

「まあ、ええが。なんや」

「いえ。ちょっと」

聞いたが、高橋はそれしか言わなかった。

後で思えば、S大学付属第二病院で変わった双子が飛び降り自殺し、女医を巻き込んだ死亡事故とちょうど同じ時間帯だった。

まあ、このことと特に因果関係があるわけもないが。

高橋に連れていかれたのは、蒲田の裏通りにある寂れた倉庫だった。ガレージのようでもある。

到着すると、おそらく匠栄会の若い衆が待っていてシャッターを開けた。

手動というところが古臭い。

「ここっす」

高橋に促され、ベンツから降りた。

やはりガレージなのか、奥の薄暗がりに、二トンロングのアルミバントラックが停まっていた。

高橋はそちらに向けて歩を進めた。国光も高橋の後に続く。

「東京代表に任せられたんで、群馬の方も見張っといたんすわ。そしたら例のパーティーが絡んだ、大学の研究棟爆破とか殺人の件、鬼塚組ってえ向こうにある元沖田の三次が、太田署の刑事と組んでました。竜神会に尻尾振ってる、ああ、いえ、竜神会本部に尻尾振ってる組です」

先はよく見えないが、話を聞く。

このところ、国光に有益な情報を持ってくるのはもっぱら、この高橋だ。

「それがまた、パーティーを使って何かを仕掛けてそうだったんで、向こうの、まだこっちに従順なとこと見張ってまして。上手いこと、鬼塚が仕掛ける前に計画を丸裸に出来ましたわ。やけにドタバタしてたんで、脇が甘くなったみてぇで。まあ、その辺で多少、変だなと思わなくはなかったんですがね」

高橋は話しながら、アルミバンの後ろに辿り着いた。

そのまま、リヤドアを開けた。

「それが良くも悪くも、組対のあの化け物らのトラップだったようで。鬼塚とかみぃんな一網打尽っすわ。んでも、パーティーはなんとか、命からがら逃げ果《おお》せたみてえで。ってえか、こっちぁその逃走経路がわかってたんで、張ってたんです。このバンで、荷台に荒いのを十人積んで」

先に荷台に上がり、高橋が国光を誘った。

「まあ、五人くらい殺られても、そんで鬼塚蹴散らして、パーティーをこっちで押さえられりゃってなもんですわ。けど、そんな人数は必要ありませんでした。当然ながら鬼塚は来ねえし、パーティーの奴ぁ、本人もバイクもボロボロでやってきたんで」

薄暗い荷台だったが、上がって何歩か進めば、奥までなんとか見通すことは出来た。

「そんとき、パーティーが乗ってたバイクは、こっちで川に落としましたが。本当に命からがらだったんすね。俺らが止めて降ろさねえで放っといたら、近いとこで本当に、本人もバイクごと川に落ちてたでしょうね」

高橋はさらに奥まで歩いた。

国光は立ち止まった。

そこでも十分だった。

荷台には、なんとも嫌な臭いが漂っていた。

臭いの元は荷台の最奥の、運転席の後ろ辺りに蹲《うずくま》っていた。

「ふうん。これがパーティーか」

「へえ。パーティー・ツーってサツは呼んでますが」

蹲っていたのは、大柄な襤褸《ぼろ》雑巾《ぞうきん》のような男だった。潰れた芋虫《いもむし》のようにも見えた。

衣服が全体、血塗《ちまみ》れで黒ずんでいた。右肩の辺りが盛り上がっているのは、鎖骨が折れているからか。

それと、下顎が潰れて、まるで風船のようだった。呼吸もやけに不自然だ。

「鎖骨だけじゃなくて、肋骨もいかれてます。弾も受けてるようで。肺が片方」

プシューッ、と高橋は手を添え、口を尖らせた。まるでタコだ。

「正直、よく生きてるもんだってのが本当のところで」

笑えた。

いや、別に高橋のタコが面白かったわけではない。

ゴミのような襤褸雑巾が面白かった。

襤褸雑巾も同然なのに、まだ生きているというだけで、かろうじてゴミではないという
リアルが面白かった。

「面白いやんか。瀕死《ひんし》の死兵てなんや。ほんま、面白いわ」

嫌な臭いが気にならなくなった。

国光はおもむろに進み、パーティー・ツーの前に片膝を突いた。

「お前、死んどるんか生きとるんか、はっきりせぇや」

襤褸雑巾がもぞりと動いた。

「こ、殺し、て、くれ」

「さよか。まあ、この状態なら、それが一番、楽やろな。けど」

国光はさらに顔を近づけた。

そうして――。

どや、生きたないんか、と聞いた。

芋虫のような襤褸雑巾のような、パーティー・ツーが蠕動《ぜんどう》した。

迷いのようだ。

戸惑いか。

「死に、たい。生き、たい。もっと、壮絶に。花火」

「ふん。なら、いっぺん死んでこいや」

国光は立ち上がり、おい、と背後の高橋を呼んだ。

「へい」

「こいつ、闇医者んとこにぶち込んだれや。出来るだけ腕のいいところや。金に糸目はつけんで」

高橋が頷くと、国光はパーティー・ツーを見下ろした。

冷ややかに、いや、楽し気に。

——大事なんはな、ボン。情や。それもな、暖かい情やないで。冷たい情や。

そんなことを国光に教えた、亡き五条源太郎が今も生きていたら、

——ああ。ボン。ええ目や。なんや、兄ちゃんに似てきたのう。さすが兄弟や。血なんぞ繋がっとらんでも、さすが五条の兄弟や。わての息子や。

そんなことを言ったかもしれない。

いや、そんなことを言う前に、息を飲んだかもしれない。

「パーティー・ツーて、面倒やな。名無しでええやん。今んとこ」

国光は呟き、靴の爪先でパーティー・ツーを小突いた。

「おい、名無し。死んで、そんで還ってこいや。死んだらそのまま名無しやけどな。還ってこれたら、新しい命や。新しい目的も新しい名前も、俺がくれたろやないか」

パーティー・ツーに、この言葉が届いたかどうか。

ただ芋虫のような襤褸雑巾は、小刻みに身を震わせた。


（シリーズ第九巻に続く）

この物語はフィクションであり、実在の人物・団体とは一切関係がありません。

本書は書き下ろしです。

中公文庫

デス・パレード
——警視庁《けいしちょう》組《そ》対特捜《たいとくそう》K

2024年7月25日　初版発行

著　者　鈴《すず》峯《みね》紅《こう》也《や》

発行者　安部順一

発行所　中央公論新社
〒100-8152　東京都千代田区大手町1-7-1
電話　販売 03-5299-1730　編集 03-5299-1890
URL https://www.chuko.co.jp/

DTP　平面惑星
印　刷　大日本印刷
製　本　大日本印刷

Published by CHUOKORON-SHINSHA, INC.
Printed in Japan　ISBN978-4-12-207537-5 C1193

中公文庫既刊より

各書目の下段の数字はISBNコードです。978-4-12が省略してあります。

す-29-1
警視庁組対特捜K
鈴峯紅也
本庁所轄の垣根を取り払うべく警視庁組対部特別捜査隊となった東堂絆を、闇社会の陰謀が襲う。人との絆で事件を解決せよ！ 渾身の文庫書き下ろし。
206285-6

す-29-2
サンパギータ 警視庁組対特捜K
鈴峯紅也
非合法ドラッグ「ティアドロップ」を巡り加熱する闇社会の争い。牙を剝く黒幕の魔の手が、絆の彼女・尚美に忍び寄る⁉ 大人気警察小説、待望の第二弾！
206328-0

す-29-3
キルワーカー 警視庁組対特捜K
鈴峯紅也
「ティアドロップ」を捜索する東堂絆の周辺に次々と闇社会の刺客が迫る。全ての者の悲しみをまとい、絆が悪の正体に立ち向かう！ 大人気警察小説、第三弾！
206390-7

す-29-4
バグズハート 警視庁組対特捜K
鈴峯紅也
ティアドロップを巡る一連の事件は、片桐、金田ら多くの犠牲の末に、ようやく終結した。片桐の墓の前で死を悼む絆の前に、謎の男が現れるが——。
206550-5

す-29-5
ゴーストライダー 警視庁組対特捜K
鈴峯紅也
日本最大の暴力団〈竜神会〉首領・五条源太郎が死んだ。次なる覇権を狙って、悪い奴らが再び蠢き出す——。大人気警察小説シリーズ第五弾。文庫書き下ろし。
206710-3

す-29-6
ブラザー 警視庁組対特捜K
鈴峯紅也
血縁も、絆も関係なく、喰らい合う闇社会の男たち。警視庁組対特捜の最強刑事・東堂絆の命に、巨額の懸賞金をかけた彼らの狙いとは⁉ 文庫書き下ろし。
206990-9

す-29-7
パーティーゲーム 警視庁組対特捜K
鈴峯紅也
警視庁組対特捜刑事・東堂絆に襲いかかる新たな刺客。絆と対峙したその正体とは⁉ そして勢力を伸ばす宿敵・五条宗光の狙いは⁉ 白熱のシリーズ第七弾‼
207230-5

と-26-9
SRO I 警視庁広域捜査専任特別調査室
富樫倫太郎
七名の小所帯に、警視長以下キャリアが五名。管轄を越えた花形部署のはずが――。警察組織の盲点を衝く、連続殺人犯を追え！　新時代警察小説の登場。
205393-9

と-26-10
SRO II 死の天使
富樫倫太郎
死を願ったのち亡くなる患者たち、解雇された看護師、病院内でささやかれる『死の天使』の噂。SRO対連続殺人犯の行方は。待望のシリーズ第二弾！　書き下ろし長篇。
205427-1

と-26-11
SRO III キラークィーン
富樫倫太郎
SRO対〝最凶の連続殺人犯〟、因縁の対決再び!!　東京地検へ向かう道中、近藤房子を乗せた護送車は裏道へ誘導され――。大好評シリーズ第三弾、書き下ろし長篇。
205453-0

と-26-12
SRO IV 黒い羊
富樫倫太郎
SROに初めての協力要請が届く。自らの家族四人を殺害して医療少年院に収容され、六年後に退院した少年が行方不明になったというのだが――。書き下ろし長篇。
205573-5

と-26-19
SRO V ボディーファーム
富樫倫太郎
最凶の連続殺人犯が再び覚醒。残虐な殺人を繰り返し、日本中を恐怖に陥れる。焦った警視庁上層部は、SROの副室長を囮に逮捕を目指すのだが――。書き下ろし長篇。
205767-8

と-26-35
SRO VI 四重人格
富樫倫太郎
不可解な連続殺人事件が発生。傷を負ったメンバーが再結集し、常識を覆す新たなシリアルキラーに立ち向かう。人気警察小説、待望のシリーズ第六弾！
206165-1

と-26-36
SRO episode0 房子という女
富樫倫太郎
残虐な殺人を繰り返し、SROを翻弄し続けるシリアルキラー・近藤房子。その生い立ちとこれまでが、ついに明かされる。その過去は、あまりにも衝撃的！
206221-4

と-26-37
SRO VII ブラックナイト
富樫倫太郎
東京拘置所特別病棟に入院中の近藤房子がいよいよ動き出した。見込んだ担当看護師を殺人鬼へと調教し、ある指令を出したのだ。そのターゲットとは――。
206425-6

各書目の下段の数字はISBNコードです。978－4－12が省略してあります。

と-26-39
SRO Ⅷ 名前のない馬たち
富樫倫太郎
相次ぐ乗馬クラブオーナーの死。事件性なしとされるも、どの現場でも人間と同時に必ず馬が一頭逝っている事実に、SRO室長・山根新九郎は不審を抱く。
206755-4

と-26-45
SRO Ⅸ ストレートシューター
富樫倫太郎
ついに1stシーズン完結⁉　悪魔的な連続殺人鬼・近藤房子、最後の闘い。怒濤の結末を見逃すな、大人気シリーズ第9弾！　文庫書き下ろし。
207192-6

と-26-46
SRO neo Ⅰ 新世界
富樫倫太郎
最凶シリアルキラー近藤房子が育てた、非情な殺人鬼が誕生！　宗教団体によるテロ事件から三年、SROは新たな局面に。待望の新章始動。文庫書き下ろし。
207470-5

と-26-47
ちぎれ雲(一) 浮遊の剣
富樫倫太郎
女たちが群がる美丈夫・麗門愛之助。大身旗本の次男坊にして剣の達人の彼が対峙するのは、江戸中を震撼させる、冷酷無比な盗賊団！　書き下ろし時代小説。
207497-2

と-26-48
ちぎれ雲(二) 女犯《にょぼん》の剣
富樫倫太郎
愛之助を執拗に狙い、江戸に現れた女盗賊・孔雀。艶やかにして、淫ら、そして冷酷。その目的とは⁉　そして煬帝一味も動き出し……。シリーズ第二弾。
207508-5

ほ-17-14
新装版 ジウⅠ 警視庁特殊犯捜査係
誉田哲也
人質籠城事件発生。門倉美咲、伊崎基子両巡査が所属する警視庁捜査一課特殊犯捜査係も出動する。だが、この事件は〝巨大な闇〟への入口でしかなかった。
207022-6

ほ-17-15
新装版 ジウⅡ 警視庁特殊急襲部隊
誉田哲也
誘拐事件は解決したかに見えたが、依然として黒幕・ジウの正体は摑めない。事件を追う東と美咲。一方、特進をはたした基子の前には不気味な影が。〈解説〉宇田川拓也
207033-2

ほ-17-16
新装版 ジウⅢ 新世界秩序
誉田哲也
新宿駅前で街頭演説中の総理大臣を標的としたテロが発生。歌舞伎町を封鎖占拠し、〈新世界秩序〉を唱えるミヤジとジウの目的は何なのか⁉　〈解説〉友清　哲
207049-3

ほ-17-21
新装版 国境事変 〈ジウ〉サーガ4 誉田哲也
在日朝鮮人会社社長殺人事件の捜査で対立する公安外事二課と捜査一課の男たち。銃声轟く国境の島・対馬で、彼らを待っていた真実とは。〈解説〉宇田川拓也
207499-6

ほ-17-5
ハング 誉田哲也
捜査一課「堀田班」は殺人事件の再捜査で容疑者を逮捕。だが公判で自白強要の証言があり、班員が首を吊った姿で見つかる。そしてさらに死の連鎖が……誉田史上、最もハードな警察小説。
205693-0

ほ-17-7
歌舞伎町セブン 誉田哲也
『ジウ』の歌舞伎町封鎖事件から六年。再び迫る脅威から街を守るため、密かに立ち上がる者たちがいた。戦慄のダークヒーロー小説！〈解説〉安東能明
205838-5

ほ-17-11
歌舞伎町ダムド 誉田哲也
今夜も新宿のどこかで、伝説的犯罪者〈ジウ〉の後継者が血まみれのダンスを踊る。殺戮のカリスマvs.新宿署刑事vs.殺し屋集団、三つ巴の死闘が始まる！
206357-0

ほ-17-12
ノワール 硝子の太陽 誉田哲也
沖縄の活動家死亡事故を機に反米軍基地デモが全国で激化。その最中、この国を深い闇へと誘う動きを、東警部補は察知する……。〈解説〉友清 哲
206676-2

ほ-17-17
歌舞伎町ゲノム 誉田哲也
大人気シリーズ、〈ジウ〉サーガ第九弾！ 伝説の暗殺者集団「歌舞伎町セブン」に、新メンバー加入！ 彼らの活躍と日々を描いた傑作。〈解説〉宇田川拓也
207129-2

ほ-17-6
月光 誉田哲也
同級生の運転するバイクに轢かれ、姉が死んだ。殺人を疑う妹の結花は同じ高校に入学し調査を始めるが、やがて残酷な真実に直面する。衝撃のR18ミステリー。
205778-4

ほ-17-13
アクセス 誉田哲也
高校生たちに襲いかかる殺人の連鎖。仮想現実を支配する「極限の悪意」を相手に、壮絶な戦いが始まる！ 著者のダークサイドの原点！〈解説〉大矢博子
206938-1

各書目の下段の数字はISBNコードです。978-4-12が省略してあります。

ほ-17-18 **あなたの本 新装版** 誉田哲也
これは神の悪戯か、一冊の本が狂わす人間の運命——表題作をはじめ、万華鏡の如く広がる七つの小説世界。新たに五つの掌篇を収録。〈解説〉瀬木広哉
207250-3

ほ-17-19 **主よ、永遠の休息を 新装版** 誉田哲也
暴力団事務所との接触で、若き通信社記者は、ある誘拐殺人事件の犯行映像がネット配信されている事実を知るが……。慟哭のミステリー。〈解説〉瀬木広哉
207309-8

ほ-17-20 **幸せの条件 新装版** 誉田哲也
恋も仕事も中途半端な若手社員・瀬野梢恵に、突如下ったとんでもない社命。それは、日本の未来を変えるかもしれないものだった⁉〈解説〉田中昌義
207368-5

わ-24-1 **叛逆捜査 オッドアイ** 渡辺裕之
捜一の刑事・朝倉は自衛官の首を切る猟奇殺人事件を捜査していた。古巣の自衛隊と米軍も絡み、国家間の隠蔽工作が事件を複雑にする。新時代の警察小説登場。
206177-4

わ-24-2 **偽証 オッドアイ** 渡辺裕之
サバイバル訓練中の死亡事故を調べるため、自衛隊特戦群出身の捜査官・朝倉は離島勤務から召還される。ミリタリー警察小説、第二弾。
206341-9

わ-24-3 **斬死 オッドアイ** 渡辺裕之
グアム米軍基地で続く海兵連続殺人事件。NCISから召還された朝倉は、異国で最凶の殺人鬼と対決する。自衛隊出身の捜査官「オッドアイ」が活躍するシリーズ第三弾。
206510-9

わ-24-4 **死体島 オッドアイ** 渡辺裕之
虫が島沖で発見された六つの死体。謎の孤島に単身潜入した元・自衛隊特殊部隊の警察官・朝倉に襲い掛かる影の正体は⁉「オッドアイ」シリーズ第四弾。
206684-7

わ-24-5 **殺戮の罠 オッドアイ** 渡辺裕之
次々と謎の死を遂げるかつての仲間。陸自最強メンバーがなぜ。自衛隊出身の警察官・朝倉が〝特別強行捜査班〟を結成し捜査にあたる。人気シリーズ第五弾。
206827-8